LEONHARD MICHAEL SEIDL

Schwarzer Regen
Rotes Blut

MAI 1945 Im Mai 1945 kehren viele deutsche Soldaten in die Heimat zurück. Der Krieg hat den Männern jegliche Sensibilität geraubt. Vier von ihnen machen im Wirtshaus Pfanzelt im Dorf Schachtenstein im Zwiesler Winkel Halt. Sie essen, trinken viel Alkohol und werden gewalttätig. Schließlich belästigen sie die junge Wirtin und bedrängen sie. Es gibt Tote. Polizeikommissär Leo Klemm übernimmt den Fall. Kurz darauf tötet jemand die Kinder des flüchtigen Mörders Michael Dorn – aus Rache für den Tod der Wirtsfamilie? Klemm befragt die Bewohner des Dorfes und stößt dabei auf eine Mauer des Schweigens. Die amerikanische Besatzungsmacht verliert die Geduld. Sie entzieht Leo Klemm den Fall und beauftragt den beinharten Captain Malic, einen Deutschenhasser, die Mörder mit allen Mitteln dingfest zu machen.

Leonhard Michael Seidl, geboren 1949 in München, ist Autor und Musiker. Seine Werke umfassen Romane und Theaterstücke. Sie wurden mehrfach mit Preisen ausgezeichnet. Seidl lebt mit seiner Familie bei München.

Mehr erfahren Sie unter: www.dreamcompany.de

LEONHARD MICHAEL SEIDL

Schwarzer Regen
Rotes Blut

Kriminalroman

GMEINER

Personen und Handlung sind frei erfunden.
Ähnlichkeiten mit lebenden oder toten Personen
sind rein zufällig und nicht beabsichtigt.

Immer informiert

Spannung pur – mit unserem Newsletter informieren wir Sie
regelmäßig über Wissenswertes aus unserer Bücherwelt.

Gefällt mir!

Facebook: @Gmeiner.Verlag
Instagram: @gmeinerverlag
Twitter: @GmeinerVerlag

MIX
Papier aus verantwortungsvollen Quellen
FSC® C083411
FSC
www.fsc.org

Besuchen Sie uns im Internet:
www.gmeiner-verlag.de

Im Ehnried 5, 88605 Meßkirch
Telefon 07575/2095-0
info@gmeiner-verlag.de

1. Auflage 2021

Lektorat: Sven Lang
Herstellung: Mirjam Hecht
Umschlaggestaltung: U.O.R.G. Lutz Eberle, Stuttgart
unter Verwendung eines Bildes von: © https://commons.wikimedia.org/
wiki/File:Viechtach1979_(3).jpg
Druck: CPI books GmbH, Leck
Printed in Germany
ISBN 978-3-8392-2857-9

»2016 Writer in Residence, Franz-Edelmaier-Residenz für Literatur und Menschenrechte, Meran«

SONNTAG, DREIZEHNTER MAI 1945

Generalfeldmarschall Wilhelm Keitel, der Chef des Oberkommandos der Wehrmacht (OKW), wird in Flensburg von britischen Soldaten verhaftet. Generaloberst Alfred Jodl, bisher Chef des Wehrmachtsführungsstabes, wird zu seinem Nachfolger ernannt.

Am Waldrand lagerte es ruhig in der Maisonne. Ein etwas heruntergekommenes Gebäude, zweigeschossig, außen weiß getüncht, mit einem umlaufenden Balkon und grünen Läden an den kleinen, der Kälte trotzenden Fenstern. Den Hof zierte ein Brunnen, der schon lange ausgetrocknet war. Seitlich davon zwei kleine Nebengebäude für Traktor und Hänger. Beide leer.

Über der breiten Eingangstür hing eine verblichene Holztafel mit der Aufschrift »PFANZELT«. Mehr stand nicht darauf. Mehr brauchte es nicht, denn jeder wusste, dass das alte Wirtshaus mit guter Küche und süffigem Bier zum Besuch einlud.

Jedoch – von gutem Essen und süffigem Bier konnte im Augenblick nicht die Rede sein. Die Zeiten waren noch immer unruhig, das Bayernland ächzte unter den Folgen eines barbarischen Krieges, der erst vor wenigen Tagen zu Ende gegangen war.

Die einen hießen das Ende »eine Niederlage«, andere

nannten es »die Befreiung«. Es war, wie es war, und das kleine Dorf Schachtenstein im Zwieseler Winkel wartete erschöpft auf die Zukunft.

Das Dorf Schachtenstein also. Unweit der Häuser bahnte sich der Schwarze Regen, ein schmaler Fluss, seinen Weg durch den Wald. Dreihundertelf Einwohner. Ein Wirtshaus. Die Kirche St. Sebastian, der Kramerladen und etliche Bauern. Dazu der Rosshändler Staubwasser. Der Rest Kleinhäusler und Landvolk. Die einen arbeiteten in den Glashütten, die anderen bestellten ein Stück Wald, hielten eine Kuh oder Geißen, vielleicht ein paar Hühner, verdingten sich ihren kargen Lohn als Holzrücker.

Im Augenblick gab es in Schachtenstein weder Vieh noch Hühner noch Rösser zum Holzrücken. Vielleicht hatte einer eine Sau versteckt oder das letzte Huhn gerade geschlachtet. Wo sonst bei den Bauern die Schweine im Kobel standen, sind diese jetzt leer gefegt, als wäre ein Sturm hindurchgetobt. So ähnlich war es ja auch: Der Krieg hatte die Stuben und Ställe ausgekehrt. Selbst Kirchenbänke und Wirtshaustische waren verwaist.

Einspurig war man geworden, einspurig im Denken und einspurig im Wollen. Das Denken richtete sich auf alles, was mit Essen zu tun hatte. Das Wollen gierte nach allem, was Frieden verhieß und Ruhe und ein gutes Auskommen mit den Nachbarn und der Welt versprach.

Das war nicht einfach. Krieg veränderte die Menschen nur für einen Lidschlag. Für ein paar Stunden, Tage, Wochen vielleicht. Dann nahm der Karren der Geschichte wieder Fahrt auf. Dann richteten die Menschen sich wieder ein in der Gegenwart. Dann ging es hinaus in die Zukunft, denn zurück in die Vergangenheit konnten und wollten sie nicht mehr.

Wer das Sterben überlebt hatte, war froh. Manch einer zitterte innerlich, aber man sah es nicht. Andere hatten mehr verloren, das erkannte man an den Krücken, den Prothesen und den zerschossenen Gesichtern.

Manchen waren keine Gliedmaßen abhandengekommen, dafür der Verstand. Viele von denen waren auf dem Felde der Ehre geblieben. Das waren die Glücklichen.

Diejenigen, die kein Glück hatten, hockten in einem Bergwerk in Sibirien oder stachen Torf am Ural. Bis sie zurückdurften, konnte es Jahre dauern.

An jenem sonntäglichen Vormittag stand die breite Eingangstür beim Pfanzelt weit offen, einladend und gemütlich. Wer hier einkehrte, sollte es gut haben, trotz der Misslichkeiten und der mageren Vorräte. Aber eine Brotzeit hatte Altwirt Maximilian Pfanzelt, ein gestandener Metzgermeister, noch immer auf den Tisch gebracht.

Offenbar wirkte das Angebot. Eine Handvoll Männer näherte sich zu Fuß dem Wirtshaus. Es waren abgerissene Gestalten, aber das musste nichts besagen. Kleidung war in diesen Tagen Glückssache. Man vernahm Lachen aus rauen Kehlen, einer warf seine Zigarette in den Hofbrunnen; dann betraten sie die Lokalität.

Im Dorf warteten die Frauen, die Kinder, die Alten auf ihre Ehemänner, Väter und Söhne. Sie hatten gelernt, Geduld zu haben. Jeden Sonntag besuchten sie die heilige Messe. Jeden Sonntag beteten sie das Vaterunser, das Ave Maria und den Rosenkranz. Jeden Sonntag vernahmen sie die Predigt von Pfarrer August Tecklenburg. Mit wohlgesetzten Worten sprach er von der Vergebung der Sünden, von der Bestrafung der Sünder und vom Tod Christi, der für uns am Kreuz gestorben war.

Das sollte es dann gewesen sein?, dachte mancher und ließ die Mundwinkel bis auf den Boden hängen vor lauter Wut und Verzweiflung.

Hätte Jesus doch bloß vorher etwas unternommen, bevor die braune Brut an die Macht gekommen war. Bevor sie die halbe Welt in einen mörderischen Krieg gezwungen hatte. Bevor sie unsere Männer verführte und dann verriet.

Jesus hätte ihr bloß die Gewehre, die Panzer und die Flugzeuge kaputt zu machen brauchen, das hätte er sicher geschafft. Schließlich hatte er bei der Hochzeit zu Kana das Wasser in Wein verwandelt. Aber er hat es nicht getan. Warum denn nicht, Herrgott noch mal?

Bei diesem heiklen Thema wusste selbst der Pfarrer keine Antwort. Stattdessen verlor er sich in Ausreden und Allgemeinplätzen. Aber am Pfarrer lag es nicht. Es lag an Jesus Christus, unserem Herrn. Der war schuld an dem Verhau.

Der Onkel könnte noch leben, und der Sohn und der Vater auch. Aber Jesus hatte nichts getan. Nichts hatte er verhindert. Es war eine Schande. Und der Pfarrer auf seiner wunderschönen Kanzel redete noch immer. Der redete sich leicht.

Inzwischen hockten die Männer beim Pfanzelt in der Gaststube am großen Bauerntisch und ließen auffahren, was Küche und Keller hergaben. Bier und Schnaps flossen reichlich. Elise Pfanzelt, die junge Schwiegertochter des Altwirtes, trug Teller um Teller herein, immer auf der Flucht vor den übergriffigen Soldaten. Denn um solche handelte es sich bei diesen Männern. Von weither waren sie offenbar gekommen. Jetzt wollten sie eine letzte Rast einlegen, bevor es zurückging zur Familie. Ein letztes Prosit auf die alte Kameradschaft und das Soldatenglück. Die Krüge hoch und saufen. Wieder und wieder eilte Bernhard Pfanzelt, Jungwirt und Elises Ehemann, in den Keller, um Nachschub zu holen.

Nach der Messe standen sie noch eine Weile beisammen, die Frauen mit den Kindern an der Hand, die jeden Tag fragten, wann der Vater aus dem Krieg kam. Sie redeten mit den alten Männern, die sich auf den Stock stützten, weil die knorrigen Hände zitterten. Die Menschen froren, obwohl die Maisonne ihre wärmende Kraft aussandte und vom Sommer kündete.

Auch der neue Bürgermeister stand bei ihnen; es war der alte und zugleich der neue, sozusagen. Rudolf Zingler könnte Bücher mit seiner Geschichte füllen. Aber er hatte es nicht mit dem Schreiben. Dafür konnte er organisieren, das hatte er immer können. Dafür haben sie ihn gewählt, wieder und wieder, obwohl er nicht der Partei angehörte und schließlich im Konzertlager verschwunden war. Keiner in Schachtenstein sprach vom Konzentrationslager, alle sprachen vom Konzertlager. Das klang eleganter.

Siebenundsiebzig war Bürgermeister Zingler jetzt. Hart war sein Gesicht geworden, in all der Zeit. Doch er trug das Kinn aufrecht, darunter den gewaltigen Kropf, der sein Markenzeichen geworden war. Die Leute redeten, dass er als junger Mann der Kommunistischen Partei beigetreten war, was keiner verstanden hatte, denn was taten die Kommunisten? Die enteigneten. Die wollten, dass alles allen gehörte, so hatte es der Herr Pfarrer gesagt und so hatte es Ortsgruppenführer Staubwasser bestätigt.

Die Amerikaner hatten Zingler aus dem Lager geholt und ihn in Schachtenstein wieder als Bürgermeister eingesetzt. Weil er die Leute kannte, ihre Sprache sprach und weil er unbelastet war. »Unbelastet« war das neue Zauberwort. *Unbelastet.*

Waren es früher Begriffe wie »Parteigenosse« oder »Führergeburtstag« oder »Endsieg« gewesen, so war es jetzt »unbelastet«. Das Wort strahlte eine unglaubliche Anziehungskraft auf bestimmte Menschen aus. Besonders auf solche, die nicht unbelastet waren.

Bürgermeister Zingler aber war unbelastet. Das war gut für ihn und gut für das Dorf. Die Zusammenarbeit mit den amerikanischen Behörden gestaltete sich ruhig und konstruktiv. Alle hatten ein gutes Gefühl dabei. Im Kramerladen von Hans Rahn gab es manchmal sogar echten Bohnenkaffee und hin und wieder eine Tafel Schokolade, gestiftet von den Besatzern.

Als der Kirchplatz sich leerte, erschien Emmi. Emilia Unruh, eine zierliche Person von fünfundzwanzig Jahren, ausnehmend hübsch. Im Augenblick verdingte sich die gelernte Hauswirtschafterin als Pfarrersköchin, seit sie als junge Witwe aus Berlin geflohen war und im Pfarrhaus eine Heimat gefunden hatte. Was die Leute redeten, interessierte sie nicht, und auch nicht, was sie nicht redeten und was stattdessen ihre Blicke sagten.

Dass sie was hatte mit Hochwürden Herrn Pfarrer. August Tecklenburg war katholischer Priester und damit dem Zölibat unterworfen. Dennoch dachte Emmi immer öfter daran, dass sie jeden Tag älter wurde und dass sie gerne eine Familie gründen würde. Mit einem Priester klappte das nicht. Männer waren knapp. Also hatte sie diesen Josef Schnaitz in die engere Wahl gezogen. Aber hinter dem waren auch andere Frauen her. Außerdem hatte Josef etwas an sich, was Emmi abstieß. Er schien ihr unfertig zu sein. Ein Mann von dreißig Jahren, so dachte sich Emmi, sollte eigentlich gefestigt genug sein, Weib und Kinder zu haben und sie ernähren zu können. Aber die Männer waren ein schwieriges Thema. Emmi seufzte. Jetzt wartete sie vor der Kirche auf ihren derzeitigen Brotgeber.

Noch jemand wartete. Langsam schlenderte er heran. Sein rotes Gesicht leuchtete.

»Na, Emmi, wie geht es dir?«, fragte er.

»Gut, Herr Ortsgruppenführer«, sagte sie.

»Warum so förmlich?«

»Ich bin es so gewohnt, Herr Ortsgruppenführer.«

Den »Ortsgruppenführer« betonte Emmi extra, obwohl sie wusste, dass der Titel nichts mehr wert, sondern geradezu gefährlich war. Sie mochte diesen Kerl nicht, der jahrelang das Sagen in Schachtenstein gehabt hatte. Dick und fett war er geworden mit dem Verkauf seiner Rösser an die Wehrmacht. Gefressen wie die Made im Speck hatte er mit seinen Parteigenossen in Zwiesel, in Passau. Sogar bis nach München hatten seine Beziehungen gereicht. Man munkelte, er habe den Führer persönlich getroffen. Aber Emmi glaubte das nicht. Was sie dagegen genau kannte, waren die ekelhaften Annäherungsversuche des verheirateten Mannes, der ein Nazi und Weiberheld war und den jeder im Dorf als einen solchen kannte und verachtete.

Seine Ehefrau Sofia war ebenfalls kein Ausbund an Frömmigkeit und Keuschheit, auch wenn sie in der Kirchenbank in der ersten Reihe saß und jeden Sonntag die heilige Kommunion empfing. Das eckige Weib, so redeten die Leute, beherrschte Konrad mit eisernem Willen. War etwas zu entscheiden, so entschied Sofia – nicht Konrad. Die Ehe war kinderlos. Warum das so war, wusste niemand im Dorf. Es gab zwar das Gerücht von einem Bankert, aber keiner traute sich offen darüber zu sprechen.

Konrad Staubwasser war achtundvierzig Jahre alt, schwer übergewichtig und hinter jedem Rockzipfel her. Das Alter der »Weiber«, wie er sie gerne nannte, spielte dabei keine Rolle. Emmi graute vor seinen dicken Fingern, vor seiner lauten Stimme, vor seinen Ausdünstungen.

Also machte sie einen Schritt in Richtung Sakristei, wo sich die Tür öffnete und Hochwürden heraustrat. Er grüßte Staubwasser mit einem knappen Kopfnicken und machte sich mit Emmi auf den Weg ins nahe Pfarrhaus, wo die Suppe auf dem Herd stand und der Braten im Rohr wartete.

Dass der Braten ein Geschenk vom Ortsgruppenleiter war, vergaß Emmi nicht. Aber das köstliche Gericht war ja nicht nur für sie, sondern auch und vor allem für den Gustl, wie sie ihn heimlich nannte.

Beim Pfanzelt ging es laut her. Lieder ertönten, derbe Witze machten die Runde, viel Geld lag auf dem Tisch. Der Anführer der abgerissenen Männer, ein gewisser Waller, hob ein ums andere Mal den Krug und die Stimme, um auf den Führer anzustoßen. Seine Kumpane fielen in das Gebrüll mit ein. Es war nur eine Frage der Zeit, bis ein Teller oder ein Bierglas zu Bruch ging.

Waller bestellte eine weitere Runde. Elise sollte das Geld, ein paar Münzen, entgegennehmen, während sie das Tablett mit den Getränken auf den Tisch stellte. Waller umfasste ihre Hüften, zog die junge Frau auf seinen Schoß. Elise war ganz in Weiß gekleidet; eine Farbe, die sie liebte, mit einer hochgeschlossenen Bluse unter dem Trägerkleid und flachen weißen Schuhen. Sie hatte ein blasses, nahezu durchscheinendes Wesen, rotes Haar umrahmte ihr Gesicht mit den großen schwarzen Augen, aus denen jetzt zornige Funken schlugen. Was bildete sich dieser Kerl ein?

»Tanz für uns, schönes Kind!«, rief er und griff ihr hart an die Brust.

Elise wollte sich aus seinem Griff befreien, schaffte es aber nicht. Noch nicht.

»Nein!«, sagte sie energisch und schlug Waller auf die Hand. Die anderen lachten.

»Warum denn nicht?«

»Weil ich nicht mag.«

»Sie mag nicht … sie mag nicht«, höhnte Waller und packte sie am Hintern.

»Vielleicht kann sie bloß nicht«, rief ein kräftiger Bursche mit Namen Michi.

»Vielleicht kann sie was anderes besser?«, sagte Waller und spielte an ihrer Brust. Da biss sie ihm in die Hand.

Wieder lachten die anderen. Es gefiel ihnen, wie das hübsche Mädchen mit ihrem Sturmbannführer kämpfte. Ein lustiger Zeitvertreib, bevor sie die karge Realität zu Hause bei den Familien einholte. In diesem Augenblick kam Bernhard Pfanzelt aus dem Keller. Mit einem Blick erfasste er die Situation und stürmte los.

MONTAG, VIERZEHNTER MAI 1945

Die letzten deutschen Truppen in Ostpreußen (rund hundertfünfzigtausend Mann) ergeben sich der Roten Armee.

Kommissariat Zwiesel, Bayern
Außenstelle Schachtenstein
Polizeikommissär Leo Klemm

EINVERNAHME
Heute ist Montag, der 14. Mai 1945. Es ist 9.42 Uhr.

1. *Vorbemerkung*
Etwas abgelegen am Waldrand von Schachtenstein befand sich bis zur Brandlegung das bürgerliche Gasthaus von Anna und Maximilian Pfanzelt. Es galt, obwohl Anna Pfanzelt im vorigen Jahr plötzlich verstorben war, als solides Gasthaus mit fünf Zimmern, wo man zu vernünftigen Preisen essen und Quartier nehmen konnte.

2. *Einvernahme des Zeugen Josef Schnaitz*
Vor dem Unterzeichneten ist heute erschienen Josef Schnaitz, Küchenhilfe in Pfanzelts vormaligem Gasthaus. Josef Schnaitz ist Bürger des Dorfes Schachtenstein im Zwieseler Winkel und hat sich durch seine Kennkarte ausgewiesen.

Frage: »Ihr Name ist Josef Schnaitz. Geboren wann und wo?«

Antwort: »Geboren am achtzehnten April 1915 in Schachtenstein, Bayern. Meine Eltern Konrad und Emilia Schnaitz, Häusler dahier, und die sechs Geschwister sind eingegangen im Jahr 17 an Auszehrung. Bloß ich hab überlebt.«

»Wo befanden Sie sich nach dem Ableben der Familie?«

»War im Zwieseler Waisenheim. Ab sieben Jahr bin ich gewesen beim Pfanzelt. Seitdem bin ich da.«

»Schulische Bildung?«

»Wenig.«

»Was heißt *wenig*?«

»Drei Jahr Lesen und Schreiben. Und Religion. Ganz viel Religion. Im Heim Kartoffeln geschält. Jeden Tag. Das kann ich gut.«

»Rechnen?«

»Nicht so gut wie Kartoffeln schälen. Aber lesen kann ich.«

»Das ist in der Tat wenig. Sie tragen sehr starke Brillengläser. Ich gehe davon aus, dass Sie nicht gedient haben?«

»Jawoll. Nicht gedient, Herr Kommissär.«

»Sie sind nicht vorbestraft, haben keine Schulden und besitzen einen einwandfreien Leumund?«

»Jawoll, Herr Kommissär.«

»Soweit ist das also nun klar. Sie waren gestern, Sonntag, dreizehnten Mai 1945, in Pfanzelts Gasthaus damit beschäftigt, Gäste zu bewirten. Ist das korrekt?«

»Jawoll, Herr Kommissär.«

»Wie viel Uhr war es da?«

»Circa halb elf, glaub ich.«

»Vormittags?«

»Jawoll, Herr Kommissär.«

»Wie viele Personen befanden sich zu dieser Zeit im Gastraum?«

»Mit dem Austragswirt Max Pfanzelt, Bernhard, seinem Bub, und mir und den Soldaten waren es … ungefähr.«

»Schon gut. War Bernhards Eheweib Elise ebenfalls anwesend?«

»Jawoll, Herr Kommissär. Meine Elise hat die Getränke gebracht.«

»Herr Schnaitz, bitte schildern Sie nun aufrichtig und ohne Auslassungen, was Sie am Sonntag, den dreizehnten Mai 1945, in der Zeitspanne zwischen zehn und zwölf Uhr in Pfanzelts Gasthaus beobachtet haben.«

»Jawoll, Herr Kommissär. Richtig und ohne Auslassen. Der Max, was der Altwirt war, ist auf der Bank gehockt, am Kachelofen in der Gaststube. Draußen war ein grauslicher Sturm.«

»Stimmt. Ich erinnere mich.«

»Was der Altwirt war, der hat gesehen, wie der Bernhard und meine Elise die Gäste bedienen. Der Krieg ist ja gar. Die Soldaten wollen heim. Männer, die wo nicht einsehen, dass die Schlacht vorbei ist. Daran, Herr Kommissär, glaub ich ganz fest.«

»Sprechen Sie bitte weiter, während ich mir Notizen zu den Vorfällen mache. Was für Soldaten waren das?«

»Die waren von der SS. Haben noch die Uniform angehabt und dauernd vom Dirlewanger geredet.«

»Dirlewanger? Darauf kommen wir noch. Weiter.«

»Heim haben sie wollen. Das hab ich gehört. Sie haben unsere Wirtschaft gesehen. Lümmeln am Bauerntisch beim Bier und beim Schnaps und saufen den Fusel hinein, die groben Lackeln. Einer gefährlicher als wie der andere. Die Gewehre sind an der Wand neben der Tür gelehnt.«

»Einen Augenblick, Josef. Ich darf Sie doch Josef nennen?«

»Jawoll, Herr Kommissär.«

»Danke. Sie sagten soeben, die Gewehre lehnten an der Wand neben der Tür.«

»Jawoll, Herr Kommissär.«

»Trugen die Männer Pistolen?«

»Jawoll, Herr Kommissär. Alle, jeder.«

»Verstehe ich das richtig, Josef: Jeder dieser Männer war mit je einem Karabiner 98 sowie einer Luger Pistole 08 ausgerüstet?«

»Daran glaube ich ganz fest, Herr Kommissär.«

»Danke, Josef. Weiter.«

»Der Anführer hat ein Geld auf den Tisch geschmissen und noch eine Flasche Schnaps wollen. Der Bernhard hat das Geld eingeschoben.«

»Wo befand sich Elise Pfanzelt zu diesem Zeitpunkt?«

»Die Elise war hinten und hat zugeschaut. Die Elise ist immer weiß angezogen. Sie hat den Blasbalg von der Orgel gemacht, wo der Peterl, was unser Mesner ist, die Lieder vom Gebetbuch spielt.«

»Stimmt. Das hat mir Pfarrer Tecklenburg bestätigt.«

»›Nimm den Krug, Elise‹, hat der Bernhard gesagt. Ich glaub, die Elise hat ihn schwer mögen, obwohl er zu viel säuft. Dass der Bernhard säuft, hat auch der Altwirt gespannt, aber der hat schon lang keine Kraft nicht mehr gehabt gegen seinen eigenen Buben.«

»Erzählen Sie von Elise.«

»Meine Elise. Eine Schönheit. Nicht so eine kalkige oder graue Haut, sondern weiß wie der weiße Nebel. Rothaarig. Ich nenn sie mein Kupferdachl, Herr Kommissär. Verstehen S' das?«

»Kupferdachl wegen ihrer roten Haare. Ich verstehe. Weiter, Josef, was geschah dann?«

»Sie ist wie so eine Rose. Sie hat sich leicht wie eine Feder bewegen können. Sie ist, war … wie soll ich sagen … mein Engel auf allen meinen Wegen. Und das Schönste ist, sie riecht gut. Nach Lavendel. Immer hat sie ein Lavendelparfüm.«

»Josef, könnte es sein, dass Sie in Elise, sagen wir mal, verliebt waren?«

»Ja. Doch. Daran glaub ich ganz fest, Herr Kommissär. Weil sie ist halt einfach … wunderbar … gewesen. Wie sind ihre Schritte so sanft in den Sandalen, und ihre Brüste sind wie Kitzlein, an ihr ist alles gut und rein. Es ist eine Sauerei, wie sie verreckt ist. Man muss den Kerl umbringen, der wo das gemacht hat.«

»Halt, Josef. Du sprichst von Brüsten wie Kitzlein. Das sind doch nicht deine eigenen Worte?«

»Hohelied, Kapitel sieben, Vers vier.«

»Die Bibel?«

»Jawoll, Herr Kommissär, daran glaube ich ganz fest. Hat mir der Herr Pfarrer in der Bibelstunde gelernt.«

Seltsam, dachte Klemm überrascht, ein Priester, der

über Brüste wie Kitzlein spricht, als ob er Elises Busen gekannt hätte.

»Machen wir weiter. Was trug Elise an ihrem letzten Tag?«

»Ein einfaches weißes Kleid mit einem hohen Kragen und einem weißen leinenen Schurz.«

»Danke, Josef. Und weiter?«

»Die Elise nimmt die Flasche mit dem Schnaps und geht zu den Soldaten. Die Stimmung ist grob aufgeheizt und für eine ehrbare Frau wie die Elise gefährlich. Der Soldat, wo gezahlt hat, wartet, bis die Flasche auf dem Tisch steht. Dann hat er so eine kleine Spieluhr aus der Tasche gezogen, wo man überall kriegt. Die hat er neben den Schnaps hingestellt. Er zieht sie auf und sagt: Tanz für uns, schönes Kind!«

»Das hat er so gesagt: Tanz für uns, schönes Kind?«

»Genau so, Herr Kommissär.«

»Was hat Elise getan?«

»Meine Elise hat ganz fest den Kopf geschüttelt.«

»Was geschah dann?«

»Darauf zieht er die Elise auf seinen Schoß und packt sie an der Brust, die Sau. Aber die Elise hat sich wehren können. Es war ja nicht das erste Mal, wo einer frech geworden ist.«

»Was war mit dieser Spieluhr?«

»Das ist komisch, Herr Kommissär.«

»Was, Josef?«

»Die Spieluhr hat eine Melodie von dem Beethoven gespielt: Albumblatt für Elise. Sie müssen wissen, Herr Kommissär, der Beethoven war ein deutscher

Komponist. Dem seine Musik hat der hochwürdige Herr Pfarrer nach der Bibelstunde auf dem Grammofon gespielt.«

»Ich kenne Beethoven. Was empfinden Sie als außergewöhnlich bei dieser Melodie?«

»Verstehen Sie nicht, Herr Kommissär? Die Musik heißt ›Albumblatt für Elise‹. Und dem Bernhard sein Eheweib heißt auch Elise.«

»Das ist in der Tat interessant, tut hier aber nichts zur Sache. Wie ging es nun weiter?«

»Warum tanzt du nicht für uns?, fragt der Soldat, wo sie gepackt hat. – Niemals nicht tanze ich, ruft meine Elise. Ich kenne ja nicht einmal deinen ganzen Namen, du Hackstock! – Hähä! Hackstock hat noch niemand zum alten Waller gesagt, plärrt der besoffene Soldat. – Das war schon lang fällig, sagt die Elise zornig. – Und wenn ich ihn dir sage?, wiederholt er stur. – Sag schon, sagt meine Elise daraufhin. – Ich bin der Sturmbannführer Ruppert Waller, der Anführer von diesen tapferen Männern, die heimgehen, sobald du getanzt hast.«

»Wie lautete der Name genau?«

»Waller, Ruppert, Herr Kommissär.«

»Waller trug einen Ehrendolch der SS. Der Mann ist unter den Toten.«

»Jawoll, Herr Kommissär.«

»Dirlewanger und Waller. Das passt zusammen. Erzählen Sie weiter, Josef.«

»Nein!, schreit meine Elise. Sie schaut nach dem Bernhard, aber der ist im Keller. Sie ist allein mit der besoffenen Bande.«

»Wo befand sich der Altwirt in diesem Augenblick?«

»Hat sich ganz schnell verdruckt, Herr Kommissär.«

»Und Sie, Josef, wo waren Sie?«

»Ich bin hinter der Kuchltür gestanden und war unfähig für eine Bewegung. Das müssen Sie mir glauben, Herr Kommissär.«

»Ich glaube Ihnen. Weiter.«

»Erst tanzen. Dann kannst gehen, sagt der Waller und drückt meine Elise. In dem Augenblick kommt der Bernhard aus dem Keller. Er rennt auf den Waller zu, wegen der Elise.«

»Was macht der Waller?«

»Erschieß ihn, Michi!, schreit der Waller.«

»Halt: *Michi?*«

»Ich kenn bloß den Vornamen, Herr Kommissär.«

»Moment, lassen Sie mich nachsehen. Hier. Hier habe ich seinen vollständigen Namen: Michael Dorn. Fünfundvierzig Jahre alt, gebürtig in Schachtenstein. Hat vier Jahre bei der Sturmbrigade Dirlewanger gekämpft. Zuletzt im Rang eines Sturmbannführers der SS. Hat eine Frau und drei Kinder. Hier ist ein Foto. Schauen Sie es sich genau an, Josef.«

»Das ist er, Herr Kommissär.«

»Weiter.«

»Der Michi hat gleich geschossen. Der Bernhard ist tot hingefallen. Der Waller hat gelacht. Noch einmal will der Waller die Elise packen. Aber er hat die Rechnung falsch gemacht. Mit einer Bewegung, wo ich ihr, ehrlich gesagt, nicht zugetraut hab, nimmt sie dem Michi die Pistole und schießt den Waller mitten in die Brust.

Ich seh ihn noch vor mir, wie das Blut und das Bier aus seinem Mund kommen ist. Dann ist er tot vom Stuhl gefallen.«

»Möchten Sie vielleicht ein Glas Wasser, Josef?«

»Danke, Herr Kommissär, das wäre gut.«

»Immerhin sind Sie der einzige Zeuge dieses unglaublichen Massakers. Wenn Sie getrunken haben, sprechen Sie bitte weiter.«

»Der Waller ist tot. Aber die Elise schießt immer weiter in den Waller hinein. Die zwei anderen sind wie der Teufel davon.«

»Halt: Die überlebenden Soldaten sind … Augenblick … sind Friedrich Berner, gebürtig in Passau. Und Michael Dorn, gebürtig in Schachtenstein. Hier, die Fotos.«

»Genau. Das sind die Männer. Darf ich Ihnen was fragen, Herr Kommissär?«

»Ja.«

»Die Männer kommen vom Krieg. Wie können Sie da so schnell die Namen und privaten Sachen wissen?«

»Dirlewanger ist die Verbindung, Josef. Eine Anfrage bei der Volkskartei reichte. Waller und seine Kameraden Dorn und Berner gehörten zur SS-Sturmbrigade Dirlewanger und waren offenbar auf dem Weg in die Heimat. Und jetzt weiter im Text.«

»Die Elise schmeißt die Pistole weg. Die Gaststube ist leer. Auf einmal steht der Max in der Tür.«

»Maximilian Pfanzelt, der Altwirt?«

»Nach einer Pause, die wo mir unendlich lang vorgekommen ist, geht er zur Elise und hebt die Pistole auf.«

»Elise hat sich nicht gewehrt?«

»Nein. Ich glaub, sie hat einen tiefen Schock gehabt. Ihr Gesicht hat die Farbe von ihrem Kleid gehabt.«

»Was geschah dann?«

»In den Keller, sagt der Max. – Warum soll ich in den Keller?, fragt sie. Der Altwirt hat sie angeschaut und gesagt: Die kommen zurück, verlass dich drauf. Und dann Gnade uns Gott. Die brennen mein Wirtshaus nieder, wenn ich dich nicht hergeb. – Die Elise schaut in den Revolver. Der zeigt direkt auf ihre Brust, ich habe es gesehen. – Du willst mich hergeben?, fragt sie. – Ich muss dich hergeben, wenn mein Wirtshaus nicht brennen soll.«

»Was hat Elise darauf geantwortet?«

»Ich geh nicht in den Keller.«

»Und?«

»Sie hat mitgehen müssen. Es ist eine schlimme Zeit, Herr Kommissär.«

»Da mögen Sie wohl recht haben, Josef.«

»Im Keller hat es einen fensterlosen Raum, wo die Vorräte sind. An der Eisentür hängt ein schweres Schloss. Da kommt niemand hinein und niemand raus. Der Max hat gedacht, die Elise ist da sicher. Kommen die Soldaten, stellt er sich dumm und sagt, sie ist davon und er weiß nix. Vielleicht gehen sie dann wieder. Zwingen sie ihn aber, gibt er sie her.«

»Hat er das so gesagt?«

»Nein, Herr Kommissär. Aber ich glaub, das hat er sich gedacht.«

»Was geschah dann?«

»Ich hab nicht auf die Uhr geschaut, aber es hat keine Stunde gedauert, dann waren sie da. Der, wo den Bernhard erschossen hat, war jetzt der Wortführer. Jetzt mandelt der sich auf: Wo ist das Weibsstück, das unseren Ruppert abgeknallt hat?, schreit er. Der Altwirt steht vor der Haustür und schaut ihm zu. Der Soldat hebt die Pistole. Der Max hat aber keine Angst nicht gehabt. – Sie ist fort, sagt er. Der Soldat grinst. Dem haben die Schneidezähne gefehlt.«

»Wo waren Sie in diesem Moment, Josef?«

»Ich hab mich hinter dem Fenster verschanzt und alles gesehen.«

»Weiter, Josef.«

»Was soll das heißen, Alter?, fragt der Soldat. – Das heißt, sie ist fort, sagt der Max. Was verstehst denn da nicht? –Ich versteh, sagt der Soldat und spuckt auf den Boden, dass sie davon ist wie eine Hur. Aber das wird ihr nichts helfen. Sag mir die Richtung, und wir finden sie. – Der Max schaut ihn an und sagt: Ich weiß nix. – Da hat der Soldat, der Michi, geschossen. Der Altwirt ist umgefallen. Der war tot, Himmel Herrgott!«

»Wie ging es weiter?«

»Der Soldat hat sein Feuerzeug herausgetan. Er rennt in die Küche, packt einen Kübel mit Fett und schmeißt das Feuerzeug hinein. Ich hab es gerochen. Dann ist er raus. Gleich danach hat alles brennt.«

»Wo befanden Sie sich in diesem Moment, Josef?«

»Wie der Soldat ins Haus rennt, bin ich hinten raus und hab mich im Unterholz versteckt.«

»Und anschließend?«

»Der andere ist davon, ohne einen Blick zurück. Die Schreie von meiner Elise aus dem Keller krieg ich nicht mehr aus dem Kopf.«

»Michael Dorn und Friedrich Berner sind die Täter?«

»Jawoll, Herr Kommissär.«

»Sie konnten Elise nicht helfen?«

»Wär ich hinein, wäre ich verbrannt wie sie. Ich bin kein Feigling nicht, Herr Kommissär, aber das hätt ich nicht können.«

»Gut, Josef. Gibt es etwas, was Ihnen noch aufgefallen ist? Jede Kleinigkeit ist wichtig. Immerhin gab es bei dem Unglück insgesamt vier Tote. Das ist einmalig für ein Dorf wie Schachtenstein.«

»Da war noch die Spieluhr.«

»Mit dem Albumblatt für Elise?«

»Genau, Herr Kommissär. Wie die Elise in den Keller ist, hat sie die Spieluhr aufgezogen, und auf den Stufen spielt die ganze Zeit das Albumblatt. Das hat mich so gegruselt. Verstehen Sie das, Herr Kommissär?«

»Das verstehe ich sehr gut, Josef. Noch etwas?«

»Die Männer, ich mein die Soldaten, waren irgendwie furchtbar aufgeregt.«

»Von Anfang an oder erst nach dem Genuss von dem vielen Bier und dem Schnaps?«

»Ich glaub, von Anfang an.«

»Können Sie mir einen Grund dafür nennen, Josef?«

»Als hätten sie zu viel Kaffee erwischt. Oder was anderes.«

»Oder etwas anderes? Vielleicht Pervitin? Ist notiert. Sonst noch was?«

»Nein, Herr Kommissär, das ist alles.«

»Gut. Ich fertige noch heute das Protokoll. Morgen bitte ich Sie, es zu unterschreiben. Also bleiben Sie in der Nähe.«

»Eine Frage, Herr Kommissär. Wie geht es weiter?«

»Wir werden die Männer stellen, die dieses ungeheuerliche Verbrechen begangen haben. Allen voran Michael Dorn, den Mörder von Bernhard, Elise und Maximilian Pfanzelt.«

»Kann ich da nicht mithelfen?«

»Wie stellen Sie sich das vor?«

»Ich kenn jeden Fleck im Wald, jeden Steig und jede Hütte hinüber nach Rabenstein und hinauf bis zum Hennerkobel.«

»Sie sind kein Polizist, Josef. Und kurzsichtig noch dazu. Das geht nicht.«

»Wo doch die Polizei keine Männer hat wegen dem Krieg.«

»Ich verstehe, was Sie meinen, Josef. Aber so einfach ist das nicht. Sie haben keinerlei Ausbildung.«

»Wenn Sie mich mitnehmen, Herr Kommissär, lerne ich alles ganz schnell.«

»Stellen Sie sich vor, Ihnen stößt etwas zu. Das kann ich keinesfalls verantworten.«

»Ich kann gut auf mich selber aufpassen.«

»Vielleicht.«

»Danke, Herr Kommissär.«

»Was werden Sie jetzt tun, Josef?«

»Ich geh zum Staubwasser. Ich kann im Rossstall schlafen. Da geht es mir gut. Daran glaub ich ganz fest.«

»Von mir aus. Bedenken Sie aber, dass Sie Tatzeuge sind. Sperren Sie Augen und Ohren auf. Michael Dorn ist noch nicht gefasst.«

»Ich geb Obacht, Herr Kommissär.«

»Wie Sie meinen. Und damit bis morgen, Herr Schnaitz. Seien Sie pünktlich um neun Uhr hier.«

»Jawoll, Herr Kommissär. Um neun Uhr. Auf Wiedersehen, Herr Kommissär Klemm.«

Während Klemm sich daranmachte, das Protokoll zu fertigen, dachte er über den jungen Mann nach, der Zeuge dieses furchtbaren Verbrechens geworden war. Josef Schnaitz wirkte wesentlich jünger als dreißig Jahre. Ein gut aussehender Bursche mit dunklem, gelocktem Haar, das bis zur Schulter reichte. Klemm konnte sich gut vorstellen, dass Josef durchaus in der Lage war, einem Mädchen das Herz zu brechen. Wäre da nicht der unstete Blick und das fehlende Selbstbewusstsein gewesen, das diesen Eindruck wieder zunichtemachte. Der Junge war in sich zerrissen, wirkte unzufrieden und unruhig. Aber vielleicht lag das nur an dem erlittenen Leid um die geliebte Elise.

Klemm seufzte.

Zunächst galt es, die alte Schreibmaschine aus Wehrmachtsbeständen in Betrieb zu nehmen. Das Gerät stammte aus dem Jahr 1935, hatte Reisen nach Frankreich, Belgien, Polen und vielleicht sogar nach Russland mitgemacht und war nun im Dörfchen Schachtenstein auf Klemms Schreibtisch gelandet. In seinem provisorischen Büro im Gasthof Stormberger hier im Zwieseler

Winkel wartete das Vorkriegsmodell nun darauf, dass auf ihr das Protokoll des Massakers an der Familie Pfanzelt amtlich verfasst wurde.

Leo Klemm seufzte. Dies war ein Teil seiner Arbeit, den er hasste; nicht, weil er mit einer Schreibmaschine nicht umgehen konnte oder ihm die Schreibtischarbeit zu anstrengend gewesen wäre, sondern weil er in Polen die linke Hand gelassen hatte. Er musste jeden Buchstaben mühsam mit dem Zeigefinger der rechten Hand suchen und einzeln tippen. Für ein umfangreiches Protokoll oder ein offizielles Schreiben an die vorgesetzte Behörde verbrachte er Stunden vor dem altertümlichen Gerät.

Der Kommissär besaß eine hölzerne Handprothese, die er an den Unterarm schnallen konnte. Sie half zwar beim Radfahren, aber nicht beim Tippen. Zusätzlich hatte ihm ein geschickter Werkzeugmacher eine eiserne Spitze gebaut, die sich am Armstumpf befestigen ließ und die Klemm bei Gefahr als Waffe nutzen konnte. Im Augenblick lag sie wohlverwahrt in einem speziellen Futteral unter dem Bett.

Klemm stammte aus München. Die Wirren des Krieges hatten ihn über Frankreich, Belgien, Russland und Polen zurück in seine Heimatstadt und anschließend in diesen verwunschenen Winkel des Bayerischen Waldes geführt. Am neunundzwanzigsten April war er dreißig Jahre alt geworden. Seit acht Monaten versah er nun seinen Dienst in der Polizeistation Zwiesel. Er hatte sich an die Eigenheiten der Menschen gewöhnt. Auch wenn ihre Sprache noch immer seltsam in seinen Ohren klang; manches konnte er gut verstehen, anderes, wie bestimmte

Bräuche und Rituale, blieben ihm, dem Mann aus der Großstadt, fremd.

Klemm hatte einfach beschlossen, sich an das alte Münchner Sprichwort zu halten, das ihn bisher einigermaßen gut durchs Leben gebracht hatte: »Es is, wie's is.« Er tickte noch immer münchnerisch.

Klemm war nicht überrascht, sich hier in der Provinz einzufinden. In Schachtenstein war verhältnismäßig wenig zu Bruch gegangen.

Zunächst war die 3. US-Armee unter General George Patton Anfang April 1945 über Grafenwöhr, Weiden und Cham in den Bayerischen Wald vorgerückt.

Am dreiundzwanzigsten April querten die Amerikaner den Regen und marschierten die alte Ostmarkstraße entlang. Insbesondere die Skoda-Werke in Pilsen waren eine wichtige Rüstungsschmiede der Nazis gewesen. Im Zuge dieser Maßnahme waren amerikanische Kampfverbände bereits am zwanzigsten April 1945 über Zwiesel hergefallen. Das alles war nur ein paar Tage her, und die Wunden in Zwiesel waren noch nicht verheilt.

Schachtenstein wirkte an diesem heutigen Tage nur deshalb wie ausgestorben, weil viele Männer im wehrfähigen Alter und darüber hinaus in Kriegsgefangenschaft geraten oder im Felde vermisst waren. Die Äcker lagen brach, die Arbeit im Stall ruhte. Die Öfen der Glashütten waren seit Langem erkaltet.

Frauen und Kinder prägten das Ortsbild. Mühsam versuchten sie den Alltag zu gestalten. Der Kramerladen hatte wieder geöffnet. Es gab Brot und Milch, falschen Kaffee und selbst gestrickte Socken. Wer anderes wollte, musste nach Zwiesel fahren oder, wenn er es schaffte, bis nach Passau reisen.

Der Gasthof Stormberger war ein aus der Zeit gefallenes, breit hingelagertes Gebäude mit umlaufendem Balkon im ersten Stockwerk, der bald mit roten und weißen Geranien bestückt werden sollte. Früher einmal hatte er den Stolz seiner Besitzer bedeutet. Heute aber, nach mehrmaligem Eigentümerwechsel, bedurfte die Fassade, wie auch Fenster und Türen, dringend der Renovierung.

Die acht Zimmer waren abgewohnt gewesen; die Betten durchgelegen. Die Schränke hatten nach Moder und Mausdreck gerochen, und die Fenster waren ohne Gardinen.

Der jetzige Besitzer Eugen Pretzlaff war im Winter 1944 aus Wien gekommen, mit nur einem Koffer in der Hand, und hatte zunächst im Anbau eine Bleibe gefunden. In den folgenden Monaten hatte er jeden Raum im Haus gereinigt, kaputtes Mobiliar, so gut es ging, repariert und aus Stoffresten händisch Gardinen genäht. Schließlich war am ersten Mai ein Schild an der Tür gelehnt, worauf geschrieben stand, dass es ab heute Bier und kleine Speisen zu vernünftigen Preisen geben würde.

Auf einer Tafel aus Lindenholz, die über der breiten Eingangstür hing, stand der Spruch:

Rede wenig, rede wahr, trinke mäßig, zahle bar.

Woher Pretzlaff, der zwar gut kochte, aber wenig redete, die Mittel dazu hatte, wurde nie bekannt. Jedenfalls war der kleine Saal im Obergeschoss, wo früher Theater gespielt worden war, am Abend der Eröffnung brechend voll gewesen. Es wurde gelacht, gehandelt und gesoffen, als hätte es nie einen Krieg gegeben.

In der großen Gaststube vom Stormberger hatte sich schon bald ein Stammtisch eingefunden, der unbedingt Friedensstimmung verbreiten wollte und sich bis zur Bewusstlosigkeit dem Kartenspiel ergab. Eine Handvoll Veteranen aus dem Ersten Weltkrieg hockte hier bei einer Maß zusammen und erklärte, warum der Krieg verloren gegangen war. Dass die Niederlage vor allem ein Akt der Befreiung von der braunen Barbarei gewesen war, darauf kamen sie nicht. Ein paar Buben hatten sich dazugesellt, am Bier genippt und den Geschichten gelauscht, die die Alten erzählten. Später dann, nach der fünften Maß, erklang aus rauer Kehle nicht immer stimmsicher die bodenständige Weise von der seligen Kinderzeit im Böhmerwald, und so manche Träne rann in den steingrauen Bart der Alten.

Was sie selbst in der braunen Zeit gemacht hatten, ob sie in der Partei gewesen waren, ob sie Nachbarn denunziert, Juden schikaniert und ausgeliefert hatten – all das war jetzt vergessen. Hier waren keine Nazis mehr. Nirgendwo in Schachtenstein. Nirgendwo im Zwieseler Winkel. Und nirgendwo mehr im ganzen Bayerischen Wald.

Beim Stormberger gab es im Augenblick genügend leere Zimmer. Kein Monteur oder Handelsvertreter fand in diesen Tagen den Weg in das Dorf, geschweige denn ein Sommerfrischler.

Das Problem waren die zurückkehrenden Frontsoldaten. Aus allen Richtungen kamen sie. Abgerissen, hungrig, teilweise noch in den Uniformen der Wehrmacht. Die ganz frechen Burschen trugen sogar noch ihre Waffen. Die Schachtensteiner verzogen sich in die Häuser und kamen erst wieder heraus, wenn die verlotterten Männer fort waren.

Im Gasthaus Pfanzelt, drüben am Waldrand, war nun solch eine Gruppe Kriegsheimkehrer gestrandet und hatte dort ein furchtbares Blutbad angerichtet.

Sofort nach seiner Ankunft war Kommissär Klemm zum Tatort geeilt und hatte die noch rauchenden Trümmer des Gebäudes in Augenschein genommen.

Heute war Montag, der vierzehnte Mai 1945. Die Tat hatte sich am Vormittag des dreizehnten Mai ereignet. Der Mesner und Totengräber Peter Hofmann, genannt Peterl, und ein paar Freiwillige hatten die Leichen geborgen, sie zur Kirche gebracht, wo sie nun in eilig zusammengezimmerten Holzkisten nebeneinander aufgebahrt vor den Altarstufen standen. Die Deckel hatte man verschlossen, um den Besuchern den Anblick der furchtbaren Verletzungen zu ersparen.

Pfarrer August Tecklenburg hatte sie gesegnet. Dem dreiundsechzigjährigen Mann war die Erschütterung deutlich anzusehen gewesen.

Alles befand sich in Auflösung oder im Aufbau, je nachdem, dachte der Kommissär und spannte das nächste Blatt Papier, grau und verblichen, in die Maschine. Jahre würde es dauern, bis sich wieder eine gewisse Ordnung einstellen würde und das geschundene Land seine Ruhe fand. Im Augenblick herrschte das Recht der Sieger. Klemm hatte nichts dagegen. Sehr bald schon würde sich zeigen, was sie aus ihrem Sieg machten.

Jedenfalls war es gut, dass der verdammte Krieg ein Ende hatte. Jetzt musste aufgeräumt werden. Auch mit den Mördern der Familie Pfanzelt.

Nach einer halben Seite legte Klemm eine Pause ein und stand auf. Er könnte jetzt einen starken Kaffee gebrauchen, aber eine solche Köstlichkeit würde er vermutlich in ganz Schachtenstein nicht finden. Seine Vorgesetzten hatten unmittelbar nach Bekanntwerden der Tat entschieden, ihn an diesen Ort zu schicken, hatten ihm zwei Zimmer im Gasthof Stormberger reserviert und ihm die Schreibmaschine in die Hand gedrückt. Ein Willys-Jeep der Amerikaner hatte ihn in den Ort gebracht und vor der Tür abgesetzt. Der junge GI hatte die Koffer hinauf in das Zimmer geschleppt und war nach Zwiesel zurückgefahren.

Klemm war auf sich gestellt. Er hatte keine Mitarbeiter, denen er die Recherche und die Suche nach Informationen übertragen konnte. Keine Sekretärin, die die Protokolle hätte aufnehmen können. Und es gab niemanden, mit dem Klemm sich austauschen konnte.

Der junge Schnaitz kam ihm wieder ins Gedächtnis. Josef hatte sich als Hilfspolizist mit guten Ortskenntnissen angeboten. Vielleicht sollte man auf den Burschen zurückgreifen. Aber er war nun einmal einer der an der Tat – wenn auch passiv – beteiligten Personen. Hinzu kam, dass Josef Schnaitz als einziger Zeuge des Massakers in permanenter Gefahr schwebte. Wenn ihn Klemm an sich zog, konnte er auf Schnaitz aufpassen und ihm so unter Umständen das Leben retten. Darüber musste man nachdenken, doch Klemm hasste Schnellschüsse.

Der Kommissär gönnte sich einen Schluck Wasser und trat ans Fenster, um auf die menschenleere Straße hinunterzublicken.

Er dachte weiter an den jungen Mann, der das Massaker überlebt hatte. Josef Schnaitz, dreißig Jahre alt, gläubiger Christ, dank Pfarrer Tecklenburg. Was an sich nichts Schlimmes war. Nur diese Fundstelle im Hohelied?

Klemm blätterte im Protokoll und fand die entsprechende Quelle. Aus der Nachttischschublade zog er eine vergilbte Bibel. Er schlug das Hohelied auf, Kapitel vier:

Deine Brüste sind wie zwei Kitzlein, wie die Zwillinge einer Gazelle, die in den Lilien weiden …

Sein Zeigefinger rutschte ein paar Zeilen weiter:

Wie schön ist deine Liebe, meine Schwester Braut, wie viel süßer ist deine Liebe als Wein, ein Lustgarten sprosset aus dir …

Hier war wohl kaum vom Messwein die Rede gewesen. Und was sollte der Hinweis auf *meine Schwester Braut* bedeuten? War Pfarrer Tecklenburg mit Elise intim gewesen? Nun war die junge Frau tot. Die Affäre, wenn sie denn eine gewesen war, damit beendet.

Kommissär Klemm nahm sich vor, Erkundigungen über den Priester einzuziehen. Doch alles der Reihe nach.

Zurück zu Schnaitz. Immer wieder war er bei der Vernehmung ins Stocken geraten, hatte lange Pausen eingelegt, die Brille abgenommen, sie an einem Hemdzipfel geputzt, sie wieder aufgesetzt, um sie sogleich wieder abzunehmen und wiederum mit fahrigen Handbewegungen zu reinigen. Und immer wieder hatte er das silberne Kreuz umfangen, das er an einer Kette um den Hals trug.

Josef Schnaitz hatte, nach eigener Aussage, viel Religion gelernt. Und das Schälen von Kartoffeln.

Als die Rede auf Elise Pfanzelt gekommen war, brach ein Redeschwall aus Josef Schnaitz hervor. Dabei hielt er das silberne Halskreuz vor den Mund gepresst, so fest, dass man die weißen Fingerknöchel erkennen konnte. Klemm nahm sich vor, diese Beobachtung im Auge zu behalten. Josef hatte Elise, obwohl sie mit Bernhard Pfanzelt verheiratet gewesen war, abgöttisch geliebt. Die Frage war: Hatte Elise die Zuneigung des jungen Mannes erwidert? Hatte Bernhard, ihr Ehemann, davon gewusst? Hatte der Altwirt Max Pfanzelt davon gewusst? Und schließlich, wie weit war die Liebe zwischen den beiden jungen Menschen gediehen? Sollte mehr daraus werden? War Elise, dieser Gedanke schoss Klemm plötzlich durch den Kopf, von Josef schwanger gewesen, als sie starb?

War das der Grund für die Fassungslosigkeit von Josef Schnaitz gewesen? Es lag noch viel im Dunkeln, das Klemm ans Tageslicht befördern musste.

Ein zerzauster Veterinär, der mitten im Wald mit ein paar Geißen hauste, hatte die Leichen noch in der Tatnacht untersucht – oder das, was von ihnen übrig geblieben war. Der Mann war schwerhörig und nahezu blind; auch hatte er es sonst nur mit Kühen und Rössern zu tun gehabt. Doch das war mangels Viehbestand und leeren Pferdeställen Jahre her. Aus diesem Grund erwartete

Klemm keine ermittlungsrelevanten Ergebnisse. Die verkohlten Leiber würden alle Geheimnisse für sich behalten und sie mit ins Grab nehmen. Ohne Gerichtsmediziner, das war dem Kommissär bewusst, war die Sache aussichtslos. Dennoch griff sich Klemm seinen Notizblock und notierte, dass er mit dem Veterinär sprechen musste. Auch die Dorfgemeinschaft wollte er befragen, vielleicht nach der Beerdigung von Bernhard, Elise und Maximilian Pfanzelt, wenn alle anwesend waren.

Klemms Blick fiel auf die mitgelieferten Militärakten der mutmaßlichen Mörder. Zuoberst lag die Akte von Michael Dorn, dem Haupttäter. Der Kommissär nahm sie zur Hand und wanderte in dem zum Büro umfunktionierten Zimmer auf und ab, um sich in den Inhalt zu vertiefen.

Michael Dorn, geboren am fünfzehnten April 1900 in Zwiesel, war jetzt fünfundvierzig Jahre alt. Nach der Volksschule Arbeit als Knecht auf einem Bauernhof in der Nähe. 1932 Eintritt in die NSDAP. Aufstieg zum SS-Sturmbannführer. Dorn galt als aufbrausend, dabei ohne jedes Unrechtsbewusstsein. Die beigefügte Fotografie zeigte einen bulligen Menschen mit einem pockennarbigen Gesicht. Klemm prägte sich die Visage ein.

Offenbar war Dorn im KZ Sachsenhausen gewesen. Wie passte das zusammen?

Ein SS-Sturmbannführer als Häftling in einem Konzentrationslager? Auf dem nächsten Blatt stand als Begründung, dass Dorn ein unverbesserlicher Wilderer gewesen war, der überall, wo ihn seine Einheit hingeführt hatte, sofort in die Wälder gerannt und alles abgeknallt hatte, was ihm vor die Flinte gekommen war. Nachdem er dabei einen Kameraden, der es ihm gleichtun wollte, angeschossen und schwer verletzt hatte, war es seinen Vorgesetzten zu bunt geworden. Sie hatten ihn nach Sachsenhausen geschickt.

Unwillkürlich musste Klemm schmunzeln. Diesen Empfang im KZ hätte er gerne erlebt.

Doch lange war Dorn nicht im Lager geblieben. Ab Ende Mai 1940 hatte Oskar Dirlewanger notorische Wilderer zum Wilddiebkommando Oranienburg zusammengestellt. Daraus war das Sonderkommando Dirlewanger hervorgegangen. Am Ende des Blattes hatte der Beamte der Militärbehörde mit roter Tinte den Vermerk »Verroht« angebracht.

Es war Klemm noch immer ein Rätsel, wie man Dorns Akte so schnell aufgetrieben hatte. Dennoch hielt er sie nun in Händen. Offenbar war der Begriff »Dirlewanger« die Klammer gewesen.

Bevor er das Dossier wieder zurück auf den Schreibtisch legte, betrachtete er noch einmal aufmerksam Dorns Fotografie. Ein runder Kopf. Gerötetes Gesicht vom üppigen Fleischverzehr und regen Alkoholgenuss. Die Nase mindestens einmal gebrochen. Kleine Augen. Dichter, grau melierter Bart. Der Schädel kahl geschoren. Dieses Gesicht würde der Kommissär nicht so schnell vergessen.

Wieder stand er auf, um einen Schluck Wasser zu trinken. Er hätte jetzt gern eine Zigarette geraucht. Aber im letzten Kriegsjahr hatte er aufgehört, und das sollte auch so bleiben – Mordfall hin oder her.

Als er sich wieder gesetzt hatte, kreisten seine Gedanken weiter wie ein Polizeiauto in einem Karussell, das an immer den gleichen Stationen und Bildern vorbeifuhr.

Was würde aus Josef Schnaitz werden? Er hatte sowohl den Arbeitsplatz als auch die Wohnstelle verloren. Sicher würde er irgendwo eine Unterkunft finden. Dass er beim ehemaligen NS-Ortsgruppenleiter Staubwasser unterkam, passte Klemm nicht unbedingt. Aber es war besser, als allein in einer verfallenen Hütte zu hausen.

Klemm verstand sehr wohl, warum Schnaitz helfen wollte, die Täter zu fassen. Zum einen galt es, ein Verbrechen aufzuklären. Zum anderen musste der junge Mann unbedingt zu einer geregelten Tätigkeit und damit zu Geld kommen, wollte er eine Zukunft haben und nicht aus Not in die Kriminalität abrutschen oder sich einer der vielen Schmugglerbanden an der Grenze anschließen. Nicht zuletzt wollte Schnaitz vor allem den Mord an seiner Elise aufgeklärt wissen.

Einen weiteren Grund gab es, den Jungen im Auge zu behalten. Die Täter waren auf freiem Fuß. Schnaitz war der einzige Zeuge der Bluttat. Man würde versuchen, ihn zu beseitigen. Damit wäre der Fall gelöst. Jedenfalls für die Mörder der Familie Pfanzelt. Nicht jedoch für einen hartnäckigen Polizisten wie Leo Klemm.

Er riss sich aus seinen Gedanken und setzte sich wieder an die Maschine. Es war weit nach Mitternacht, als er den letzten Punkt tippte.

Noch fand Klemm keine Ruhe. Auf seinem Schreibtisch lagen weitere Akten, die er dringend lesen musste. Es galt, Informationen zu sammeln, die den überlebenden Mittäter Friedrich Berner betrafen. Er war zusammen mit dem getöteten Sturmbannführer Ruppert Waller in der Gaststätte Pfanzelt gewesen.

Ihnen gemeinsam war, so hatten die vorläufigen Recherchen ergeben, die Mitgliedschaft in eben jenem Sonderkommando Dirlewanger.

Das Sonderkommando war Ende 1940 im polnischen Generalgouvernement Lublin in den Befehlsbereich des höheren SS- und Polizeiführers Odilo Globocnik aufgerückt. Ab Februar 1942 dann zur Partisanenbekämpfung nach Weißrussland versetzt worden, wo es Curt von Gottberg zugewiesen wurde. Ab dem elften November 1942 trug es die Bezeichnung »SS-Sonderbataillon Dirlewanger«, später wurde das »SS-Sonderregiment Dirlewanger« daraus. Mitte 1944 wurde das Regiment dann zur »SS-Sturmbrigade Dirlewanger« umbenannt.

Angewidert blätterte Leo Klemm in den Unterlagen und betrachtete die Fotos der Männer. Da Waller tot war, erschossen von Elise Pfanzelt, legte der Kommissär dessen Akte zur Seite.

Friedrich Berner, der andere überlebende Mittäter des Massakers, geboren 1908 in Zwiesel, war 1930 in die NSDAP eingetreten. Er hatte eine Lehre als Maler abgeschlossen und galt als ein Mann, der alles und jedes organisierte, was in Kriegszeiten von Wert war. Auf dem Bild wirkte er schmal und unnatürlich stolz. Das blonde Haar streng gescheitelt. Zudem ließ sich der Eindruck gewinnen, dass der alleinstehende Mann gern maskuline Burschen um sich scharte. Es fand sich zwar nichts darüber in der Akte, aber Klemm ging davon aus, dass

Friedrich Berner homosexuell war. Die Fotografie zeigte ihn in der Uniform eines SS-Rottenführers. Ebenso wie Dorn war Berner nach der Tat sofort abgetaucht. Nun galt es, die beiden möglichst schnell dingfest zu machen. Das hörte sich einfacher an, als es tatsächlich war. Leo Klemm hatte keine Ahnung, wo er in den Wirren des Kriegsendes mit der Suche beginnen sollte. Hier waren der Spürsinn und der Instinkt des erfahrenen Ermittlungsbeamten gefordert.

Er legte eine Landkarte von Bayern auf den großen Besprechungstisch. Nach Passau war es nicht weit, und damit auch nicht nach Österreich. München erschien als weitere Option. Der Osten war versperrt, insbesondere für ehemalige Angehörige der Waffen-SS. Was lag näher, als zunächst einmal die Familie von Michael Dorn in Schachtenstein aufzusuchen?

Der Kommissär verstaute die Landkarte wieder in der dazugehörigen Mappe. Dann legte er die Akten aufeinander, zuoberst die des mutmaßlichen Haupttäters Dorn. Sie würde er morgen zur Befragung von dessen Ehefrau mitnehmen. Klemm löschte das Licht und begab sich in seine karge Schlafkammer. Als er zu Bett ging, schlug es vom Kirchturm zweimal.

DIENSTAG, FÜNFZEHNTER MAI 1945

Kapitulation der letzten eingeschlossenen deutschen Truppen in Jugoslawien, die immer noch Widerstand geleistet haben.

Auch Michael Dorns Frau hörte die Schläge vom Kirchturm. Seit drei Stunden wälzte sie sich in ihrem Bett hin und her, konnte nicht schlafen, stand auf, ging zum Abort, trank einen Schluck Wasser, schaute nach den Kindern, legte sich wieder hin und starrte hinauf zur Zimmerdecke.

Vor ihren Augen erstand das immer gleiche Bild: Ein Soldat in feldgrauer Uniform hob sein Gewehr, legte an, wollte schießen, kam aber nicht dazu, eine feindliche Kugel zerfetzte ihm die Brust. Er brach zusammen. Stand wieder auf, wollte erneut feuern. Wieder traf ihn das feindliche Geschoss, mitten in die Stirn. Diesmal stand er nicht mehr auf, sondern blieb regungslos liegen. Im Tod lächelte er ein zufriedenes Lächeln. Sein Gesicht war geprägt von großer Milde.

Die Frau fuhr schweißgebadet hoch, nachdem sie kurz in den Schlaf gefunden hatte. Sie fasste sich an den Kopf und erschrak. Nicht der Traum hatte sie erschreckt, den kannte sie, den hatte sie öfter geträumt. Es war ein Geräusch, das ihre Aufmerksamkeit erregte.

»Karola«, flüsterte eine Stimme. Die Frau sprang aus dem Bett, verließ die Schlafkammer, das Nachthemd schlotterte um ihren dürren Leib. Sie stolperte die Treppe hinunter in den Hausgang. Da stand der Soldat, der im Traum gestorben war.

»Karola«, flüsterte er. Langsam ging sie auf ihn zu, näherte sich mit ungläubigem Gesichtsausdruck. Kurz wich sie zurück, er fasste sie an den Armen und zog sie an sich. Sie roch den Schnaps, das Bier, die modrigen Kleider. Sie vernahm Brandgeruch und schreckte abermals zurück. Der Mann sagte mit rauer Stimme, der Anspannung anzumerken war: »Ich bin's.«

»Du?«

»Ja. Bin wieder da. Freust dich?«

Die Frau wusste nicht, was sie auf diese Frage antworten sollte. Eigentlich hatte sie sich das Wiedersehen mit ihrem Ehemann anders vorgestellt, ganz anders, irgendwie romantischer. Dass es jetzt in dem dunklen, kalten Hausgang geschah, ließ sie verstummen.

»Du stinkst nach Rauch«, sagte sie verlegen.

»Ist das alles, was dir einfällt?«, fragte er und wollte sie erneut umfangen, aber sie wich aus, ungeschickt zwar, aber dennoch. Er spürte es, wollte jedoch nichts davon wissen. Er wollte etwas anderes von ihr. Sie war sein angetrautes Eheweib, das ihm zu Diensten sein musste, wann immer er wollte. Und jetzt, in genau diesem Augenblick, wollte er es haben.

Sie rannte die Treppe hinauf, zum Zimmer der Kinder. Dort befand sich der dreijährige Adolf schlummernd in seinem Bettchen. Daneben lagen der Säugling Florian und seine Schwester Berta, elf Jahre alt, in dem anderen Bett. Dorthin eilte die Frau, schlüpfte in den Raum und drehte den Schlüssel um.

Der Mann stand vor der versperrten Tür und rüttelte am Griff. »Mach auf«, rief er.

Keine Antwort. Er rüttelte weiter, trat gegen das Türblatt. Adolf begann zu weinen, auch Berta und ihr Bruder waren wach.

»Du sollst aufmachen!«, brüllte er wie von Sinnen. Karola war seine Frau. Sie durfte ihn nicht abweisen. Sie gehörte zu ihm. Sie gehörte ihm. Ganz allein. Oder hatte sie etwa einen Freund? Er hatte davon gehört. Von Kameraden, die zu lange im Feld waren. Sie hatte sicher auch einen Kerl, er war sich nun ganz sicher. Langsam ging er die Stiege wieder hinunter. In der winzigen Küche suchte er nach Schnaps, fand keinen und hockte sich an den Tisch, ohne Licht zu machen.

Nach einer Weile erschien Karola, Adolf auf dem Arm. Berta trippelte barfüßig hinterdrein. Mit großen Augen musterten sie den Mann, der ihr Vater war, den sie jedoch seit seinem Heimaturlaub vor gut einem Jahr nicht mehr gesehen hatten. Bärtig war er, und dünn sah er aus in seiner abgerissenen Uniform und dem mausgrauen Käppi.

»Was willst du?«, fragte Karola. Adolf weinte. Seine Ärmchen umklammerten den Hals der Mutter. Den Vater mochte er nicht anschauen.

»Wer ist es?«, fragte er.

»Was?«

»Wer ist der Kerl, mit dem du es treibst?«

»Nein!«

»Ich seh es in deinen Augen.«

Die Frau wich zurück, stolperte über einen Stuhl und wäre beinahe hingefallen. Im letzten Augenblick fing sie sich. Ihr kam ein furchtbarer Verdacht.

»Du willst doch nur ablenken«, sagte sie heftig.

»Von was soll ich denn ablenken?«, fragte er und wollte Berta die Hand reichen, doch das Mädchen wich erschrocken zurück.

»Die Leut reden.«

»Was reden sie denn, die Leut?«, wollte er wissen. Jetzt stand er reglos vor ihr. Sie hoffte, er würde ihr im Angesicht der Kinder nichts tun. Nicht jetzt, nicht in dieser Nacht.

»Die Leut sagen«, fasste sich Karola ein Herz, »du hast den Pfanzelt erschossen und sein Wirtshaus angezündet. Davon reden die Leut und von nichts anderem.«

»Wer sagt das?«

»Der Schnaitz erzählt es überall herum.«

»Und du glaubst den Schmarrn?«, fragte er und sank zurück auf den Stuhl. Sie hatte das Licht angemacht und blickte ihm nun geradewegs in die Augen.

»Ja, das glaub ich.«

»Warum?«

»Weil ich dich kenn. Weil du schon immer so warst. Der Krieg hat dich nicht besser gemacht.«

»Blödsinn«, sagte er matt und schaute zu Boden, als müsste er tief in seinen Erinnerungen kramen, was vor fast zwei Tagen passiert war.

Die Frau wandte sich wieder zur Tür, Berta an der Hand und Adolf im Arm. Aus sicherer Entfernung fragte sie: »Was willst?«

»Mein Gwand.«

»Das kannst haben.« Sie ging aus der Tür, kletterte die Stufen hinauf. Droben brachte sie die Kinder ins Bett und ging zur Schlafkammer. Im Schrank suchte sie den schwarzen Anzug heraus, den er immer bei Beerdigungen getragen hatte. Dazu ein kragenloses Hemd. Sie schmiss die Kleidungsstücke die Treppe hinunter und verriegelte die Tür.

Nach einer Weile hörte sie, wie er das Haus verließ.

Sie wartete bis zum Morgengrauen, ging hinunter und heizte den Kachelofen an. Dann verbrannte sie die Uniform mit den SS-Runen auf dem Kragenspiegel. Auch der Zettel wanderte ins Feuer: »Wenn du der Polizei was sagst, bring ich dich um.«

*

Die Frau trat vor die Tür und schaute hinüber zum Wald. Nichts war mehr von ihm zu sehen. Auf dem Feldweg kamen zwei Männer daher. Die Frau erkannte den alten Mann, den die Amerikaner wieder zum Bürgermeister gemacht hatten. Zingler hieß der, Rudolf Zingler. Sein Kennzeichen war ein gewaltiger Kropf. Im Dorf hieß es, der Rudi sei im KZ gewesen, in Dachau, weil er ein Kommunist war und weil er den Kommunismus in Bayern hat einführen wollen. Das hat der Führer aber nicht zugelassen. Warum die Amerikaner ihn wieder zum Bürgermeister gemacht hatten, verstand Karola nicht. Ihm würde sie jedenfalls nichts erzählen, denn bei Kommunisten musste man vorsichtig sein. Die verschleppten einen sofort nach Russland. Und dass die Russen Untermenschen und Kannibalen sind, das wusste man hier. Das hatte ihnen Bürgermeister Staubwasser jahrelang eingebläut.

Neben Zingler ging ein städtisch gewandter Herr, dem die linke Hand fehlte. Die Frau hatte ihn noch nie gesehen. Also wartete sie, bis die beiden vor ihr standen.

»Grüß Gott«, sagte der neue Bürgermeister. Sie grüßte stumm und sah auf den Fremden.

»Leo Klemm ist mein Name«, sagte dieser und zeigte eine Kennkarte, die ihn als Polizeikommissär auswies. »Sie wissen, warum wir hier sind?«

»Nein«, log die Frau.

»Wollen wir nicht ins Haus gehen?«, meinte der Kommissär.

»Nein.«

»Wie du willst«, sagte Zingler.

Eine Pause entstand. Plötzlich drehte die Frau sich um und betrat ihr Haus. Die beiden Männer folgten wortlos. In der Küche setzten sie sich an den Tisch, die Kinder schliefen noch.

»Sie sind Frau Karola Dorn?«, fragte Klemm.

»Ja.«

»Können Sie sich ausweisen?«

Die Frau zog aus der Schublade den alten Ausweis mit ihrem Namen und dem verblichenen Lichtbild darin und legte ihn vor den Kommissär auf den Tisch. Dieser musterte das Dokument und schob es dann von sich.

»Ihr Mann ist Michael Dorn?«, sagte der Kommissär.

»Ja.«

»Wann haben Sie ihn zuletzt gesehen?«

»Vor gut einem Jahr auf Heimaturlaub.«

»Wenn du lügst, Karola«, begann Zingler, stockte aber, als er ihren verzweifelten Blick sah.

»Ich wiederhole meine Frage: Wann haben Sie Michael Dorn zum letzten Mal gesehen?«

»Auf Heimaturlaub«, sagte die Frau leise.

»Und seither nicht mehr?«

»Wenn ich es sage.«

Sie hockte am Tisch und trenzte in ihr Taschentuch. Die Männer wechselten einen Blick. Klemm hätte schwören können, dass die Frau nicht die Wahrheit sagte. Auch Zingler spürte die Lüge in ihren Worten. Dennoch ließ sich nichts ausrichten, wenn die Frau bei ihrer Aussage blieb. Klemm versuchte es abermals.

»Frau Dorn, wir müssen unbedingt mit Ihrem Mann sprechen, verstehen Sie das?«

»Lassen Sie mich in Ruhe«, greinte sie.

»Wir wollen nur mit ihm reden, Karola«, mischte sich der Bürgermeister ein und versuchte, ihr die Hand auf die Schulter zu legen. Sie schüttelte sie ab und stand auf, dass der Stuhl kippte.

»Ich weiß nix«, stammelte sie. »Nix weiß ich. Nix.«

»Zeigen Sie uns Ihr Schlafzimmer«, befahl Klemm. Also gingen sie hinauf. Der Kommissär betrachtete das Ehebett, schaute darunter, öffnete dann den Kleiderschrank. Dort hingen Röcke, Blusen, eine lindgrüne Sommerjacke.

»Wo hat Ihr Mann seine zivile Kleidung?«

»Hab alles weggetan«, stammelte die Frau.

»Wann?«

»Im Herbst.«

Der Polizeikommissär musterte sie forschend. Sie schlug die Augen nieder und presste die Lippen aufeinander. Was immer diese Frau zu verbergen hatte, er würde es nicht erfahren. Vielleicht morgen. Aber nicht heute. Ihre Angst war zu groß.

Mit einem knappen Nicken verabschiedete er sich. Zingler folgte ihm. Als sie aus dem Haus traten, schloss die Frau die Tür hinter ihnen und sperrte ab.

»Der Kachelofen war heiß«, sagte Klemm, nachdem sie eine Weile gegangen waren.

»Jetzt im Mai?«, fragte Zingler.

»Sie hat etwas verbrannt.«

»Aber was?«

»Das müssen wir herausfinden, Herr Bürgermeister.«

*

Vor dem Rathaus, dem die Fensterläden fehlten, erwartete sie ein Mann. Klaus hieß er; ein armer Kerl, noch keine fünfzig. Man nannte ihn allgemein Klaus, den Wagenknecht, weil er entsetzlich stotterte. Der Bub war zu schwach für dieses Leben, hatte seine Mutter immer gesagt, darum stotterte der arme Kerl. Wo doch der Vater in Stalingrad geblieben war. Bald darauf hatte sie sich auf dem Dachboden erhängt.

»Die Russen sind aus dem Lager ausgebrochen. Und eine Sau«, sagte er. Es war kurz nach sieben in der Früh, aber der Fusel schaute ihm bereits aus dem pockennarbigen Gesicht. Der lebte nur noch zum Saufen, dachte Klemm.

»Wollen Sie mir helfen?«, fragte Zingler in Richtung des Kommissärs. Der schaute ihn belustigt an, nickte aber nach einer Weile.

»Kümmern wir uns halt um die Sau«, sagte er. Um eine Sau hatte er sich bisher nicht kümmern müssen. Dennoch war er dankbar um jede Abwechslung. Eigentlich hatte er nach Friedrich Berner, dem anderen Verdächtigen forschen wollen, aber jetzt war halt eine Sau dran. Die geflohenen Russen hingegen waren Angelegenheit der amerikanischen Militärregierung.

»Wo hast du die Sau gesehen?«, fragte Zingler.

»Hinten beim Staubwasser seinem Stall.«

»Wo sonst die Rösser sind?«

»Ja. Krieg ich eine … eine Belohnung, wenn die Sau gefunden wird?«, fragte Klaus mit bangem Blick.

»Was willst denn?«, fragte Zingler. Noch hatten sie die Sau nicht.

War Klaus aufgeregt oder hatte er Angst, blieb seine Stimme gelassen. Sie hatte ein wunderbar tiefes Timbre. In der Aufregung konnte er über Worte und Satzbau nicht nachdenken. War aber alles ruhig in ihm, so stotterte er zum Herzerweichen. Ansonsten war er ein gut aussehender, gütiger Mann, wie manche Frau ihn sich in Friedenszeiten wünschen würde. Wenn nur diese grausliche Stammelei nicht wär …

Sie gingen hinüber zu Staubwassers weitläufigem Anwesen. Das zweistöckige Steinhaus mit zwei Erkern an den Ecken und einem hohen Giebel stand stolz inmitten von Schachtenstein. Es war das größte Gebäude im Dorf.

Die massive Eingangstür hatte einst zu einer Mühle gehört. Während über das obere Drittel der Türfläche Mühlsteine verteilt waren, querte eine Leiste mit Kammrädern den Mittelteil mit eingeschnitzten Ähren. Das Mittelfeld wurde von einer Brotleiste nach unten abgegrenzt. Darunter fanden sich Schärfhammer, Schärfer und Schältrommel.

Klemm betrachtete die wunderbare Arbeit. Dann sah er zu Zingler, der nervös wirkte.

»Was ist das für einer, der Staubwasser?«

In Zinglers Stimme schwang tiefe Resignation mit.

»Der Konrad war vor dem Krieg der reichste Rosshändler im Zwieseler Winkel. Er hat mich in das KZ gebracht. Aber ich kann es bis heute nicht beweisen. Dann ist er mein Nachfolger geworden.«

Der Kommissär schluckte. »Mit welcher Begründung hat man Sie nach Dachau geschickt?«

Zinglers Lächeln erreichte seine Augen nicht. Sie blieben kalt und abweisend. »Ich war eine Zeit lang Kommunist. Das hat denen nicht gepasst. Drei Jahre war ich im KZ, zusammen mit dem Georg Elser.«

»Und jetzt?«

»Jetzt ist der Staubwasser kein Bürgermeister und auch kein Ortsgruppenleiter mehr, sondern lediglich Rosshändler. Der Krieg hat ihn mit Geld zugeschissen, Herr Kommissär. Seine Ställe aber sind leer, denn jeden noch so buckligen Gaul hat er für gutes Geld an die Wehrmacht verkauft. Die Leut sagen, es gibt Verhandlungen mit den Besatzern. Woher der Konrad allerdings weitere Pferde nehmen will, ist mir ein Rätsel.«

Zingler klopfte an die breite Eichentür. Nach ein paar Sekunden trat Konrad Staubwasser heraus, als hätte er darauf gewartet. Ein verächtlicher Blick traf Klaus. Dann wandte er sich an Zingler.

»Was gibt's?«, fragte er mit tiefer Stimme. Sein gewaltiger Bauch bebte unter der teuren Samtweste. Der kahle Schädel glänzte im Morgenlicht. In der Hand hielt er eine brennende Zigarre, an der er nun zog und Rauchzeichen in den Himmel schickte. Klemm dachte daran, dass dieser Prototyp des schmierigen Geschäftemachers jedes Klischee sprengte.

»Eine Sau«, sagte Zingler vorsichtig. Insgeheim fürchtete er Staubwasser noch immer, mochte es aber nicht zeigen. Der Rosshändler hatte Freunde, und zwar in jeder Richtung. Damit war auch nach dem Ende des Krieges nicht zu spaßen. Die Zeiten hatten sich geändert – wirklich geändert?

»Eine Sau willst?«, feixte Staubwasser und reckte den Bauch in die Sonne. »Dann musst nach Zwiesel auf den Saumarkt. Aber der ist erst nächsten Samstag. Bis dahin wirst dich gedulden müssen, Bürgermeister.«

Sprach der immer so?, überlegte Klemm, oder hatte er ein schlechtes Gewissen? Wahrscheinlich besaß der fette Kerl überhaupt kein Gewissen, das diese Bezeichnung verdiente.

»Ich will den Stall sehen«, sagte Zingler.

»Wer ist denn der da?« Staubwasser deutete mit der

Zigarre auf Klemm, ohne auf Zinglers Forderung einzugehen.

»Polizeikommissär Klemm«, sagte Klemm und zeigte seine Kennkarte.

»Oho!«, schüttelte es Staubwasser. »Jetzt suchen die Gendarmen schon nach einer Sau. Dann wollen wir Sie nicht warten lassen.«

Als sie im Stall waren, lehnte Staubwasser sich gemütlich an die Tür.

»Vorschlag: Wenn ihr die angebliche Sau findet, schlachten wir sie und fressen sie gemeinsam auf.«

»Ja«, brüllte Klaus und leckte sich die Lippen. Nicht nur der Hunger trieb ihn an, sondern auch ein gewaltiger Durst. In der Nacht war er fast verrückt geworden vor Sehnsucht nach Alkohol. Kein Auge hatte er zugetan.

Zingler sah sich hilflos um. Wo sollte er suchen? Die Kobel waren leer, kein Futter zu sehen, es roch frisch, fast zu frisch. Hier war schon lange kein Tier mehr eingesperrt gewesen. Aber vielleicht in einem der zahlreichen Nebengebäude?

Sie gingen über den Hof, da drang aus einem der Keller ein verräterisches Grunzen. Klemm blickte zu Zingler, Zingler blickte zu Staubwasser, Staubwasser blickte zum Himmel. Klaus war an die Öffnung getreten, die durch Eisenstäbe gesichert war.

»Da grunzt was«, sagte er.

»Du träumst ja«, sagte Staubwasser mürrisch.

»Da, schon wieder«, sagte Klaus.

»Dein Hunger grunzt«, sagte Staubwasser.

»Nein, eine Sau«, sagte Zingler.

»Gehen wir in den Keller und schauen nach«, schlug Klemm vor. Der Rosshändler musterte ihn mit einem feindseligen Blick, gab aber nach.

Sie irrten von Raum zu Raum. Der Keller war riesig. Die Mehrzahl der Räume war leer, in einigen lag Gerümpel herum, aber nirgends fand sich eine Sau.

»Wo ist der Kartoffelkeller?«, wollte Zingler endlich wissen. Er war es leid, hier herumzustöbern. Also wanderten sie weiter zum Kartoffelkeller. Doch der war verschlossen. Staubwasser hatte keinen Schlüssel dabei. Er musste ihn erst holen.

Als der Rosshändler nach einer Viertelstunde noch immer nicht zurück war, wurde es Klemm zu bunt. Er eilte die Kellertreppe hinauf und traf im Hausgang die Köchin. Auf seine Frage hin sagte sie, sie solle dem Herrn Gendarm ausrichten, dass ihr Herr dringender Geschäfte wegen verreisen musste und erst übermorgen am späten Abend wieder zurückerwartet werde.

Klemm blieb tatsächlich die Luft weg. Eine derartige Frechheit hatte er in seinem ganzen Berufsleben noch nicht gesehen. Unverrichteter Dinge mussten sie abziehen. Auch der Säufer war verschwunden.

Nicht verschwunden hingegen war Konrad Staubwasser. Er hatte sich hinter dem Hühnerstall versteckt und kam jetzt wieder hervor. Schnaubend rannte er ins Haus, hinunter in den Kartoffelkeller, den schweren Revolver im Anschlag. Die Sau starb, ohne dass sie etwas spürte. Eine Stunde später war sie zerlegt und in alle Himmelsrichtungen verteilt. Hochwürden Tecklenburg bekam ein besonders schönes Stück. Man wollte ja nach dem Tod ins Paradies auffahren. Emmi nahm das Fleisch entgegen und verstaute es in der Speis.

Klemm hockte wieder im Büro. Da fiel ihm etwas ein. Er ließ die Schreibmaschine links liegen und machte sich auf den Weg zurück zum Rosshändler. Noch immer mochte er nicht glauben, dass Konrad Staubwasser ihm und Bürgermeister Zingler einen derartigen Streich gespielt hatte.

Wahrscheinlich würde Staubwasser sich am Sonntag nach der Messe am Stammtisch damit brüsten, wie er die beiden Männer an der Nase herumgeführt hatte.

Als Klemm auf Staubwassers Hof stand, kam dieser gerade ums Eck.

»Ich dachte, Sie sind verreist?«, sagte Klemm mit tiefem Grant in der Stimme.

»Mein Auto ist kaputtgegangen«, kam die Antwort.

»Ganz plötzlich?«

»Was soll ich machen, Herr Kommissär?«, sagte Staubwasser und zog das Gesicht in tiefe Sorgenfalten. »Auch unsereiner hat seine Probleme.«

»So ein Zufall aber auch«, meinte Klemm und stand da wie ein dummer Bub.

»Wenn Sie wollen, Herr Kommissär, können wir jetzt den Kartoffelkeller inspizieren.«

»Inspizieren, sagen Sie?«, entfuhr es Klemm. »Nein danke. Ich gehe jede Wette ein, dass Ihr Kartoffelkeller der sauberste im ganzen Zwieseler Winkel ist.«

Damit stapfte Klemm davon. Insgeheim kochte er vor Wut und schwor bei allen bösen Geistern, diesen Halunken während seines Aufenthaltes in Schachtenstein nicht mehr aus den Augen zu lassen. Irgendeine Schweinerei würde sich schon finden, die man dem Fettberg anhängen konnte.

Er war so in Gedanken, dass er beinahe die Pfarrersköchin übersehen hätte. Emmi war eine schmucke Erscheinung. Was sie nur an dem Pfarrer fand?, dachte Klemm, sie konnte doch jeden Mann in Schachtenstein haben. Und einen Stall voll Kinder dazu.

»Hoppla, Herr Kommissär«, sagte Emmi belustigt. Beinahe hätte er sie über den Haufen gerannt.

»Entschuldigung, Frau …«

»Emmi heiße ich.«

»Frau Emmi. Ich war gerade in Gedanken.«

»Der Mord beim Pfanzelt?«, fragte sie und schaute ihm gerade ins Gesicht. Diese Augen konnten einen verrückt machen, dachte Klemm, und die Figur dazu.

»Ich wollte gerade zu Ihnen, Herr Kommissär.«

»Wollen Sie eine Aussage machen? Haben Sie etwas gesehen oder gehört, was mich bei den Ermittlungen weiterbringt?«

»Das nicht, Herr Kommissär. Aber Hochwürden, Herr Pfarrer Tecklenburg, würde sich riesig freuen, wenn Sie heute zum Abendessen zu uns kommen könnten. Er ist nämlich, mit Verlaub, sehr neugierig auf diesen Mordfall.«

»Das kann ich mir denken.«

»Um acht Uhr?«

»Gerne. Was gibt es denn Gutes?«

»Schweinebraten mit Kartoffelklößen«, hauchte Emmi selig.

Ein richtiger Polizist, überlegte sie, als er weg war. Kein Schupo, wie sie in Berlin sagten, sondern ein echter Kommissär.

Leo Klemm hatte etwas Seriöses, etwas, das Geborgenheit vermittelte, etwas, das ihn heraushob aus der Masse der verunsicherten Menschen, die ohne Hoffnung in die Zukunft blickten. Polizeikommissär Klemm trug etwas in sich, das Emmi Unruh an ihren verstorbenen Mann erinnerte. Was genau das war, hätte sie nicht sagen können, aber ihr war bewusst, dass der Mann mit der fehlenden Hand eine große Faszination auf sie ausübte. Seine Ruhe und Gelassenheit. Sein freundliches Lächeln – all das brachte etwas zum Klingen, das sie vergessen hatte.

Emmi erkannte plötzlich, dass sie sich in den Mann verliebt hatte. Leichte Röte überzog ihr Gesicht und sie schüttelte den Kopf. »Du hast doch nicht alle Latten am Zaun!«, sagte sie sich und stapfte davon.

*

Vor Klemms Büro im Stormberger wartete Josef Schnaitz. Der Kommissär bat ihn herein und legte ihm das Protokoll zur Unterschrift vor. Der junge Mann studierte das Dokument eine Weile und setzte dann seinen Namenszug darunter.

Währenddessen betrachtete ihn Klemm. An dem Janker, den Schnaitz trug, steckte ein Abzeichen mit stilisiertem Gewehr und Eichenlaub.

»Gibt es im Dorf einen Schützenverein?«, fragte Klemm.

Schnaitz sah auf. »Ja, Herr Kommissär. Die Eichenlaub-Schützen. Warum fragen Sie?«

»Weil sämtliche Schützenvereine von den Amerikanern verboten wurden und alle Waffen zu vernichten sind.«

»Das weiß ich, Herr Kommissär. Aber die Eichenlaub-Schützen gibt es schon seit über hundert Jahren. Die kann man nicht so einfach verbieten. Uns wird es noch geben, wenn die Amerikaner wieder heimgefahren sind.«

»Sind Sie auch einer von denen?«, fragte Klemm.

»Freilich«, sagte Schnaitz wichtig. »Ich bin auch ein guter Schütze!«

»Sie haben nicht zufällig noch irgendwo ein Gewehr oder eine Pistole, Josef?«

»Nein, Herr Kommissär.«

»Besser, Sie legen das Abzeichen für eine Weile in die Schublade«, sagte Klemm wiederum und heftete das Protokoll ab.

»Das verstehe ich nicht.«

Klemm schnaufte durch. Es ergab keinen Sinn, wenn er dem jungen Mann erklärte, was geschah, sollte die Militärpolizei eine unerlaubt in seinem Besitz befindliche Schusswaffe finden. Dafür konnte man in diesen Tagen hingerichtet werden.

»Nun zu etwas anderem, Herr Schnaitz. Wo sind Sie heute Nacht untergekommen?«

»Im Rossstall vom Staubwasser. Da kann ich auch arbeiten.«

»Was ist der Staubwasser für ein Mensch?«

»Der Herr Staubwasser ist reich. Richtig reich. Der

handelt mit Rössern. Mehr weiß ich nicht, Herr Kommissär.«

»Kennt Herr Staubwasser den Michael Dorn?«

»Wieso?«

»Oder Friedrich Berner?«

»Warum wollen Sie denn das wissen, Herr Kommissär?«

»Weil ich Polizist bin und einen Fall aufzuklären habe. Hast du das schon vergessen, Josef?«

»Nein, Herr Kommissär.«

»Wenn du wirklich bei mir als Hilfspolizist anfangen willst, musst du immer daran denken.«

»Ich könnte bei Ihnen anfangen? Wirklich?«

»Vielleicht …«

»Ich mach alles, Herr Kommissär. Daran glaub ich ganz fest.«

»Das ist gut. Ich hole dich, wenn ich dich brauche«, sagte der Kommissär lächelnd. Ihm gefiel die Begeisterung des Burschen.

»Da fällt mir noch was ein, Herr Kommissär. Der Staubwasser hat droben am Donnerholz eine Jagdhütte. Da geht er manchmal mit dem Rahner hinauf zum Jagen. Ich darf dann immer die Gewehre tragen.«

»Donnerholz?«

»Ja. Das Donnerholz ist droben beim Felsabbruch.«

»Wo gibt es denn hier einen Felsabbruch?«, fragte Klemm etwas überrascht. Er hatte zwar von der Wand über dem Arbersee gehört, aber eine Felswand in der Nähe des Dorfes Schachtenstein war ihm bisher nicht bekannt gewesen.

»Beim Donnerholz, Herr Kommissär.«

»Und die Waffen?«

»Da fragen Sie am besten den Rahner«, sagte Schnaitz und drückte sich aus der Tür.

Mit dem Rahner meinte er Hans Rahn, der neben der Kirche den Kramerladen führte. Er hatte am Sonntag nach der Messe geöffnet. Die Leute sprachen mit Respekt von ihm. So viel hatte Kommissär Klemm bereits in Erfahrung gebracht.

Zuvor aber galt es, das Mittagessen einzunehmen, denn es war bereits nach ein Uhr. Herr Pretzlaff tischte eine saure Mehlsuppe auf, von der Klemm vier Teller verdrückte. Dazu gab es dunkles Bier und eine Tasse Landkaffee aus Zichorien. Klemm ließ die Hälfte stehen. Die Rechnung würde am Ende der Ermittlungen nach Zwiesel aufs Präsidium geschickt werden.

»Sagen Sie mal, Herr Wirt, was ist denn der Rahn für einer?«, fragte Klemm und steckte Pretzlaff ein Geldstück zu.

»Der Rahner Kramer?«

»Ja, der Kramer.«

»Die Leut sagen, dass man beim Rahner alles kriegt, was man braucht.«

»Das sagen die Leut?«

»Ja, das sagen die Leut, Herr Kommissär.«

»Und wenn ich was Besonderes will, was man sonst nicht bekommt?«

»Dann bestellt er es in Zwiesel oder in Passau.«

»Bestimmt, Herr Wirt?«

»Das weiß ich nicht«, sagte Pretzlaff und wandte sich hastig anderen Gästen zu.

Die Leut sagen. Immer wieder die Leut. Welche Leut? Die Leut im Dorf?

In einem Dorf wie Schachtenstein hielten die Leute zusammen. Seit jeher. Jeder kannte den anderen, jeder war irgendwann auf den anderen angewiesen, schon immer. Auch wenn sie im Wirtshaus stritten und rauften bis aufs Blut. Irgendwann rückten sie wieder zusammen, als wären sie eine Familie. Auch in Familien gab es Unstimmigkeiten. Immer die gleichen Fragen, Missverständnisse, Lügen, den Hass und den Neid.

Wie viele Söhne, wie viele Töchter waren schon enterbt worden? Wie viele Dienstmägde waren schwanger geworden vom Bauern oder einem Knecht und mussten außer Landes gehen, um das Kind zur Welt zu bringen? Zurück konnten sie nicht.

Was täten die Leut sagen? Oder der Herr Pfarrer? Oder die Nachbarn und die Verwandtschaft? Die Freunde, die nun keine mehr waren? Die Spötter, die Feigen, die Hinterfotzigen? Nicht zu vergessen die Sturköpfe, die auf ihrer Meinung beharrten, und wenn daneben die Welt zerbrach?

Und doch standen sie zusammen, wenn ein Hof in Flammen aufging, das Vieh verbrannte und die Feuerwehr anrückte, um zu löschen. Wenn dem Bauern das Weib wegstarb und er einen Ersatz für die sieben unmündigen Kinder suchte. Wenn ein Unwetter getobt hatte und Scheunen und Ställe zerstört worden waren. Dann kamen der Zimmerer, der Maurer und der Schmied, mit denen man seit Jahren im Streit lag, und nahmen Maß.

Alle packten an.

Josef Schnaitz war ein anderer Fall. Er hielt sich nicht an die unausgesprochene Vereinbarung des Schweigens im Dorf. Josef war Zeuge eines furchtbaren Verbrechens geworden. Das hatte es in Schachtenstein lange nicht gegeben. Schnaitz sprach mit Klemm. Wollte Hilfspolizist sein. Warum? War der Bursche größenwahnsinnig geworden? Glaubte der Wirrkopf, etwas Besseres zu sein, bloß weil er für den Polizeikommissär aus Zwiesel ein wichtiger Zeuge war?

Der Fall konnte gefährlich werden für einen jungen Mann, der im Rossstall vom Staubwasser nächtigte, weil er sonst keine Bleibe mehr hatte. So einer wie der Schnaitz war schnell auf die Seite geräumt. Der Wald war weit und still.

Ganz gleich, was die Leute redeten.

Klemm wusste genau, was die Leute über ihn redeten. Wahrscheinlich hatte der einarmige Polizist irgendetwas verbrochen, dass man ihn nach Schachtenstein abgeschoben hatte. Wer wusste schon, was der Mann auf dem Kerbholz hatte? Keiner kannte ihn. Kam ins Dorf geschneit und wollte den Fall lösen. Aber das Dorf brauchte keinen abgehalfterten Krüppel von der Polizei. Das packten sie selbst.

Was täten da die Leut sagen?

Seufzend machte sich Klemm auf den Weg zum Rahner. Neben dem Schaufenster befand sich der jetzt leere Stürmerkasten, in dem jahrelang die aktuelle Ausgabe der Hetz- und Hass-Postille der Nazis gehangen hatte.

Die Türglocke klingelte, als Klemm den Laden betrat. Die Einrichtung wurde beherrscht von der breiten Ladentheke mit der gewaltigen Registrierkasse und einer leicht ramponierten Tafelwaage. Daneben lagen ein vergilbter Mehlschein, darauf die Jahreszahl »1941« und eine alte Ausgabe des Völkischen Beobachters. In einer offenen Schachtel lagerten Bezugsscheine für Zucker und Marmelade, Reichseierkarten, verschiedene Raucherkarten und ein Einkellerungsschein, gültig bis zum neunzehnten Dezember 1944.

Im Hintergrund ein Papierabroller und ein Werbeplakat für Brot. Dazu Fünferl-Rippen, also Schokolade, die einzelne Rippe zu fünf Pfennigen.

An den Wänden befanden sich Regale mit Gläsern voller Gurken, Apfelkompott und Marmelade. Ein Kübel mit eingelegten Eiern stand in der Ecke. Leere Milchflaschen, ein irdener Topf mit der Aufschrift »Senf« sowie in einer Steige an der Wand Kartoffeln und kleine Säcke mit Mehl. Eine sogenannte Weibsdose, also eine Bonbonniere zur Aufbewahrung von Süßigkeiten. Ein Kaffeespender mit Kaffeeschütte – jetzt leer – fristete sein einsames Dasein. Auch Salz, Mehl und Gewürze konnte man hier erstehen. Ebenso Nadel, Faden, Wolle und Strickzeug für die fleißige Hausfrau.

Ganz oben auf dem Regal entdeckte Klemm etliche Flaschen billigen Schnaps. Weiter hinten fanden sich diverse Waschmittel wie VIM oder PERSIL und die berühmt-berüchtigte Kernseife samt Bürsten und Besen. Und direkt neben der Theke befand sich, etwas niedriger und für Kinderhände gut erreichbar, allerlei Spielzeug. Klemm traute seinen Augen nicht. Er beugte sich hinunter, um genau hinzusehen. Da standen, neben kleinen

Puppen und Blechautos, sieben einfache hölzerne Spieluhren, gefertigt im Fichtelgebirge.

Der Rahner war also genau der richtige Dorfladen für alle Zwecke und Bedürfnisse.

Auch für gewildertes Fleisch aus den Wäldern? Oder Munition aus Wehrmachtsbeständen? Oder gehamsterte Ehrendolche der SS, die man teuer an Besatzungssoldaten für den Daddy in Texas verschachern konnte? Für Fünferl-Rippen von amerikanischer Schokolade?

Welche Geheimnisse barg der Rahner sonst noch? Leo Klemm war inzwischen wirklich neugierig auf den Besitzer all dieser Kostbarkeiten geworden.

Aus den Tiefen des Ladens tauchte Hans Rahn auf. Groß, dürr, mit wirrem blondem Haar und schwarzer Kleidung, die sein fahles Gesicht betonte. Man sah, dass er selten frische Luft genoss.

»Grüß Gott«, sagte Klemm und zeigte seinen Ausweis.

»Hab mir schon gedacht, dass Sie kommen«, sagte Rahn mit einer näselnden Stimme, die nicht zu seiner Größe passte. Er ging zur Ladentür, hängte das Schild »Komme gleich« davor und sperrte ab. Dann geleitete er den Polizeibeamten in die winzige Stube nebenan, die zugleich als Wohnzimmer diente. Dort saßen sie nun. Rahn sah Klemm an.

»Sie sind Hans Rahn?«, fragte der Kommissär.

»Ja. Geboren bin ich am Leonharditag 1896 in der Gemeinde Schachtenstein. Freiwilliger Kriegsdienst als Unteroffizier von 1914 bis 1917. Bis März 1935 Angestellter von meinen Eltern. Im Januar 1945 habe ich den Laden von meinem Vater Egon Rahn übernommen.

Meine Mutter Roswitha Rahn ist im Sommer 1940 an Brustkrebs eingegangen.«

»Das haben Sie schön aufgesagt, Herr Rahn. Wenn wir schon dabei sind: politische Einstellung?«

»Zum ersten April 1935 Eintritt in die NSDAP, was sich im Nachhinein als Aprilscherz herausgestellt hat. Ab Ende 1944 hab ich mich von der Nazipolitik entfernt, sozusagen, und bin kein Nazi nicht mehr.«

»In ganz Schachtenstein scheint es keinen einzigen Nazi mehr zu geben.«

»Ist aber so, Herr Kommissär. Da können Sie jeden fragen.«

Klemm schwieg eine Weile und machte sich Notizen. »Kennen Sie Michael Dorn?«

»Hab ihn schon lang nicht mehr getroffen.«

»Und Friedrich Berner?«

»Den Fritz? Nur vom Sehen. Sind auch schon wieder ein paar Jahre her. Was ist mit denen?«

»Aber Konrad Staubwasser kennen Sie schon?«, fragte Klemm, ohne auf Rahns Frage einzugehen.

»Den Konrad? Freilich kenn ich den Konrad. Warum soll ich den Konrad nicht kennen?«

Klemm bemerkte, dass der Kramer schnell sprach, fast stolpernd, mit einer kühlen Stimmlage, die etwas Lauerndes an sich hatte. Der Mann war gefährlich; er wusste viel. Vielleicht war er der Schlüssel zu all den Geheimnissen im schweigsamen Dorf Schachtenstein.

»Sie gehen oft mit Staubwasser zum Jagen ins Donnerholz?«

»Ins Donnerholz? Nein, nicht oft. Eher selten.«

»Besitzen Sie Waffen, Herr Rahn?«

»Nein«, sagte Rahn und betrachtete die Fingernägel mit den Trauerrändern: »Für Waffen ist der Staubwasser zuständig. Fragen Sie den.«

»Woher beziehen Sie die Schokolade für die Fünferl-Rippen auf Ihrer Ladentheke? Von den Amis? Und was kriegen die dafür?«

Die Antwort kam kühl und präzise: »Nein. Der Schokolad stammt aus meiner eisernen Reserve, noch von Stollwerck, wenn Sie es genau wissen wollen, Herr Kommissär. Mit der Besatzungsmacht mach ich keine Geschäfte. Also gehen S' jetzt bitte zum Staubwasser, wenn Sie mehr wissen wollen.«

»Nur noch eine Frage, Herr Rahn. Neben der Theke steht ein Regal mit Spieluhren. Ich zählte sieben Stück. Sind die so gefragt in Schachtenstein, dass Sie sie auf Vorrat bereithalten?«

»Die hab ich für die Elise da. Die war ganz verrückt danach. Wenn der ihre Spieluhr kaputt war, hat sie gleich eine neue gekauft. Die kosten ja kaum was.«

»Sie kannten Elise gut?«

»Sie war halt die Frau vom Bernhard. Und jetzt muss ich den Laden wieder aufsperren.«

Damit war Klemm entlassen. Viel erfahren hatte er nicht. Das Dorf behielt sein Wissen wieder einmal für sich. Jedenfalls gab es plötzlich keinen Nazi mehr in Schachtenstein und keinerlei Waffen. Und keine Geschäfte mit der Besatzungsmacht. Das Wort »Besatzungsmacht« hatte der Rahner geradezu ausgespuckt.

Zusammengefasst hieß das, Schnaitz hatte den Kommissär zu Rahn geschickt, Rahn schickte ihn zu Staubwasser, aber da war Klemm bereits gewesen.

Er drehte sich hier im Kreis, dachte der Kommissär. Vielleicht erfuhr er am Abend im Pfarrhaus mehr. Hatte der Rahner ihn ohne Kaffee bei sich hocken lassen, so würde es bei Pfarrer Tecklenburg wenigstens einen guten Schweinebraten geben.

Bis zum Abend verbrachte Klemm die Zeit damit, sich ein Bild der Geschehnisse beim Pfanzelt zu machen. Zunächst nahm er sich den Grundriss der Gaststube vor, wie er ihn vom Grundbuchamt in Zwiesel erhalten hatte. Im Eck der Kachelofen mit der Ofenbank. In der Mitte des Raumes vier Tische mit je vier Stühlen. Eine umlaufende Holzbank an den Wänden. Die Schenke und die Regale mit Gläsern und Krügen. Schräg dahinter die Durchreiche zur Küche, daneben eine Tür, die sowohl in die Küche wie ins Freie führte. Nicht zu vergessen die drei Fenster und die breite Haustür, über die man direkt in das Gastzimmer gelangte. Es gab also keinen Hausgang, der den Weg zum Abort beherbergte, und keinen direkten Abgang zum Keller.

Anschließend zeichnete Klemm mit einem roten Kreuz die Personen ein. Zuerst die Männer um den getöteten Ruppert Waller sowie Michael Dorn und Friedrich Berner. Um Wallers Kreuz zog er einen Kreis. Dann waren die ermordeten Maximilian Bernhard und Elise Pfanzelt an der Reihe. Auch um Elise Pfanzelts Kreuz zog Klemm einen Kreis. Die beiden Kreuze verband er mit einem dicken roten Strich. Zuletzt bekam Josef Schnaitz an der Küchentür sein rotes Kreuz aufgemalt.

Mit winzigen Buchstaben ergänzte Klemm die Kreuze mit den Namen der beteiligten Personen. Er stand auf, ging sieben Schritte in jede Richtung, machte sieben Kniebeugen und kehrte dann zurück an den Schreibtisch. Die Zahl Sieben hatte sich bewährt, sie half, die Dinge aus einem anderen Blickwinkel zu erforschen. Dass der Kommissär abergläubisch war, würde er allerdings weit von sich weisen.

Und immer wieder die gleiche Frage: Warum hatte Elise auf Waller geschossen und nicht auf Dorn, der ihren Bernhard ermordet hatte? War sie derart in Rage gewesen, dass sie den Mörder ihres Ehemannes übersehen hatte? Das Magazin der Pistole hätte leicht für die drei Soldaten gereicht. War es ihrer Erregung geschuldet, dass sie nur einen getötet hatte? War es das Erstaunen über ihre Tat selbst? Oder gab es einen anderen Grund?

Waren die Männer tatsächlich auf dem Rückweg von der Front? Hatten sie geplant, bei Pfanzelts einzukehren, um sich über Elise herzumachen? Oder war alles nur ein tödlicher Zufall gewesen?

Klemm gab sich weiteren Spekulationen hin, machte weitere Kniebeugen und Schritte, kam jedoch zu keinem Ergebnis. Zornig ließ er den Stift auf das Papier fallen.

*

Als Emmi den Kommissär am Portal des geräumigen Pfarrhauses empfing, schwang ihm der köstliche Duft gebratenen Fleisches in die Nase. Zuvor glitt sein Blick über die junge Frau. Sie trug ein schlichtes, schwarzes

Kleid; hochgeschlossen zwar, doch die weiblichen Rundungen wurden aufs Beste betont. Dazu hing eine silberne Kette mit silbernem Kreuzchen um den Hals. Flache Schuhe und hochgesteckte blonde Locken rundeten das Bild ab. Emmi Unruhs Anblick war eine Augenweide für jeden Mann.

Pfarrer Tecklenburg begrüßte seinen Gast mit ausgesuchter Höflichkeit. Zunächst wurde ein leichter Aperitif gereicht.

»Was ist denn das für ein Getränk?«, fragte Klemm überrascht, nachdem er einen Schluck genossen hatte.

Der Priester bat ihn lächelnd, Platz zu nehmen. Erst dann bekam der Kommissär die Antwort auf seine Frage. »Das ist ein Rob Roy. Ein Cocktail aus Scotch und weiteren Zutaten, die ich nicht kenne. Dafür ist Emmi zuständig. Der Höhepunkt dieses Getränkes dürfte allerdings die rote Cocktailkirsche sein, die gänzlich zart auf der Zunge zergeht.«

Bevor Klemm nach der Herkunft dieser Gaumenfreude fragen konnte, tischte die Pfarrersköchin den Braten in einer silbernen Terrine auf. Dazu folgte eine Schüssel mit Semmelknödeln und eine Auswahl an verschiedenen Salaten. Klemm gingen die Augen über.

»Ist dieser Geruch nicht himmlisch?«, fragte Tecklenburg.

»Ganz so, wie es einem Pfarrhaus geziemt«, sagte Emmi und warf Klemm einen schelmischen Blick zu.

»Was trinken Sie, Kommissär?«, fragte der Pfarrer. »Wir haben Wein und Bier. Sekt ist leider aus. Später gibt es einen guten Apfelkorn – aus eigener Herstellung.«

Klemm entschied sich für Bier. Emmi brachte das Getränk, servierte ihnen die Speisen und zog sich zurück. Klemm bemerkte es mit Bedauern.

Eine Weile herrschte Stille. Die Männer aßen und tranken. Nachdem Tecklenburg das Besteck weggelegt und einen Schluck Wein getrunken hatte, begann er die Unterhaltung. Sie kam einem Verhör gleich, wie Klemm bald feststellen musste.

»Woher kommen Sie Kommissär?«

»Aus München.«

»Kripo oder OrPo?«

Klemm schnaufte schwer. »Es geht Sie nichts an, Herr Pfarrer, ob ich bei der Ordnungspolizei, beim SD oder bei der SS war. Ich frage Sie ja auch nicht, ob Sie Pg waren.«

Tecklenburg lachte grimmig. »Ich und Parteigenosse? Niemals! Lassen Sie sich von Emmi die Geschichte mit dem Stürmerkasten beim Rahner erzählen. Das sagt alles über meine politische Einstellung, Herr Kommissär.«

»Entschuldigen Sie, Hochwürden, ich wollte Ihnen nicht zu nahe treten.«

»Keine Ursache – sind Sie schon lange hier?«

»Seit Sonntag.«

Tecklenburg bot Zigarren an, doch Klemm lehnte ab. Der Kirchenmann ließ blaue Schwaden zur Zimmerdecke ziehen.

»Und jetzt dieser große Mordfall. Wie fühlen Sie sich dabei, Herr Kommissär? Wenn Sie Hilfe brauchen, ich bin jederzeit für Sie da.«

»Das ehrt Sie, Hochwürden. Aber ich komme ganz gut allein zurecht.«

Emmi brachte Schnapsgläser und eine Flasche. Nachdem sie gegangen war, schenkte Tecklenburg ein und hob sein Glas.

»Auf die schnelle Aufklärung der Tat!«

»Prosit und danke für das hervorragende Essen, Herr Pfarrer. Wo ist denn Ihre Köchin?«

»In der Küche, wo sie hingehört, mein Freund.«

»Sie hat sich einen Schluck verdient. Finden Sie nicht auch, Hochwürden?«

»Da mögen Sie recht haben. Emmi? Setzen Sie sich zu uns.«

Emmi leistete den beiden Männern Gesellschaft. Man trank einen zweiten Apfelbrand und war guter Stimmung.

»Erzählen Sie dem Herrn Kommissär doch mal die Geschichte mit dem Stürmerkasten, liebe Emmi.«

Emmi richtete Haar und Bluse und berichtete: »Es war im Juli 44. Da kam der Staubwasser, der damals schon Bürgermeister war, zu Herrn Hochwürden und setzte ihn in Kenntnis, dass beim Rahner ein größerer Stürmerkasten angebracht wird.«

Klemm hob die Hand. »Sie meinen dieses Hetz- und Pöbelblatt der Nazis?«

Emmi nickte. »Genau. Herr Pfarrer beschloss daraufhin, erst wieder zu predigen und die Kirchenglocken zu läuten, wenn dieses hässliche Ding samt Inhalt entfernt werden würde.«

Klemm bat nun doch um eine Zigarre. Die Geschichte interessierte ihn mehr, als er zugeben wollte. Er lauschte Emmi mit großer Begeisterung.

»Der Staubwasser hat sich geweigert, den Kasten zu entfernen, und drohte Hochwürden damit, ihn nach München in die Pestalozzistraße zum Verhör zu bringen, wo man ihm die Hartleibigkeit schon austreiben würde. Leider ist nichts draus geworden, denn der Stürmerkasten hängt noch immer beim Rahner.«

Damit schwieg sie. Klemm maß Tecklenburg mit einem schnellen Blick. Der Mann war mutig gewesen.

»Und weiters hat man Ihnen nichts getan?«

»Nein. Sie haben mich in Ruhe gelassen. Allerdings hab ich dann auch wieder gepredigt. Es hilft ja alles nichts ...«

»Da mögen Sie wohl recht haben, Hochwürden.«

Der Priester lehnte sich zurück und wandte sich wieder an Klemm.

»Zurück zu Ihrem Fall, Herr Kommissär. Gibt es ein Motiv für die Morde?«

»Was meinen Sie mit Motiv, Hochwürden? Die Soldaten waren ausgehungert und dürsteten nach Schnaps und einem Weib. Das ist alles. Der Fusel hat ihnen das Gehirn vernebelt. So kam eines zum anderen und endete in der Katastrophe.«

»Barbaren!« sagte Emmi und schüttelte sich angewidert.

»Dennoch sind auch diese Mörder Menschen, die unser Mitgefühl verdienen«, sagte der Priester, indem er mit der Hand ein Kreuzzeichen formte. »Möge Gott ihnen beistehen.«

»Was Gott mit ihnen vorhat, ist seine Sache«, sagte der Kommissär mit grimmiger Miene. »Aber erst nachdem ich sie erwischt habe.«

»Nun denn, es gibt also bisher keine Spur von den Burschen?«, fragte der Pfarrer.

Klemm meinte eine seltsame Zufriedenheit aus der Stimme des geistlichen Würdenträgers herauszuhören. Bevor er sich darüber Gedanken machen konnte, meldete sich Emmi.

»Noch eine Zigarre, die Herren?«

Als die beiden Männer später im Garten wiederum große Rauchringe in die Luft bliesen, kam Klemm zur Sache.

»Was verschafft mir denn nun die Ehre, Hochwürden, zu einem solch fürstlichen Mahl eingeladen zu werden?«

»Ach wissen Sie, Kommissär, Schachtenstein ist ein kleiner Ort, ein Dorf abseits der Handelsrouten. Hier passiert das ganze Jahr über nicht das Geringste. Mitunter gibt es eine Hochzeit, eine Beerdigung, entlaufene Schafe oder Hühner …«

»Oder Schweine.«

»Jetzt sagen Sie bloß, der Braten hat Ihnen nicht gemundet?«

»Doch, Herr Pfarrer. Mir kam nur gerade die verschwundene Sau des Rosshändlers Staubwasser in den Sinn.«

»Aber das ist doch alles nichts Besonderes. Ein Mord hingegen, verbunden mit einer Brandstiftung – das ist schon etwas ganz Eigenes, von dem die Menschen noch in Dezennien sprechen werden.«

»Vier Morde, Herr Pfarrer, vier Morde.«

»Wie dem auch sei, Kommissär. Die Neugier hat mich gedrückt. Das ist alles. Und vielleicht kann ich bei der

Aufklärung behilflich sein. Denn ich kenne meine Schäfchen ziemlich genau.«

»Daran wird sich auch wenig ändern«, sagte Klemm und staubte seine Zigarre in ein Rosenbeet.

»Das sagen Sie, mein Freund. Aber was die Leut so reden …«

»Was reden denn die Leute?«, fragte Klemm, der es endgültig leid war, ausgefragt zu werden. Jetzt wollte er den Spieß umdrehen.

»Flüchtlinge sollen nach Schachtenstein kommen«, sagte der Diener der Kirche und bekreuzigte sich, als stünde der Leibhaftige vor der Tür. »All diese Menschen werden unser kleines Dorf überrennen.«

»Die Hilfsbedürftigen werden Sie ja wohl aufnehmen können, Herr Pfarrer. Das gebietet schon allein die christliche Nächstenliebe.«

»Überall fehlt es an Platz. Wo sollen sie denn wohnen? Wie sollen wir sie verköstigen, wie mit ihnen umgehen?«

»Wollen Sie sie zurückschicken?«

»Das Beste wäre es, Herr Klemm. Denn sie werden in Scharen kommen, sie werden uns überrennen. Sie werden bleiben wollen, sie werden unsere Gemeinschaft an den Rand der Existenz bringen und sie werden unser Leben komplett über den Haufen schmeißen.«

Klemm fühlte sich plötzlich unwohl. »Ich darf Sie daran erinnern, dass diese Flüchtlinge Deutsche sind wie wir.«

»Wir wollen sie aber nicht. Nicht hier und nicht jetzt!«

»Was wollen Sie dann, Herr Pfarrer?«

Tecklenburg wand sich. »Diese Menschen sind protestantischen Glaubens. Sie pflegen eine andere Kultur. Sprechen ein anderes Deutsch. Haben andere Bräuche. Die sollen bleiben, wo sie waren und wo sie hingehören.«

Klemm schüttelte den Kopf. »Sie sind aus der Lausitz, aus Pommern, Schlesien und dem Memelland geflohen. Dort ist großes Unrecht an der Bevölkerung geschehen.«

Der Priester musterte den Kommissär. »Sie kennen sich wohl gut aus in Polen?«

Klemm sah zu Boden, ging nicht weiter auf die Frage ein. »Müssen wir diese Heimatvertriebenen nicht gerade deshalb bei uns aufnehmen und ihnen eine neue Heimat geben?«

Der Priester hob anklagend die Hände. »Wie soll das gehen? Unsere Bürger hier in Schachtenstein haben doch selber nichts mehr, nach diesem entsetzlichen Krieg. Und noch etwas, Herr Klemm. Unsere Leute haben Angst vor denen, große Angst. Wir haben nichts damit zu tun. Jedenfalls trägt unser kleines Dorf keine Schuld an den grausamen Verbrechen der Nationalsozialisten und der daraus resultierenden unkontrollierten Zuwanderung. Das ist Sache der Besatzungsmächte.«

Eine Pause entstand. Klemm musste widersprechen, bevor ihm der Kragen platzte.

»Wollen Sie Hitler zurück, Hochwürden?«

»Gott bewahre, Herr Kommissär. Aber …«

Klemm schüttelte sich innerlich. Was er hier zu hören bekam, war unglaublich. »Über wie viele Räume verfügt Ihr Pfarrhaus?«

»Wir sind nur Gast auf Erden«, wich der Priester aus und begab sich zurück in seine Wohnstube.

Klemm folgte ihm in einigem Abstand.

»Ich hätte da noch eine Frage, Hochwürden.«

Tecklenburg wartete schweigend. Was führte der Kommissär jetzt wieder im Schilde?

»Das Gasthaus, in dem ich wohne, ist im Besitz des Herrn Pretzlaff. Der Name über der Tür lautet aber Stormberger. Hat so der vorherige Besitzer geheißen?«

Der Priester entspannte sich unmerklich.

»Der Stormberger«, sagte er, »war ein sogenannter Voraussager, der um das Jahr 1800 in der Gegend um Rabenstein als Aschenbrenner gelebt haben soll. Die einen bringen ihn mit dem Mühlhiasl, ebenfalls ein Voraussager, in Verbindung, die anderen sagen, es sei ein gewisser Matthias Stormberger gewesen, der so manches prophezeit hat.«

»Zum Beispiel?«, fragte Klemm.

»Der Stormberger hat gesagt, ein recht strenger Herrscher wird nach Deutschland kommen …«

»Hitler?«, entfuhr es Klemm.

»Vielleicht … wir dürfen nicht vergessen, das war um das Jahr 1800.«

»Und weiter?«

»Wenn einer zwei Laibe Brot hat und einen verliert, dann soll er ihn liegen lassen, weil man auch mit einem Laib Brot noch durchkommt …«

Eine Pause entstand. Die beiden Männer dachten über das Gesagte nach. Lag es am undurchdringlichen Wald, in dem sich die Nachrichten aus der fernen Welt verflüchtigten? Lag es an den Menschen, die, abergläubisch und bigott, alles für bare Münze nahmen, was man ihnen erzählte? Oder lag in diesen düsteren Prophezeiungen eines einfachen Waldmenschen namens Stormberger doch ein Fünkchen Wahrheit? Klemm konnte es nicht verstehen.

»Die Menschen hier im Wald glauben daran?«, fragte er.

Tecklenburg warf einen Blick aus dem Fenster. Der Wald lag still vor ihnen. Niemand wusste, was dort gerade geschah.

»Na ja«, sagte Tecklenburg müde. »Nimmt man zum Beispiel die Geschehnisse um den Innernzeller Brand im Jahre 1911, dann wird man doch ein kleines bisserl unsicher, Herr Kommissär.«

Klemm nickte stumm und wartete auf die Fortsetzung dieser Geschichte.

»Im Jahre 1910 muss es gewesen sein, so erzählen es die Alten, da ist der Hoarn Sepp von der Hoarn-Mühle ins Wirtshaus Zinsmeister nach Innernzell gerannt gekommen. Im Wald bei der Asbergmühle sei ihm der verstorbene Gotthard-Bauer erschienen und habe wortwörtlich gesagt: ›Heute in einem Jahr brennt Innernzell ab‹. Das hat sich herumgesprochen im Dorf. Die Einwohner trafen Vorkehrungen, um diese schreckliche Vorhersage zu verhindern.«

»Und?«, fragte Klemm etwas atemlos. Die Geschichte hatte nun auch ihn gefangen.

»Um es kurz zu machen«, sagte Tecklenburg gähnend, »In der Nacht vom zehnten auf den elften September 1911 ist in dem kleinen Häusl vom Schuster-Kramer der Brand ausgebrochen. Das Häusl vom Schuster-Kramer war das einzige Gebäude im Dorf, bei dem es keine Brandwache gab – man hatte es schlicht übersehen. Die Häuser vom Bartl bis zum Noaglbauer sind abgebrannt. Und auch das Wirtshaus Zinsmeister. Da wird man schon nachdenklich, Herr Kommissär.«

Klemm nickte langsam.

»Ja«, sagte er. »Da wird man schon nachdenklich.«

Er streckte sich.

»Danke für diese Unterrichtsstunde, Herr Pfarrer. Jetzt weiß ich jedenfalls, woher der Name Stormberger für das Wirtshaus vom Pretzlaff stammt … und noch einiges mehr.«

»Wenn Sie mich nun entschuldigen wollen, Kommissär, es ist spät geworden, und morgen muss ich die Frühmesse halten. Da heißt es um fünf Uhr raus aus den Federn, mein lieber Freund.« Pfarrer Tecklenburg reichte Klemm die Hand und verschwand nach oben in seine Privatgemächer.

Zurück blieben Klemm und Emmi, die plötzlich in der Tür stand. Stumm fasste sie seinen Arm und geleitete ihn hinaus. Sie hauchte ihm einen Kuss auf die Wange und schloss das schwere Portal des Pfarrhauses.

Die Festung wurde verrammelt, dachte Klemm, während er sich über die Wange rieb und einen Hauch von Parfüm vernahm. Rosenduft. Emmis Rosenduft. Sie hatte ihn geküsst. Zwar nur auf die Wange, aber immerhin.

Beschwingt machte er sich auf den Weg zurück zu seiner Behausung beim Stormberger. Vom Kirchturm schlug es zwölf Uhr, als er den Gasthof betrat. Alles war still. Das Dorf schlief. Leise summend stieg er die dunkle Treppe hinauf. Morgen war ein neuer Tag. Eine neue Möglichkeit, den Mörder Michael Dorn dingfest zu machen.

Gerade wollte er sein Büro aufsperren, da entdeckte er den Zettel, der mit einem Nagel am Türblatt befestigt war. Daneben steckte eine stinkende tote Ratte. Auf dem Zettel stand in wackligen Großbuchstaben:

»HAU AB DU RAZZ SONST BIST HI«

MITTWOCH, SECHZEHNTER MAI 1945

In Berlin finden in dreißig Kinos erstmals seit Beendigung der Kampfhandlungen wieder Filmvorführungen statt.

Klemm hing schief in seinem Bürostuhl. Schlafen konnte er nicht. Inzwischen war der Schlaf ein seltener Gast geworden. Wenn er vier Stunden ruhte, konnte er von Glück reden.

Er betrachtete den Zettel vor sich. »HAU AB DU RAZZ SONST BIST HI«. Er nahm das Blatt in die Hand, hielt es gegen das trübe Licht der Glühbirne, die von der Decke funzelte. Sie war keine wirkliche Hilfe.

Er bräuchte stärkeres Licht, dazu mindestens ein Mikroskop, Fingerabdruckblätter, Pinzetten, Lupen sowie weitere Requisiten wie eine Fotoreferenzskala oder Nummerntafeln; alles Dinge, die bei Ermittlungen halfen. Ganz zu schweigen von einem Fotoapparat, mit dem man den Tatort dokumentieren konnte. Nichts davon gab es in Schachtenstein. Es war zum Verzweifeln.

Wieder betrachtete der Kommissär das Blatt. Wer hatte solches Papier im Haus? Der Rosshändler Staubwasser? Oder der Kramer? Pfarrer Tecklenburg? Alle drei müssten so etwas zu Hause liegen haben.

Die Buchstaben waren mit Bleistift geschrieben worden. Klemm tippte auf einen Erwachsenen. Eine Frau?

Wenig wahrscheinlich. Die Frauen im Ort hatten andere Probleme. Sie mussten die Kinder durchbringen, während sie auf ihre Männer warteten.

Klemm notierte sich, dass er dringend mit Sofia Staubwasser, der Gattin von Konrad Staubwasser, sprechen musste.

Ein Mann? Vielleicht betrunken? Wer konnte das sein? Der Säufer Klaus? Nicht aus eigenem Antrieb. Der Bursche konnte normalerweise keinen klaren Gedanken fassen. Handelte er im Auftrag? Steckte der Rahner dahinter? Oder Staubwasser? Hatte der Rosshändler dem verkommenen Säufer eine Flasche Schnaps hingestellt, ihm Bleistift und Papier in die Hand gedrückt und ihn aufgefordert zu schreiben?

Rache wegen der verschwundenen Sau? Das konnte sich Klemm beim besten Willen nicht vorstellen. Er verwarf den Gedanken. Der Zettel landete im Papierkorb, den stinkenden Tierkadaver schmiss Klemm aus dem Fenster. Dabei sah er eine weiße Gestalt auf dem Vorplatz stehen. Wurde er beobachtet? Wollte man ihm Angst einjagen? Mit einer toten Ratte? Plante man, ihn zu vertreiben? Energisch schüttelte er den Kopf. Das würde nicht gelingen.

Mit schnellen Schritten rannte er hinunter und trat vor die Tür. Die weiße Gestalt stand etwa zehn Meter vor ihm, abgewandt, das Gesicht zu Boden gerichtet. Als er auf sie zuging, entfernte sie sich. Klemm lief hinterher, die Gestalt rannte davon. Der Kommissär versuchte ihr zu folgen, blieb aber nach wenigen Metern kurzatmig zurück.

Plötzlich vernahm er einen Hauch von Lavendel. Zugleich wehte die Melodie einer Spieluhr zu ihm herüber. Die weiße Gestalt verschwand im Dunkel der Nacht. Wie ein Geist.

Hatte Josef Schnaitz nicht von Elises Lavendelparfüm erzählt und von der Spieluhr, die Beethovens Albumblatt für Elise spielte, während sie die Treppe zum Keller hinuntergehen musste.

Was ging hier vor?

Er eilte zurück ins Haus und weckte den Wirt. Verlangte nach dem Telefon. Endlich bekam er die Behörde in Zwiesel an den Apparat. Der diensthabende Beamte meldete sich mit verschlafener Stimme. Klemm schilderte den Fall und schloss mit einer dringenden Bitte: »Ich brauche Verstärkung. Das Dorf schweigt!«

Der Wachhabende grinste spöttisch durch das Telefon. »Verstärkung aus Zwiesel etwa?«

»Egal woher. Es ist wichtig, Kollege.«

»Das mag schon sein. Aber wir haben keine Leute. Nicht hier in Zwiesel und auch nicht in Regen oder in Passau. Die Hälfte der Männer ist im Krieg geblieben. Das sollten Sie eigentlich wissen, *Kollege*.«

»Dann fragen Sie in München an. Es eilt. Ich komme hier allein nicht weiter.«

»Haben Sie denn vor Ort keine Unterstützung, Herr Kommissär?«

»Nein. Oder doch. Ich könnte Josef Schnaitz als Hilfspolizisten einstellen. Der ist ortskundig und kennt die Leute. Aber er ist Tatbeteiligter. Das ist kaum zu verantworten.«

»Wir machen Folgendes, Herr Kommissär. Sie stellen diesen Schmatz oder Schnaitz als Hilfspolizisten ein, und ich versuche irgendwo Verstärkung für Sie aufzutreiben. Versprechen kann ich allerdings nichts – gute Nacht, Herr Kommissär.«

Damit war das Gespräch beendet. Klemm stellte den Apparat zurück auf die Anrichte in der Wirtsküche.

Langsam stieg er die Treppe zu seinem Büro hinauf. Vom Kirchturm schlug es einmal. Die Geisterstunde war vorüber. Klemm trat an sein Fenster und sah hinaus. Nebel waberten herüber vom Schwarzen Regen. Unwillkürlich musste er an das Dichterwort denken: »Nebel sind schwebende Wasser.« Auch der Kommissär versank in einem schwebenden Fall, der ihm den Boden unter den Füßen zu entziehen drohte.

Er weigerte sich, an Geister zu denken. Er mochte nicht glauben, was er gesehen, gehört und gerochen hatte. Eine weiße Gestalt. Eine Spieluhr. Lavendelparfüm. Was für ein Unsinn!

Elise Pfanzelt war nachweislich bei der Brandlegung im Keller des Gasthauses Pfanzelt verstorben. Klemm ließ sich schwer auf den Stuhl am Schreibtisch fallen. Hatte Elise Pfanzelt überlebt? Das war unmöglich. Und wenn doch? Dann war sie gewiss nicht mehr in der Lage zu gehen oder zu laufen. Brandopfer waren tot. Sie hatten gegen das Feuer keine Chance. Das war ein Naturgesetz. Allerdings gab es Situationen, das wusste Klemm als erfahrener Ermittler, die man nicht ohne Weiteres mit der Schulpsychologie erklären konnte. Die Aneinanderreihung unglücklicher Zufälle gehörte dazu. War das

Zusammentreffen mit der weißen Gestalt eine Fügung des Schicksals? Ein Fingerzeig? Eine Nachricht aus dem Jenseits? Hatte Elise ihm aus der Anderwelt einen Hinweis auf den Mörder Michael Dorn geben wollen? Elise Pfanzelt, die Hinterbliebene im weißen Gewand. Die weiße Witwe von Bernhard Pfanzelt.

Klemm raufte sich die Haare. Ging sieben Schritte, machte sieben Kniebeugen, hockte sich wieder hin.

Elise Pfanzelt lebte noch. Wie hatte sie die Brandlegung überstanden? Hatte sie das Kellerverlies, in das sie der Altwirt gesperrt hatte, aus eigener Kraft verlassen können? Wäre sie dabei nicht von Josef Schnaitz gesehen worden?

Klemm machte sich eine Notiz. Schnaitz musste ihm sowieso zur Seite stehen, also konnte er ihn zuallererst zu diesem Sachverhalt befragen.

Wenn Schnaitz Elise nicht gesehen hatte, so wäre sie von Dorn oder Berner entdeckt und getötet worden. Oder hatten die Mörder die junge Frau bei der Flucht aus dem Keller eingefangen und verschleppt? Vielleicht auch vergewaltigt und halb tot irgendwo auf ihrer Flucht liegen gelassen? Aber wie hätte sie dann als weiße Witwe vor dem Stormberger herumlaufen und den Duft von Lavendelöl verströmen können? War Elise Pfanzelt den beiden Verbrechern entkommen? Warum hatte sie nicht umgehend bei Klemm Zuflucht gesucht und war stattdessen davongelaufen? Oder hielt Schnaitz sie versteckt?

Waren das alles Hirngespinste, der fortgesetzten Schlaflosigkeit Klemms geschuldet?

Gegen fünf Uhr musste er eingenickt sein, denn heftiges Pochen riss ihn hoch. Noch bevor er sich aufrichten konnte, wurde die Zimmertür aufgerissen. Eugen Pretzlaff, der Wirt, stand vor ihm, die Haare wirr im Gesicht.

»Der Adolf ist tot!«

»Stimmt«, sagte Klemm kühl, »der Gröfaz hat sich am dreißigsten April in Berlin umgebracht – endlich!«

»Nein. Ich meine den Buben vom Dorn Michi. Der kleine Adolf ist hin!«

»Was?«

Die beiden Männer stürzten die Treppe hinunter, wo sich ihnen ein entsetzliches Schauspiel bot.

Karola Dorn stand im abgerissenen Schlafrock vor dem Kommissär. Ihr Blick irrlichterte von Klemm zu Pretzlaff und wieder zurück. Ihr Atem ging stoßweise.

»Mein Adolf«, keuchte sie. »Mein Adolf. Erstochen. Im Bett. Im Schlaf. Erstochen. Im Bett. Im Schlaf.«

»Von wem?«, herrschte Klemm sie an, um sich Gehör zu verschaffen.

»Drei Jahre war er alt. Mein Adolf«, keuchte sie wieder. Langsam ging sie in die Knie, sank schließlich auf die Steinstufen, wo sie wie ein Häuflein Elend hocken blieb.

Klemm beugte sich zu ihr hinunter, fasste sie behutsam an der Schulter. »Wo waren Sie in diesem Augenblick?«

Die Frau sah an ihm vorbei. »Auf dem Abort.«

Klemm nickte. »Und? Haben Sie gesehen, wer es war?«

»Auf dem Abort?«

»Nein. Ich meine, ob Sie den Täter zumindest an der Stimme erkannt haben, Frau Dorn.«

Die Frau raufte sich die Haare. »Nix hat er gesagt. Aber das hier hat er da gelassen.« Mit zitternden Fingern streckte sie ihm eine blutverschmierte Spieluhr entgegen. Klemm nahm sie vorsichtig in die Hand, betrachtete sie kurz und legte sie zurück auf den Boden. Er musste sie nicht aufziehen, nicht abspielen, nicht die Melodie hören. Er wusste, was dieses blutige Instrument von sich geben würde: das Albumblatt für Elise. Klemm verstaute es in den Taschen seiner Jacke.

»Weiß angezogen war sie.«

»Also haben Sie doch etwas gesehen?«, fragte Klemm aufmerksam.

»Ein weißer Schatten. Elise …«

Der Polizeikommissär fröstelte. Was hatte das zu bedeuten? War Elise Pfanzelt auferstanden und rächte sich nun auf grausame Weise an der Familie des Mörders ihres Mannes Bernhard, indem sie den dreijährigen Adolf erstach?

»Es gibt keine weißen Schatten«, schüttelte er heftig den Kopf, um sich zur Ordnung zu rufen.

In diesem Augenblick gesellte sich Emmi zu der kleinen Gruppe. Sie beugte sich zu der weinenden Frau hinunter und zog sie hoch.

»Kommen Sie, Frau Dorn. Kommen Sie mit. Ich bringe Sie ins Pfarrhaus. Da sind Sie in Sicherheit.«

»Nein!«, kreischte die Frau und riss sich los. »Ich muss zu meinen Kindern. Zur Berta und zum Florian. Sonst macht sie die Elise auch noch tot!« Damit riss sie sich los und verschwand in der Nacht.

Klemm eilte hinterher. Er musste den Tatort in Augenschein nehmen. Zu Emmi sagte er: »Benachrichtigen Sie bitte Pfarrer Tecklenburg. Er soll zu Dorns Haus kommen. Am besten, Sie gehen ebenfalls mit.«

Er musterte sie mit einem seltsamen Blick, und sie erwiderte diesen Blick in stillem Einverständnis. Der Polizeikommissär brauchte Hilfe. Ihre Hilfe. Dafür bedurfte es keiner Worte. Er ahnte, dass sie für ihn da wäre. Aber er glaubte auch, dass sie diese Hilfestellung in ihrem Gedächtnis speichern und bei Gelegenheit eine Gegenleistung fordern würde. Klemm war klar, dass es immer von Vorteil war, bei einem Polizisten einen Stein im Brett zu haben. Und sollte er darauf vergessen, so würde Emmi ihn beizeiten sicher daran erinnern – oder wie man in Berlin zu sagen pflegte: Rache ist Blutwurst, und Leberwurst ist Zeuge.

Inzwischen hatte der Kommissär das Haus der Dorns erreicht und bahnte sich einen Weg durch eine aufgeregt schwatzende Menge. Er warf die Tür hinter sich ins Schloss und klemmte einen Stuhl unter die Klinke, damit die Schaulustigen ausgesperrt blieben. Klemm stieg die schmale Holztreppe hinauf und betrat das Kinderzimmer, in dem Karola Dorn saß und Berta und den kleinen Florian fest umklammert hielt. Der Säugling weinte leise, doch Karola hatte nur einen Blick für Adolf, der in seinem Bettchen lag und dessen Schlafjacke rot war von Blut.

Klemm trat näher.

»Bitte verlasen Sie den Raum, Frau Dorn. Und nehmen Sie die Kinder mit, der Anblick ist nichts für sie.«

Die Frau rührte sich nicht vom Fleck. Schließlich packte Klemm sie unter dem Arm und schob sie sanft hinaus. Dann schloss er die Tür und beugte sich über das Kinderbettchen. Dem kleinen Kerl war mitten in die Brust gestochen worden, das zeigte das zerfetzte Hemdchen. Der Stoß war mit großer Wucht ausgeführt worden. Hier war unendliche Wut am Werk gewesen. Jedenfalls lag keine Affekthandlung vor. Der Kommissär hatte zunächst an Karola als Täterin gedacht. Diesen Gedanken konnte er nun verwerfen. Was war mit dem Vater, mit Michael Dorn? Der hatte seinen Sohn geliebt, hatte ihm sogar den Namen des Führers gegeben. Warum sollte er sein eigen Fleisch und Blut ermorden?

In diesem Augenblick vernahm Klemm einen leichten Hauch von Lavendel. Der Kommissär fuhr zurück. Das konnte nicht sein. Lebte Elise Pfanzelt noch? Hatte sie Adolf Dorn erstochen, weil sein Vater ihren Bernhard erschossen hatte?

Er musste Karola Dorn nochmals befragen. Er musste die Spieluhr auf Spuren untersuchen. Er musste den toten Buben obduzieren, er musste die Nachbarn befragen, er musste … Aber was hieß hier *er?* Das alles war eine umfangreiche Aufgabe für eine Ermittlungsgruppe. Doch Klemm war allein. Wie sollte er all dies bewältigen?

Seine Gedanken wurden unterbrochen, als Pfarrer Tecklenburg eintrat. Hinter ihm stand Emmi und lugte über seine Schulter. Als sie das Mordopfer erblickte, riss sie die Hand vor den Mund und wandte sich ab. Ein weiterer Beobachter wurde sichtbar: Konrad Staubwasser. Um seine Lippen spielte ein höhnisches Lächeln. Der tote Bub schien ihn nicht zu interessieren. Während der Priester zu beten begann, schob sich Staubwasser an Klemm heran.

»Was passiert denn jetzt, Herr Kommissär? Wollen Sie warten, bis die ganze Familie ausgelöscht ist? Erst der Adolf, dann der Florian, die Berta und schließlich die Mutter?«

Klemm blieb die Antwort schuldig. Staubwasser hob anklagend die Hände.

»Das sieht doch ein Blinder mit Krückstock, dass das elende Weib überlebt hat und jetzt die Familie Dorn auslöscht.«

Klemm sah ihn prüfend an. »Wen meinen Sie mit dem elenden Weib?«

Staubwasser grinste abfällig. »Elise Pfanzelt, die weiße Witwe natürlich. Oder haben Sie tatsächlich gedacht, dass das Miststück sich das gefallen lässt, wenn man ihr den Bernhard erschießt?«

»Die weiße Witwe ist tot.«

Wieder grinste Staubwasser. »Haben Sie die Leiche gesehen?«

Klemm schüttelte den Kopf.

»Na also. Bei uns im Wald geschehen Dinge, davon können die Stadtleute in München nur träumen, lieber Herr *Kommissär.*«

Staubwasser wandte sich abrupt ab. Das war sein Glück. Denn Klemm platzte unvermittelt der Kragen. Was bildete sich dieser korrupte Altnazi eigentlich ein? Wer war er, dass er einen Polizeikommissär auf den Arm nehmen und ihn verhöhnen durfte? Wo kamen sie hin, wenn sich jeder dahergelaufene Rosstäuscher über die Arbeit der Kriminalbeamten lustig machen durfte? Und überhaupt: Woher wusste Staubwasser, dass Klemm ursprünglich aus München kam? Hatte er Pfarrer Tecklenburg ausgefragt? Was wusste Staubwasser noch über ihn?

Andererseits – Staubwasser hatte vielleicht nicht unrecht. Man hatte Elises Leiche nicht gefunden, nur ein paar verkohlte Knochen. Wenn sie tatsächlich überlebt hatte, war es nicht ausgeschlossen, dass sie gerade dabei war, sich an der Familie des Mörders ihres Mannes zu rächen. Klemm bemerkte mit Entsetzen, dass seine Gedanken sich im Kreis drehten. Eine weitere Frage stellte sich: Woher kam die Spieluhr? Was bedeutete sie? Und woher der Lavendelduft? Klemm nahm sich vor, die Spieluhren beim Rahner zu zählen. Doch zuvor musste er die Ermittlungen vorantreiben.

Inzwischen hatte man die Leiche des Kindes weggebracht. Der Mesner, ein wuchtiger Mann von knapp siebzig Jahren, den alle nur Peterl nannten, hatte Adolf in eine Decke gehüllt und fortgetragen. Mit Peterl würde sich Klemm ebenfalls noch unterhalten müssen.

Er sah zur Uhr. Inzwischen war es acht Uhr früh vorbei. Der Wachhabende in Zwiesel, den er in der Nacht um Verstärkung gebeten hatte, hatte noch nicht zurückgerufen. Warum dauerte das denn alles so lange, Herrgott noch mal!

Sein Blick suchte Konrad Staubwasser. Der Rosshändler war der einzige motorisierte Bürger im Dorf. Er fuhr einen schwarzen Mercedes. Damit war man in einer Viertelstunde in Zwiesel. Doch Klemm wusste, dass seine Frage abschlägig beantwortet werden würde. Staubwasser war der falsche Mann. Er würde Klemm zur Tür hinauswerfen.

Emmi stand noch da. Klemm nahm sie am Arm. »Haben Sie ein Fahrrad?«

Emmi nickte.

»Ein altes, Herr Kommissär.«

»Gut. Können Sie es mir leihen?«

»Natürlich. Aber wo wollen Sie denn jetzt hin?«

Klemm erkannte ihre Angst, und es tat ihm gut. Seine Stimme war leise. »Ich muss nach Zwiesel, Verstärkung auftreiben. Ich schaffe das nicht mehr allein.«

Emmi sah ihn zweifelnd an. »Mit einer Hand?«

Klemm ließ sich nicht beirren. »Ist nicht das erste Mal.«

»Na gut. Kommen Sie mit …«

Das Fahrrad, ein wirklich uralter Drahtesel, besaß kein Licht, die Bremse quietschte furchtbar und das hintere Schutzblech fehlte. Aber die Reifen waren aufgepumpt und auch die Kette schien in Ordnung zu sein. Emmi Unruh kümmerte sich um ihr Eigentum, soweit das möglich war.

Zehn Minuten später war er unterwegs. Zuvor noch hatte er Josef Schnaitz gesucht, ihn aber nicht gefunden. Er hätte den Jungen gern als Hilfspolizisten angestellt und ihm bis zu seiner Rückkehr die Sicherung des Dorn'schen Hauses übertragen. Klemm war sich bewusst, welchen Wahnsinn er da betrieb, aber es ging nicht anders. Wenn ihn jemand fertigmachen wollte, so würde das ein

Leichtes sein. Nach einem aktuellen Mord in einer Mordserie den Tatort zu verlassen, war wenig hilfreich.

Klemm schwang sich auf das Rad und fuhr los. Dass ihn dabei ein Augenpaar verfolgte, bemerkte er nicht.

Bis Zwiesel mochten es neun Kilometer auf einer holprigen, von Panzerketten aufgerissenen Teerstraße sein. Der Himmel war bewölkt; die Sonne versteckte sich. Lag es an dem frühen Morgen, oder war es tatsächlich so kalt, dass Klemm in seiner leichten Jacke fröstelte? Seine Gedanken kreisten um den Fall. Zunächst war da der Mörder Michael Dorn, der abgetaucht war. Jetzt gab es einen weiteren Täter, der den kleinen Adolf Dorn ums Leben gebracht hatte. Oder handelte es sich tatsächlich um eine Mörderin? Elise, die weiße Witwe? Das konnte nicht sein. Klemm schüttelte heftig den Kopf. Das Rad begann zu schlingern, Klemm verlor den Halt und stürzte zu Boden. Für Sekunden wurde es dunkel um ihn.

In diesem Augenblick brach ein weiterer Radfahrer aus dem Wald hervor. Er trug eine Pudelmütze, die er übers Gesicht gezogen hatte. Klemm wollte sich aufrichten, wurde aber mit einem Knüppel zu Boden geschlagen. Der Angreifer zwang ihn auf den Bauch, drückte ihm das Gesicht in den Dreck. Verzweifelt versuchte Klemm zu atmen.

»Augen zu!«, herrschte ihn eine raue Stimme an.

»Was willst du?«

»Letzte Warnung. Lass den Michi in Ruhe. Der kann nix dafür. Und seine Kinder gleich gar nicht.«

Klemm versuchte den Kopf zu drehen, um den Angreifer zu erkennen. Die Stimme war ihm unbekannt. Sicher hatte der Kerl sie verstellt.

»Wofür kann Dorn nichts?«

Der Angreifer drückte Klemms Gesicht wieder in den Teer.

»Das geht dich einen Scheißdreck an.«

Klemm versuchte es erneut. »Ich bin Polizist. Wir können das regeln.«

»In Schachtenstein regeln wir das unter uns. Da braucht es keine Schnüffler von der Polizei – steh auf.«

Klemm verstand nicht. »Was?«

»Steh auf und dreh dich weg.«

Mit wackligen Beinen erhob sich Klemm. Der erste Schlag mit dem Knüppel galt seinen Kniekehlen. Der zweite Schlag trieb ihm die Luft aus den Lungen. Der dritte Schlag traf seinen Hinterkopf. Er sackte zusammen, Nebel tanzten vor seinen Augen. Dann verlor er das Bewusstsein.

*

Kommissär Klemm wusste nicht, wie lange er auf der Straße gelegen hatte, als ein amerikanischer Jeep neben ihm hielt. Ein GI sprang aus dem Wagen und half ihm auf. Der Soldat warf das Fahrrad auf den Rücksitz und bugsierte Klemm auf den Beifahrersitz.

»Goddamn shit!«, sagte der Amerikaner und betrachtete sorgenvoll Klemms Gesicht. Das rechte Auge färbte sich dunkelblau, aus dem Haaransatz rann Blut auf die

Stirn. Klemm konnte nicht gerade sitzen. Die Nieren schmerzten höllisch. Er bekam kaum Luft.

»Hospital?«, fragte der Soldat.

Klemm schüttelte vorsichtig den Kopf. »No. Police.«

»Sure?«

»Yes.«

Die beiden Männer schwiegen, bis der Amerikaner vor der Polizeidienststelle in Zwiesel das demolierte Fahrrad ablud, kurz salutierte und davonfuhr.

Wenig später saß Klemm im Büro seines unmittelbaren Vorgesetzten, des Hauptkommissars Konstantin Kaspar Degenberger auf dem Degenberg, inzwischen bürgerlich Konstantin Degenberger. Degenberger entstammte dem alten Geschlecht der Degenberger, deren Stammsitz auf dem Degenberg bei Schwarzach gestanden hatte. Das Geschlecht derer zu Degenberg war 1602 erloschen. Daraufhin fiel der degenbergische Besitz an die Wittelsbacher. Konstantin Degenberger war ein ehemaliger Major, mehrfach ausgezeichnet im Ersten Weltkrieg. Er hatte Hitler als »Exkrementalvisage« tituliert, der den Adel systematisch zugrunde richten würde. Dessen Redeschwall erzeuge bei ihm den Eindruck einer »entfesselten Dummheit«. Dem alten Major erschien der Führer des Dritten Reiches wie ein »Trambahnschaffner«. Die Menge, die diesem Idioten nachlief, sah Degenberger als »Horde von Neandertalern« an, die von den wenigen noch vollwertigen Menschen verlangte, sie sollten gefälligst ebenfalls Neandertaler werden, und ankündigte, dass ihnen bei Verweigerung die physische Vernichtung drohte.

Degenberger beschrieb damals die jungen Leute, die mit ihren SS-Uniformen protzten, wie folgt: »Da also sitzen sie, in den Cafés und Bars, befördern aus den Sektkühlern ins Dekolleté ihrer Damen kleine Eisstückchen, holen sie unter allgemeinem Gegröle aus der grausigen Tiefe wieder ans Tageslicht … unterhalten sich im Übrigen so, dass man auch auf dem Sirius jedes Wort verstehen müsste, in einem Zuhälterjargon, in den seit zwanzig Jahren die wunderbare Sprache eines Matthias Claudius abgeglitten ist … Diese Männer werden, wenn der Führer dereinst Leonardo'sche Bilder für entartete Kunst erklären sollte, aus ihnen Scheiterhaufen schichten und dabei, was das Schlimmste ist, sich als unfähig erweisen, die tiefe Verworfenheit ihres Zustandes auch nur zu ahnen!«

Das war 1936 gewesen, unmittelbar nach dem Ende der Berliner Olympiade. Ein altgedienter Kollege hatte Klemm davon berichtet, als er den Dienst in Zwiesel angetreten hatte. Seitdem war Degenberger Klemms Hochachtung gewiss.

Daraufhin hatte man Degenberger erst in ein KZ und später in eine Nervenheilanstalt gesteckt. Inzwischen war er, aufgrund des herrschenden Personalmangels, wieder in den aktiven Dienst zurückgeholt worden. Der Bursche musste mindestens achtzig sein. Dementsprechend war sein Auftreten. Geradlinig, direkt und ohne jede Empathie. Die schien ihm fremd zu sein. Dafür hatte er zu viel gesehen und erlebt. Klemm hatte gewaltigen Respekt vor dem alten Herrn, der ihn missbilligend betrachtete.

»Wie sehen Sie denn aus?«

Klemm wischte sich den Straßendreck von der Jacke.

»Ich bin auf dem Weg hierher überfallen und bedroht worden.«

Degenberger zog die Augenbrauen hoch. »Das muss ein Polizeibeamter aushalten. Was wollen Sie überhaupt in Zwiesel? Der Wachhabende hat soeben einen weiteren Mord in Schachtenstein gemeldet.«

»Das stimmt, Herr Degenberger.«

Der alte Major richtete sich auf. »Für Sie immer noch Herr Hauptkommissar, Kommissär Klemm. Und außerdem – finden Sie nicht, dass im Augenblick Ihr Platz am Tatort sein sollte, anstatt hierher nach Zwiesel zu flüchten?«

Klemm gab keine Antwort, so überrascht war er von dem harschen Auftreten seines Chefs. Degenberger setzte sofort nach: »Antworten Sie gefälligst, wenn Sie gefragt werden! Wohl nicht gedient, was?«

Klemm suchte nach einem Taschentuch, um sich das Blut von der Stirn zu wischen, fand aber keines. Blutstropfen waren ihm ins Auge geronnen und trübten nun seine Sicht.

»Ich bin nicht aus Schachtenstein geflohen.«

»Sondern?«

»Ich habe den Wachhabenden heute Nacht telefonisch um dringende Unterstützung gebeten. Als keine Rückmeldung erfolgte, habe ich mich auf den Weg gemacht, um meiner Forderung Nachdruck zu verleihen.«

Degenberger stand auf und stützte die kräftigen Fäuste auf den Schreibtisch. »Von einer Forderung kann ja wohl nicht die Rede sein. Oder sehen Sie hier arbeitslose Polizisten herumlungern? Geben Sie Antwort, Mann!«

»Nein – aber ich brauche dennoch dringend Unterstützung, Herr Hauptkommissar.«

Degenberger setzte sich und schnaufte schwer. »Wie viele Opfer gibt es in Schachtenstein im Augenblick?«

»Aktuell fünf.«

Der Alte sank in den Sessel zurück. Seine Stimmung war umgeschlagen. »Das ist in der Tat viel. Ich gebe Ihnen recht, Herr Kommissär. Da ist Unterstützung vonnöten.« Degenberger stand auf und öffnete die Tür. »Salzmann, antreten!«

Ein uniformierter Beamter erschien. Degenberger maß ihn mit einem strengen Blick.

»Was ist bisher in der Sache Schachtenstein unternommen worden?«

Der Angesprochene schwenkte ein Blatt Papier. Degenberger riss es ihm aus der Hand und las.

»Notiz. Telefonisch Unterstützung aus Passau in der Mordserie Schachtenstein angefordert. Nach Aussage von Oberkommissär Wessel, Kommissariat Passau, wurde der Polizistin Blaubacher Maria befohlen, umgehend am Tatort in Schachtenstein anzutreten und Kommissär Klemm bei den Ermittlungen zu unterstützen.«

Klemm riss die Augen auf. Die Blutstropfen waren vergessen. »Das ist ja wunderbar, Herr Hauptkommissar. Wann wurde die Notiz geschrieben?«

Degenberger studierte das Blatt erneut. »Heute früh, sechs Uhr und neunundfünfzig Minuten. Unmittelbar vor Ende der Schicht des Wachhabenden. Wenn das keine gute Arbeit ist!«

Mit einem Wink scheuchte er den wartenden Beamten weg.

Klemm hatte noch eine Frage. »Kennen Sie diese Polizistin, Herr Hauptkommissar?«

»Nicht direkt. Ich weiß nur, dass die Behörde in Passau im Eilverfahren Krankenschwestern umschulen lässt, um sie für den Polizeidienst zu rüsten. Die Blaubacher muss demnach eine Schwesternschülerin sein, denn Krankenschwestern sind nach der Befreiung vom Hitlerismus rar geworden.«

Klemm atmete aus. »Also jung und unerfahren. Das ist eine wirklich große Hilfe.«

»Seien Sie nicht unzufrieden, Mann. Es ist jetzt neun Uhr dreiundvierzig. Ich lasse Sie mit dem Dienstwagen zurück nach Schachtenstein bringen. Das Fahrrad wird ja wohl hinüber sein.«

Klemm stand auf. Er spürte jeden Knochen im Leib. »Danke, Herr Hauptkommissar.«

Degenberger lächelte dünn. »Nichts zu danken, Kollege. Die Zeiten sind rau. Da brauchen wir jeden Mann – und natürlich auch jede Frau.«

Auf Degenbergers Schreibtisch meldete sich das Telefon. Klemm wollte gerade gehen, da hielt ihn der Vorgesetzte mit einem Handzeichen zurück.

»Wann?«, sagte der Hauptkommissar in den Hörer. »Eintreffen gegen elf Uhr in Schachtenstein. Das ist ja großartig. Eine Frage noch, Herr Kriminaldirektor, wie kommt Frau Blaubacher so schnell nach Schachtenstein? … Aha … Gut … Amtshilfe … Die Amis wieder … Da soll noch einer sagen … Wiederhören, Herr Kriminaldirektor, und Grüße an die Gattin … Wiederhören.«

Klemm stand mit offenem Mund da. Degenberger grinste wie ein Lausbub.

»Sie haben es gehört, Kommissär. Die Polizistin Maria Blaubacher wird von den Amerikanern direkt nach Schachtenstein transportiert. Eintreffen gegen elf Uhr. Los, Mann, hauen Sie ab. Und über Ihre eigenwillige Entfernung vom Tatort sprechen wir ein andermal.«

Als er neben Salzmann im Wagen saß, bedachte Leo Klemm die Geschehnisse. Eine junge Polizistin sollte ihm bei den Ermittlungen helfen. Das konnte ja heiter werden. Wahrscheinlich musste Klemm ihr erst einmal die Grundzüge der Ermittlungsarbeit beibringen. Warum nur eine Frau? War sie hübsch und ansehnlich? Das würde die Sache innerhalb der männlichen Bevölkerung im Dorf noch schwieriger gestalten. Man brauchte bloß an Staubwasser zu denken, der hinter jedem Rock her war wie der Teufel hinter den armen Seelen.

Klemm hätte sich einen männlichen Ermittler gewünscht; einen mit allen Wassern gewaschenen Kollegen, der bereits einige Fälle eigenverantwortlich aufgeklärt hatte. Stattdessen schickte man ihm eine umgebaute Schwesternschülerin aus Passau, die vermutlich von Tuten und Blasen keine Ahnung hatte und die die Polizeiarbeit erst lernen musste. Wenigstens würde sie nicht bewusstlos umfallen, wenn sie Blut sah. Das Fräulein Blaubacher war ja Krankenschwester gewesen. Vielleicht verfügte sie über Kenntnisse, die ihn in Schachtenstein weiterbringen könnten.

Leo Klemm war sich seiner männlichen Sichtweise vollends bewusst. Frauen waren nicht dümmer, nicht ängstlicher und auch nicht überheblicher als ihre männlichen Kollegen. Sie waren nur anders. Das war eine Chance für den Fortgang der Ermittlungen. Klemm seufzte und lehnte sich zurück.

Wenig später kam der Schachtensteiner Kirchturm in Sicht. Der Wagen hielt vor dem Gasthaus Stormberger und Klemm stieg aus. Salzmann fuhr mit einem stummen Gruß davon.

Auf der Hausbank saß eine junge Frau, fast ein Mädchen noch. Daneben standen eine große Reisetasche und ein Koffer. Sie war schlank, einfach gekleidet, hatte ein hübsches rundes Gesicht, das von schwarzen Haaren umrahmt wurde. Ihre dunklen Augen blitzten unternehmungslustig.

»Herr Kommissär Klemm?«

Klemm reichte ihr die Hand, als sie aufgestanden war. »Genau. Und Sie sind Fräulein Blaubacher?«

Sie nickte. »Sagen Sie Maria zu mir, Herr Kommissär.«

»Wie Sie wünschen.« Klemm öffnete die Haustür zum Stormberger und geleitete sie hinauf in sein Büro. Die Reisetasche und den Koffer stellten sie in eine Ecke. Maria betrachtete den mit Schriftstücken und Akten übersäten Schreibtisch. Klemm beobachtete sie dabei.

»Bitte nehmen Sie doch erst einmal Platz, Maria.«

Die junge Frau schüttelte energisch den Kopf.

»Kann ich meine Schlafstelle sehen? Damit ich mich umziehen und wir gleich mit der Arbeit anfangen können?«

Klemm lächelte überrascht. »Ich werde dem Wirt sagen, dass er eines der leer stehenden Zimmer herrichtet. Aber eigentlich sind alle Zimmer leer. Das Haus ist sozusagen verwaist …«

»Gut«, sagte Maria und wuchtete die schwere Reisetasche auf einen noch freien Nebentisch. Was sie zutage förderte und aufbaute, ließ den Kommissär an Weihnachten glauben.

»Was haben Sie denn da alles dabei?«

Maria grinste. »Ein Mikroskop kennen Sie ja wohl, Herr Kommissär.«

Klemm nickte stumm. »Eine Fotoreferenzskala in zwei verschiedenen Farben zur Vermessung von Tatortspuren. Dazu Material, um Fingerabdrücke zu nehmen. Des Weiteren Pulver, um Fingerabdrücke sichtbar zu machen.«

Maria schwieg eine Sekunde, sagte dann triumphierend: »Und hier: die neue Kodak – direkt aus Amerika!«

Klemm schnaufte überrascht. »Ich werde verrückt! Woher …«

Maria lachte jetzt glockenhell. Ein Ton, der Klemm gefiel. »Unwichtig, Herr Kommissär. Gehen wir an die Arbeit.«

*

Klemm verließ das Büro, um den Wirt zu bitten, ein Zimmer für die junge Beamtin freizumachen. In der Zwischenzeit verschaffte Maria sich einen ersten Überblick über die grausigen Vorgänge in Schachtenstein.

Was sie zu sehen bekam, ließ sie zunächst erstarren. Doch dann fasste sie sich ein Herz, blätterte durch die Akten und prägte sich das Foto von Michael Dorn und Friedrich Berner ein. Auch die blutige Spieluhr betrachtete sie. Als der Kommissär nach ihr rief, trat sie vor die Tür. Den Fotoapparat hatte sie sich umgehängt. Man konnte nie wissen.

Nun eilten sie zum letzten Tatort, zu Dorns Haus.

Karola hockte in der winzigen Küche und starrte blicklos aus dem Fenster. Sie war noch schmäler geworden, die Wangen eingefallen, der Mund ein schmaler Spalt. Die Augen lagen tief in den Höhlen. Die Haare hatte sie streng gescheitelt, die Hände ruhten kraftlos im Schoß. Neben ihr stand Josef Schnaitz.

»Kann ich helfen, Herr Kommissär?«

Klemm nickte. »Ja. Das geht in Ordnung. Darf ich vorstellen: Maria Blaubacher, Polizeibeamtin aus Passau – Josef Schnaitz, Hilfspolizist aus Schachtenstein.«

Schnaitz und Maria reichten sich die Hand. Zu Klemm sagte er: »Danke, Herr Kommissär, ich werde Sie nicht enttäuschen.«

Klemm nickte. »Das hoffe ich, Josef. Nun zu deiner ersten Aufgabe. Bitte stelle umgehend fest, ob beim Rahner eine Spieluhr fehlt. Ich habe bei meinem Besuch gestern sieben Stück gezählt. Fehlt heute ein Instrument, kann es der Täter gestohlen und bei dem toten Buben hinterlegt haben. Vielleicht hat der Kramer etwas von dem Diebstahl mitbekommen und den Dieb erkannt.«

»Vielleicht, Herr Kommissär. Wenn man die Türglocke von draußen leicht anhebt, merkt es der Rahner nicht, wenn jemand in den Laden hineingeht.«

Klemm stockte einen Moment, sagte dann: »Versuchen Sie es trotzdem, Josef.«

Als Schnaitz gegangen war, sagte Maria: »Soweit ich aus den Akten ersehen konnte, ist Josef Schnaitz der einzige Zeuge der Bluttat im Gasthaus von Maximilian Pfanzelt.«

Klemm sah sie an. »Was wollen Sie damit sagen?«

Maria schaute aus dem Fenster. »Ist es nicht … etwas seltsam, diesen Mann zum Hilfspolizisten zu machen, Herr Kommissär?«

»Wissen Sie etwas Besseres?«

Maria schüttelte den Kopf. »Das nicht. Aber diese Dinge könnte ich doch selber …«

Klemm berührte sie am Arm. »Wir haben andere Aufgaben, Maria, kommen Sie mit.«

Sie stiegen die Treppe hinauf zum Kinderzimmer. Der Raum war unberührt, niemand hatte etwas verändert. Klemm wies auf das Kinderbett.

»Wir müssen es beschlagnahmen, Maria. Schaffen Sie das?«

Maria drückte ihm die Kamera in die Hand. »Aber zuvor wird fotografiert, Herr Kommissär. Bitte machen Sie vom Tatort ein paar Aufnahmen, damit wir sie später den Akten hinzufügen können.«

Als Klemm sich mit dem Gerät vertraut gemacht und

die Aufnahmen geschossen hatte, zog Maria aus der Jackentasche einen dünnen Ledersack und steckte das Kissen, die Decke sowie das Leintuch hinein. Die Matratze klemmte sie unter den Arm.

»Das Bettgestell hole ich nachher.« Mit diesen Worten trottete sie die Treppe hinunter. Klemm folgte ihr. Er schwankte leicht. Übelkeit stieg in ihm auf, es kam vom Magen. Der Hunger meldete sich mit solcher Gewalt, dass ihm schwarz vor Augen wurde. Langsam ging er hinter Maria her.

Knapp drei Stunden hatte er in der Nacht geschlafen, war auf dem Weg nach Zwiesel niedergeschlagen und bedroht worden, hatte eine Diskussion mit seinem Vorgesetzten überstanden und seit dem Abend nichts mehr gegessen – und jetzt wunderte er sich über den mörderischen Hunger, der in seinem Inneren tobte. Er musste unbedingt etwas zwischen die Zähne bekommen.

Doch zuvor wollte er dem Mesner noch einen kurzen Besuch abstatten. Peter Hofmann versah im Dorf allerlei unterschiedliche Aufgaben. Zunächst war er Totengräber. Dann spielte er die Orgel. Und nicht zuletzt galt er als ein Unikum, das am Stammtisch vom Stormberger immer einen schrägen Witz auf den Lippen führte.

Klemm richtete seine Schritte zu dem kleinen Friedhof, in dessen Aussegnungshalle es einen Raum für das Zurechtmachen und die Aufbahrung der Toten gab. Manche Hinterbliebene wollten, dass der Sarg geschlossen blieb. Andere wollten noch einen letzten Blick auf den Verblichenen werfen, womöglich gekleidet in dessen Feiertagsgewand.

Diese Arbeiten in einer feierlichen Art und Weise zu bewerkstelligen, dafür war der Peterl da. Er erledigte seine Aufgabe unaufgeregt, wusch die Toten, kleidete sie an, holte im Pfarrgarten, wenn es die Jahreszeit erlaubte, frische Blumen und bettete die Leiche in den Sarg. Was in der Regel nichts weiter als eine Bretterkiste mit Deckel war, die nach der Leichenschau zugenagelt wurde.

Anschließend goss sich der Peterl gemütlich einen hinter die Binde und begab sich zur vorgesehenen Grabstelle, um die Grablege für die Beisetzung vorzubereiten.

Klemm hörte den Gesang in der Totenkammer schon von Weitem. Peterl intonierte mit rauer Bassstimme eine Schnulze aus vergangenen Tagen.

»Ich bin so scharf auf Erika wie Kolumbus auf Amerika …« Dazu wiegte er sich in den Hüften wie ein Solotänzer.

Klemm trat hinzu, als er den ersten Nagel in den Deckel des Kindersarges einschlagen wollte.

»Warten Sie, Herr Hofmann.«

Der Angesprochene sah auf. »Sie sind der Kommissär?«

Klemm nickte. »Ich muss die Leiche anschauen.«

Der Mesner zuckte die Schultern. »Lebendig wird der Adolf deshalb auch nicht mehr.« Er trat zur Seite und sah zu, wie Klemm den Brustraum des Kindes untersuchte. Zunächst schob er vorsichtig das zerrissene Hemdchen hoch. Dann beugte er sich über die schmale Brust des Jungen und betrachtete den Einstich. Das Messer war direkt unter den Rippen in den Körper eingedrungen. Zunächst hatte es einen breiten Schnitt verursacht, der beim Herausziehen wiederum einen versetzten Schnitt ergab – einen sogenannten Schwalbenschwanz.

Zweifellos hatte es sich um ein Küchenmesser gehandelt, das man überall kaufen konnte, auch beim Rahner. Oder das natürlich in jeder Küche zu finden war. Der Täter war kein Fachmann, verstand also nichts von Anatomie oder Medizin, sonst hätte er den Stich zwischen den Rippenbögen angesetzt und direkt auf das Herz gezielt. Trotzdem hatte der Angriff zum sofortigen Tod des Opfers geführt. Abwehrverletzungen an den Händen des Kindes konnte Klemm nicht erkennen. Er zückte die Kamera und fotografierte die Läsion von mehreren Seiten.

Als er sich anschließend in seinem Heft Notizen machte, schaute ihm der Mesner über die Schulter.

»Wissen Sie jetzt mehr?«

Klemm drehte sich weg. Peterl musste nicht lesen, was er aufschrieb. »Nicht viel, aber immerhin.«

Hofmann nickte zufrieden. »Dann kann ich ihn jetzt zunageln?«

Klemm bejahte und sagte: »Noch eine Frage, Herr Hofmann. Ihr Haus liegt direkt gegenüber dem der Familie Dorn. Haben Sie nichts gesehen oder gehört?«

Der Mesner hob sein Schnapsflascherl. »Da hör ich nix und seh nix. Ich hab nämlich einen guten Schlaf, Herr Kommissär. Wenn man den ganzen Tag mit den Toten zu tun hat und am Sonntag die Orgel spielen darf, dann lebt man ruhig und zufrieden.«

Dem Trunkenbold glaube ich kein Wort, dachte Klemm und deutete auf das Fläschchen in Hofmanns Hand. »Was sagt denn Ihre Frau dazu?«

»Eine Frau hab ich nie gehabt. Es lebt sich leichter so. Ich bleib lieber allein.«

Damit nagelte er drauflos und ließ sich auch nicht stören, als der Kommissär die Hand zum Gruß hob und ging.

Als Klemm sein provisorisches Büro beim Stormberger betrat, erlebte er eine Überraschung. Maria hatte die Fenster mit schwarzem Tuch verhängt und baute soeben die Utensilien für die Entwicklung von Fotografien auf. Gerade wollte sie ihm die Kamera aus der Hand nehmen, da fiel ihr etwas ein.

»Sie haben hoffentlich die Toten aus dem Gasthaus von Maximilian Pfanzelt ebenfalls dokumentiert?«

Klemm setzte sich auf einen freien Platz und hielt sich wieder den Bauch vor Hunger. Langsam begann er wütend zu werden. Maria sprang mit ihm um wie mit einem Lehrling, einem Schüler, wie mit einem Hilfspolizisten.

»Jetzt hören Sie mir mal gut zu, junge Dame …«

Maria drückte ihm die Kamera wieder in die Hand. »Entschuldigung, aber das muss sein, Herr Kommissär. Bis Sie zurück sind, ist meine Dunkelkammer bereit für die Entwicklung Ihrer sensationellen Schnappschüsse.«

Jetzt musste Klemm lächeln. »Wenn ich jetzt noch einmal zu diesem Unikum von einem Totengräber gehe, wird er mich für verrückt halten.«

Maria zwinkerte mit den Augen. »Sie müssen ihm ja nicht sagen, dass ich Sie geschickt habe.«

Es dauerte über eine Stunde, bis Klemm den Peterl so weit hatte, dass dieser ihn in die Kammer mit den bereits in den Särgen befindlichen verkohlten Leichen brachte. Dort öffnete er die Kiste und ließ Klemm seine Arbeit machen.

Als Peterl den Sarg von Elise Pfanzelt öffnete, trauten sie ihren Augen nicht. Lediglich ein paar Fetzen heller Kleidung befanden sich darin. Die verkohlten Überreste der jungen Frau waren verschwunden, als hätte es sie nie gegeben.

»Verdammt!«, ächzte Klemm.

Der Totengräber stieß einen gottserbärmlichen Fluch aus. »Gestern früh …«, begann er, doch Klemm unterbrach ihn sofort.

»Bitte öffnen Sie den Sarg von Maximilian Pfanzelt und seinem Sohn Bernhard.«

Peter Hofmann tat, wie ihm befohlen. Die Leichen lagen in den Totentruhen, stark verkohlt zwar, aber dennoch erkennbar – zumindest an den Resten der Kleidung.

Klemm richtete sich auf. »Was können Sie mir dazu sagen, Herr Totengräber?«

»Nichts, Herr Kommissär. Die Särge sind nachts eingeschlossen.«

Klemm gab sich damit nicht zufrieden. »Wer hat einen Schlüssel zu dieser Kammer?«

Hofmann überlegte nicht lange. »Ich … und der Herr Pfarrer.«

»Und Sie gehen abends nach Hause oder ins Wirtshaus?«

Der Totengräber nickte. »Ich muss ja auch etwas essen.«

Der Kommissär nickte ebenfalls. »Das verstehe ich. Was ich aber nicht verstehe, ist, warum Elise Pfanzelts Leiche verschwunden ist, nicht aber die Leichen von Maximilian und Bernhard Pfanzelt. Können Sie mir das erklären?«

Hofmann schüttelte stumm den Kopf, was Klemm zu einer weiteren Frage veranlasste.

»Aber Sie sind absolut sicher, dass Sie die Überreste von Elise Pfanzelt in den Sarg gelegt und diesen verschlossen haben? Überlegen Sie gut, Herr Hofmann. Von Ihrer Antwort hängt viel ab.«

Wieder schüttelte der Totengräber den Kopf. »Da gibt es nichts zu überlegen, Herr Klemm. Alles, was zu Elise gehört hat, ist in die Kiste gekommen, so wahr mir Gott helfe.«

Klemm gab nicht auf. »Es kann also nicht sein, dass sie überlebt hat?«

Hofmann starrte ihn verblüfft an. »Nein. Das kann nicht sein. Ich bin doch nicht damisch. Ich weiß doch, was ich tue. Und ich weiß auch, was ich gesehen habe, Herr Kommissär. Da bringt mich nichts draus. Wenn Sie allerdings glauben, die Elise geht jetzt als Geist um, da bin ich überfragt.«

Nachdem der Kommissär die Kamera bei Maria abgeliefert hatte, flüchtete er in die Gaststube und bestellte ein Bier und einen Blutwurz.

»Und einen Kalbsbraten mit zwei Kartoffelknödeln.«

Bald standen Bier und Schnaps vor ihm. Der Wirt sah ihn an.

»Kalbsbraten ist aus, Herr Kommissär.«

»Dann einen Schweinsbraten.«

»Schweinsbraten ist auch aus. Die Zeiten sind schlecht.«

Klemm erhob sich wütend. »Soll ich Ihnen mal erzählen, Herr Wirt, was ich gestern im Pfarrhaus zu essen bekam?«

Pretzlaff wich erschrocken zurück. »Hasenbraten wär noch da …«

Klemm keuchte. »Dann von mir aus Hasenbraten. Aber auf den beiden Kartoffelknödeln bestehe ich!«

»Knödeln haben wir nicht, Herr Klemm.«

»Was dann?«

»Knödel, Herr Kommissär: Einfach Knödel.«

Klemm platzte der Kragen. »Wenn Sie jetzt nicht sofort abhauen …«

Pretzlaff grinste höhnisch. »Stets zu Diensten, Herr Kommissär!« Er verschwand in der Küche, um den Hasenbraten in Auftrag zu geben, während Klemm den Schnaps kippte und einen großen Schluck Bier hinterherschickte. Ein Blick auf die Uhr an der Wand zeigte ihm, dass der Abend bereits hereingebrochen war.

Wenig später setzte sich Maria zu ihm.

»Das ist komisch. Ich habe Fotos von dem toten Adolf. Ich habe auch Fotos von den Überresten des Bernhard Pfanzelt sowie seines Vaters Maximilian Pfanzelt. Aber wo sind die Aufnahmen von Elise Pfanzelt?«

Klemm bestellte noch einen Blutwurz. »Ich wollte keinen leeren Sarg fotografieren.«

Jetzt brauchte auch Maria eine Stärkung. Nachdem beide getrunken hatten, sagte sie: »Wo um Himmels willen ist Elise Pfanzelt?«

DONNERSTAG, SIEBZEHNTER MAI 1945

Die Tägliche Rundschau, *die erste deutschsprachige Zeitung nach Kriegsende erscheint.*

Zum Frühstück gab es heute Morgen etwas Käse und eine bitter schmeckende Marmelade, offenbar aus Brennnesseln oder Ähnlichem hergestellt.

»Ich hab mir noch einmal die Unterlagen angeschaut«, sagte Maria und nahm einen Schluck vom Ersatzkaffee.

Der Kommissär biss in ein Stück hartes Schwarzbrot. »Und zu welchem Ergebnis sind Sie gekommen?«

Seine Kollegin fuhr sich durchs Haar. »Dieser Veterinär, der die Überreste der Leichen untersucht hat.«

»Der im Wald haust?«

»Genau. Haben Sie den schon gesprochen, Herr Kommissär?«

Klemm hob hilflos die Hände. »Wann denn, Frau Kollegin? Was glauben Sie, warum ich Verstärkung angefordert hab? Wir sitzen ganz tief in einem Loch und sehen nichts als den Himmel über uns.«

Seine Kollegin legte ihm beruhigend die Hand auf den Arm. »Wenigstens den Himmel … und nicht die Hölle.«

In diesem Augenblick trat Emmi Unruh an ihren Tisch. Sie hatte bemerkt, wie die junge Frau Leo Klemm vertraulich berührt hatte. Emmi kannte sie nicht, hatte sie noch nie gesehen. In einem Ton, der ihr sonst fremd war, sagte sie: »Beerdigung um zehn Uhr.« Sie legte einen Zettel auf den Tisch, warf ihnen einen scharfen Blick zu und verschwand.

»Wer war denn das?«, fragte Maria Blaubacher überrascht.

»Die Pfarrersköchin«, sagte Klemm und studierte das Blatt.

»Begräbnis der ermordeten Bernhard Pfanzelt, Maximilian Pfanzelt sowie Elise Pfanzelt und Adolf Dorn heute, Donnerstag, siebzehnter Mai 1945, um zehn Uhr auf dem hiesigen Friedhof. Die Totenmesse beginnt um 9.30 Uhr in der Kirche. Um pünktliches Erscheinen wird gebeten.«

Klemm schob den Zettel seiner Mitarbeiterin zu. Während diese die Zeilen las, bedachte Klemm die Situation.

Wenn sie Glück hatten, würden sie beim Begräbnis mehr über den Mörder von Adolf Dorn erfahren. Und wer konnte es schon mit Gewissheit sagen? Vielleicht traute sich sogar Michael Dorn aus seinem Versteck, um am Begräbnis seines Sohnes teilzunehmen. Vielleicht aus reiner Neugier?

Bestimmt war ihm der Tod des kleinen Adolf bereits zugetragen worden. Davon war Klemm fest überzeugt. Das Dorf schwieg zwar, aber nur ihm gegenüber. Es galt, die Augen offen zu halten. Auch die weiße Witwe konnte erscheinen. Oder derjenige, der sich für sie ausgab. Elises

Sarg würde leer in der Erde verschwinden. Wussten das die Bürger von Schachtenstein oder hatte Pfarrer Tecklenburg diese ungehörige Tatsache stillschweigend übergangen? Erlaubte es die katholische Kirche, dass ein leerer Sarg beerdigt wurde? Nach allen Regeln und mit dem Segen des Priesters? Mit Worten, die das Leben der Verstorbenen würdigte? Mit einem Totengedenken an Allerheiligen? Jedes Jahr? Vor einem leeren Grab?

Klemm fröstelte. Maria Blaubacher bemerkte es.

»Was ist mit Ihnen, Kommissär?«

»Der Sarg von Elise Pfanzelt …«

»Wird ohne Inhalt sein.«

Der Kommissär nickte. Dann stand er auf.

»Das bleibt unter uns, Frau Blaubacher. Verstehen Sie? Niemand darf davon erfahren, sonst schwirrt es hier bald von Geistergeschichten und Verschwörungstheorien.«

*

Die Kirche war bis auf den letzten Platz gefüllt, als Klemm und seine Kollegin eintrafen. Sie stiegen die Treppe hinauf zur Empore, wo Peter Hofmann an der Orgel soeben ein Präludium anstimmte. Von hier oben hatten sie einen guten Blick über die Anwesenden. In der ersten Bank saß – natürlich – Konrad Staubwasser, breit und fett wie ein Bräuross. Neben ihm seine Gattin Sofia. An den Rand gedrängt, so schien es Klemm jedenfalls, hockte Karola Dorn mit ihrer Tochter Berta und dem Säugling Florian Dorn auf dem Arm. In der vierten Reihe entdeckte Klemm den Hilfspolizisten Josef Schnaitz neben Emmi

Unruh. Eine ungewohnte Anwandlung von Eifersucht stellte sich ein, verschwand aber sogleich wieder.

Etwas weiter hinten saß der Säufer Klaus, der immer wieder einen Schluck aus einem Flachmann nahm. Im Mittelgang, der die Frauen von den Männern trennte, stand eine Abordnung der Veteranen mit einer Fahne.

Zu Beginn sprach Hochwürden Tecklenburg den Psalm »Requiem aeternam dona eis, Domine«. Er hob beide Hände und ließ sie langsam sinken. »Bitte setzt euch, meine lieben Brüder und Schwestern. Ich möchte einer Bitte von Frau Karola Dorn folgen und euch mitteilen, dass sie eine stumme Totenmesse ohne Lieder nur mit Orgelbegleitung wünscht. Es würde sonst ihre Kräfte übersteigen. Ich werde diesem Wunsche selbstverständlich gerne entsprechen. Und nun erhebt euch wieder, denn wir beginnen mit der Messfeier zu Ehren und zum Andenken an die Toten.«

Während dieser Worte ließ der Kommissär seinen Blick über die Trauergemeinde schweifen, in der Hoffnung, Michael Dorn oder wenigstens Friedrich Berner zu entdecken.

Klemm spähte über die Brüstung, um auch die Menschen unterhalb der Empore zu sehen. Doch das Kirchenportal war durch eine Hinweistafel mit den Gefallenen der letzten Monate verdeckt.

Die Messe nahm in aller Stille ihren Verlauf. Nach dem Evangelium begann Tecklenburg mit seiner Predigt.

»Liebe Trauergemeinde, liebe Angehörige! Dies ist ein besonders schwieriger und entsetzlicher Moment, um Abschied zu nehmen. Denn wir nehmen heute Abschied von gleich vier Verstorbenen. Zunächst von Maximilian Pfanzelt, dem Altwirt vom Gasthaus Pfanzelt in Schachtenstein. Dann von Bernhard Pfanzelt, seinem Sohn, sowie von Elise Pfanzelt, dessen Eheweib. Hinzu kommt, dass auch der kleine Adolf Dorn von uns gegangen ist. Die Genannten kamen durch einen barbarischen Akt gewaltsam ums Leben. Das wollen und dürfen wir niemals vergessen, liebe Trauergemeinde. Die Worte, die zum Abschied von lieben Menschen gesagt werden, sind zutiefst persönlicher Natur. Wir möchten sagen: ›Ja, so hat er, so hat sie gelebt. Das war ihm oder ihr immer ein Anliegen.‹ Auf der anderen Seite: Am Grab wird das Wort Gottes gepredigt. Hier, und nur hier, ist der Ort für die Botschaft vom Opfer Jesu Christi und von der Auferstehung der Toten. Denn sehr schnell wird zu viel von einem verstorbenen Menschen gesprochen und oft, viel zu oft, sind es die schlechten Dinge, die im Gedächtnis bleiben. Der Tote kann sich ja nicht mehr wehren. Im Buch Jona im zweiten Kapitel steht dieses Wort: ›Was ich gelobt habe, will ich erfüllen! Die Hilfe steht bei dem Herrn.‹ ›Was ich gelobt habe, will ich erfüllen!‹ Korrekt waren die Verstorbenen. Was sie versprachen, wurde gehalten. Ungeradheiten waren ihnen ein Gräuel. Wenn du einen Weg beschritten hast, musst du ihn auch zu Ende gehen. ›Was ich gelobt habe, will ich erfüllen!‹ Gerecht waren sie, so erlebten es die Menschen, bei denen sie lebten. Arbeitsam waren sie, fleißig, oder wie soll man es nennen? Das Nämliche hätte man auch von Adolf Dorn sagen können, wäre seine Zeit auf Erden nicht nach bereits drei Jahren vorbei gewesen. Gewiss wäre er ein guter Christ und ein wertvolles Mitglied der hiesigen Kirchengemeinde geworden – hätte ihn nicht ein grausamer Tod dahingerafft.«

»Ein Nazi wär er geworden! Ein dreckiger Nazi!«, schrie jemand aus den hinteren Bänken. Die Leute drehten sich um, es wurde getuschelt, doch der Prediger ging nicht auf den Zwischenrufer ein.

»So wollen wir nun also unser Haupt senken im stillen Angedenken an unsere lieben Verstorbenen und anschließend für sie und für uns alle auf dem weiten Erdenrund das Glaubensbekenntnis sprechen: Ich glaube an Gott …«

Plötzlich entstand Unruhe. Die Menschen stockten im Gebet, stießen sich gegenseitig an, blickten zurück und zeigten auf etwas, das sich Klemms Blicken entzog.

Siedend heiß fiel ihm wieder ein, worauf er eigentlich hätte achten wollen, achten müssen: auf Michael Dorn.

Klemm stolperte die Treppe hinunter und erreichte das Eingangsportal der Kirche. Mit einem Blick erfasste er die Situation. Direkt neben dem Opferstock stand Michael Dorn und sah nach vorn zum Altar. Der Kommissär packte Dorn am Ärmel und versuchte ihn niederzuringen, doch Dorn riss sich los und flüchtete hinaus auf den Friedhof. Klemm setzte ihm nach. Dorn umkurvte Grabsteine und die frisch aufgeworfenen Grabstellen, sah sich kurz um und hetzte davon. Klemm folgte ihm hinaus auf die Straße, doch da war Dorn bereits um die Ecke verschwunden.

»Himmel Herrgott Sakrament!«, keuchte Klemm und ging in die Knie. Seine Kondition war nicht die Beste. Dazu die fehlende Hand. Aber das war natürlich eine dumme Ausrede – es half nichts: Der Mörder Michael

Dorn war ihm entwischt. Klemm hätte sich ohrfeigen können.

Maria Blaubacher gesellte sich zu ihm. »Was ist los, Herr Kommissär?«

Klemm richtete sich auf und seufzte. »Entwischt ist er mir, davon, abgehauen!«

»Dorn?«

Der Kommissär nickte grimmig. »Ja. Hab ihn quasi schon am Krawattl gehabt. Und jetzt ist er weg.«

»Immer mit der Ruhe, Herr Kollege. Den kriegen wir trotzdem!«

Klemm lächelte düster. »Das hoffe ich, Kollegin. Und jetzt warten wir hier draußen auf die Beerdigung. In die Kirche gehe ich nämlich so schnell nicht mehr hinein.«

Peter Hofmann, der Totengräber, zog den ersten Sarg auf einer Lafette. Ihm folgten, getragen von alten Männern, die anderen Totentruhen bis zum vorgesehenen Grab. Dort erwartete sie Pfarrer Tecklenburg. Nach einem stummen Gebet und einer Weihwassergabe stimmte er ein Lied an. »So nimm denn meine Hände …«

In diesem Augenblick ertönte ein markerschütternder Schrei. Karola Dorn, in Schwarz gekleidet, das Gesicht kreidebleich, zeigte mit weit aufgerissenen Augen zum Eingang des Friedhofes, der von einem eisernen Tor begrenzt wurde. Ihr erhobener Arm zitterte so stark, dass sie sich nicht mehr halten konnte und auf die Knie sank.

Auf dem Weg schwebte gleichsam eine weiße Gestalt, das Gesicht verdeckt durch einen Schleier. In der behandschuhten Faust hielt sie eine Spieluhr. In die plötzlich eingetretene Stille hinein erklang das Albumblatt für Elise.

Den Menschen stockte der Atem. Pfarrer Tecklenburgs Hand, zum Kreuzzeichen erhoben, hing in der Luft. Niemand bewegte sich. Niemand atmete. Totenstille lag über dem Gottesacker.

Dann löste sich Maria Blaubacher aus der Erstarrung und rannte los. Aber es war zu spät.

Als sie kurze Zeit später vor der breiten Tür vom Stormberger standen und Maria wieder zu Atem gekommen war, legte ihr der Kommissär tröstend die Hand auf den Arm.

»Heute ist unser Pechtag, Maria. Aber was soll's. Wir erwischen sie alle. Den Dorn. Den Berner. Und Elise, die weiße Witwe.«

Die junge Polizistin nickte trotzig. »Ja. Es ist nur eine Frage der Zeit!«

Eine Weile noch standen sie vor dem Gasthaus, beobachteten die Trauergäste, die hineingingen. Niemand von der Familie Dorn. Niemand von den Angehörigen der Familie Pfanzelt. Entfernte Verwandte lebten – das hatten Recherchen ergeben – in Straubing und in Passau.

Das brachte Klemm auf eine Idee. »Was ist eigentlich mit Elise Pfanzelts Eltern?«

Maria sah auf. »Dieser Gedanke ist mir auch schon gekommen. Wer ist die Mutter, und wer der Vater?«

Der Kommissär schnaufte schwer. »Wenn das einer weiß, dann Pfarrer Tecklenburg und sein Taufregister.«

Er schritt schnell aus, stockte aber sofort, als er den Priester kommen sah.

»Hochwürden, wir müssen einen Blick in Ihr Taufregister werfen. Ist das möglich?«

Tecklenburg blieb stehen und deutete auf seinen Bauch. »Hören Sie, wie er knurrt?«

»Wer?«

»Mein Magen! Nach der Brotzeit stehe ich Ihnen gerne zur Verfügung. Aber vorher verlangt es der Brauch, dass die Weißwürste das Zwölfuhrläuten nicht hören dürfen. Und dazu gehört seit alters eine kühle Maß Bier. Sie wollen doch unsere Gewohnheiten nicht in Zweifel ziehen, Kommissär?«

»Das nicht gerade, Hochwürden.«

»Nun denn: *Carpe diem* – nutze den Tag – auf geht's!«

Mit beschwingten Schritten betrat der Kirchenmann das Gasthaus, wo bereits die Köstlichkeiten warteten. Er hatte seine Arbeit mit offenen Sinnen und tiefer Anteilnahme verrichtet und trotzdem bei all der Trauer, die ihn umgab, die Freude am guten Leben nicht verloren.

Zudem wusste er, dass Eugen Pretzlaff, der Wirt vom Stormberger, keine Mühen gescheut hatte, feine Wurstwaren aufzutreiben. Woher diese kamen, das sollte nicht des Priesters Sorge sein. Hauptsache, sie schmeckten frisch und das dunkle Bier im Krug war kühl und süffig. Da durfte er sich auch eine zweite oder dritte Maß leisten.

Schließlich hatte man heute vier Tote unter die Erde gebracht. Elise hatte man in einer entfernten Ecke begraben. Die Familie Pfanzelt, angesehene Bürger des Ortes, waren an prominenter Stelle an der Kirchenwand in einem Familiengrab beigesetzt worden. Übrigens unter großer Anteilnahme der Bevölkerung.

Jetzt saßen sie im Saal und ließen sich bewirten. Alisi, ein rotzfrecher Kerl um die fünfzig, haute auf den Tisch.

»Hab ich das von der Schildkröt erzählt, was wir in der Kasern gemacht haben, wenn's recht langweilig war?«

Die anderen stöhnten, hatten sie die Schildkröt doch schon an die hundert Mal vernommen. Aber Alisi ließ sich nicht beirren. Nach etlichen Maß Bier war er in seinem Element.

»Jedenfalls haben sie dem einen, wo der Österreicher war, der Koal, einen Stahlhelm auf den Kopf, zwei an die Ellbogen und zwei an die Knie gebunden. Damit hat er sich auf dem Boden von dem langen Flur in der Kaserne niederknien müssen.«

»Und wer hat angeschoben?«, schrien die Gäste fast einstimmig.

»Ich hab angeschoben«, brüllte trunken der Alisi: »Ich und der Girgl aus dem …«

»Chiemgau«, plärrten alle.

»Genau. Aus dem Chiemgau. Der Koal ist auf seine Helme dahingerutscht wie auf der Eisbahn …«

»Und gegen die Wand gesaust«, krächzte die Meute.

Dem Alisi dämmerte es, dass seine Freunde, ja die gesamte Gemeinde sämtliche Geschichten aus dem Krieg und vom Kasernenleben, die er bei jeder Gelegenheit zum Besten gab, schon kannten. Bis zum Überdruss.

»Keinen Humor … keinen nicht«, sagte er und schwieg enttäuscht.

Dafür drehte Konrad Staubwasser auf. »Will euch sagen, dass ich das brandige Anwesen vom Pfanzelt gestern notarisch gemacht hab und dass ich das Haus wieder aufbau. Und dass ich draus ein Hotel mach. Für die Sommerfrischler, die bald wieder nach Schachtenstein kommen werden. Und weil im Februar die Wahl zum Bürgermeister ist, drum stell ich mich auf als Kandidat für einen richtigen Bürgermeister. Einen richtigen.«

Rudi Zingler, der augenblickliche Amtsinhaber, meldete sich mit spöttischen Worten. »Da musst dich aber beeilen, Ortsgruppenführer, bevor dich die Amis kassieren.«

»Bravo«, brüllten die Leute.

»Hört, hört, der Rosshändler will was werden«, rief der Taglöhner Wastl, der gerne viel trank, wenn das Geld reichte, was aber selten vorkam.

»Wastl, du kannst in meinem Hotel als Schenkkellner anfangen, wenn du magst«, sagte Staubwasser, ohne auf Zinglers Worte einzugehen. Dabei schlug er Wastl auf die Schulter, dass es krachte. »Und jetzt trinken wir noch eine Maß«, rief er. »Die Rechnung geht auf mich!«

Speisen und Getränke wurden aufgetragen. Klemm und Maria blieb nichts anderes übrig, als gute Miene zum bösen Spiel zu machen. Außerdem schmeckte das Bier köstlich. Die Weißwürste waren ebenfalls nicht zu verachten.

Annamirl, ein hutzeliges Weiblein aus dem Nachbardorf, das sich als Bedienung beim Pretzlaff ein paar Pfennige dazuverdiente, kam gehörig ins Schwitzen.

Plötzlich sprang einer auf, der dem Alkohol bereits stark zugesprochen hatte, entsprechend grob klang nun seine Stimme. »Der, wo dem Michi seinen Adolf erstochen hat, dem dreh ich den Hals um und schneid ihm die Augen aus dem Gesicht!« Schwer sank er zurück und stierte in seinen Krug.

Klemm und Maria sahen sich an. Was ging hier vor? Gab es Freunde von Michael Dorn im Dorf? Das war ohne Weiteres anzunehmen. Hatten diese Freunde nicht kapiert, dass Dorn ein Mörder war? Was waren das nur für Gesellen?

Der Kommissär wandte sich an den Pfarrer, der neben ihm saß und an der vierten Weißwurst zuzelte. »Was ist das für einer?«

Tecklenburg wischte sich mit einer Serviette den Mund ab. »Das ist der Bömak. Stammt aus dem Böhmischen. Bömak heißt eigentlich Marek. Den Familiennamen weiß ich jetzt nicht auswendig, da müsste ich nachschauen. Aber der Mann ist harmlos. Dumm, versoffen und harmlos. Arbeitet für Staubwasser, wenn der jemand zum Holzrücken braucht. War früher Hausierer für böhmische Glaswaren. Ansonsten führt er große Reden. Das ist alles.«

Maria hob die Hand.

»Wer arbeitet hier eigentlich nicht für Staubwasser?«

Hochwürden kostete einen Schluck Bier. »Wissen Sie, gnädiges Fräulein, im Dorf gibt es kaum Arbeit. Da ist man um einen jeden froh, der Arbeit anbietet und die Männer vom Saufen und Raufen abhält. Die Leute werden wahnsinnig, wenn sie nichts zu tun haben.«

»Arbeit von einem Nazi?«, entfuhr es Klemm.

Der Pfarrer nickte müde. »Ja, Kommissär. Auch von einem Nazi. Ich wüsste wirklich nicht, was wir ohne ihn täten. Der Mann macht Geschäfte mit den Amerikanern.

Darum hat er Geld. Er könnte es auf die Bank tragen, aber das tut er nicht. Konrad Staubwasser gibt den Menschen hier eine schmale Hoffnung auf ein neues Leben. Und – das wollen wir nicht vergessen – er will auf dem Grund vom Pfanzelt ein Hotel bauen, das wiederum Geld und Arbeit in die Region bringt.«

Klemm schüttelte energisch den Kopf. »Und Sie vergessen, Herr Pfarrer, dass dieser Mann Nationalsozialist war und es wohl noch immer ist. Und Sie vergessen außerdem, dass Staubwasser das alles nur inszeniert, um sich das Dorf einzuverleiben.«

»Und mit seinen Samariterdiensten die dreckige braune Weste reinwäscht«, ergänzte Maria empört.

Tecklenburg hob die Schultern. »*De gustibus non est disputandum* – Über Geschmack kann man nicht streiten, liebe Freunde. Die Welt, wie sie heute ist, ist genauso wenig nach meinem Geschmack wie nach Ihrem, Kommissär. Aber es gibt nun mal keine bessere. Ich wünsche mir von ganzem Herzen, es wäre anders!«

Klemm schob seinen leeren Krug zur Seite. Er hatte genug getrunken. Er spürte den Alkohol, wollte aber einen klaren Kopf bewahren. Seine Kollegin hatte nichts außer einem Stück Brot gegessen.

Neben der Tür sah Klemm den Hilfspolizisten Josef Schnaitz auf einen Mann einreden, den der Kommissär nicht kannte.

»Wer ist das neben Schnaitz?«, fragte Klemm.

Tecklenburg legte die Serviette zusammen und erhob sich. »Der Hias. Der ist, oder vielmehr der war Tierdoktor. Gut achtzig ist er, der Hias. Hat die Leichen vom Pfanzelt nach dem Brand angeschaut. Halb blind und taub. Aber sonst ein fröhlicher Mensch. – Und jetzt kommen Sie, Kommissär, bevor Sie mir weitere Löcher in den Bauch fragen. Ich zeige Ihnen das Taufregister.«

Sie verließen den Stormberger und begaben sich hinüber ins Pfarrhaus.

Das Buch mit den Einträgen über Geburten, Taufen und Todesfälle befand sich in einem Eichenschrank im Büro des Priesters. Es war in Schweinsleder gebunden, roch nach Weihrauch und wog schwer in Klemms Hand. Er setzte sich auf einen Stuhl am Arbeitstisch und schlug die passende Seite auf. Mit dem Zeigefinger suchte er die entsprechende Eintragung.

»Wenn Elise dreiundzwanzig Jahre alt war, wie sie gestorben ist, so muss ihre Geburt … hier … Elise … geboren am elften Dezember 1922. Mutter … Sofia Staubwasser. Das ist ja interessant.«

Klemm sah zu Tecklenburg, der in aller Ruhe seine Fingernägel betrachtete.

»Wenn es da steht, wird es wohl stimmen.«

»Die Gattin von Konrad Staubwasser ist Elises Mutter?«, fragte Maria Blaubacher überrascht.

Klemm sah auf. »Und der Vater? Wer ist der Vater?«

Tecklenburg räusperte sich. »Das war vor meiner Zeit, Kommissär. Die Mutter verschweigt den Namen bis heute. Es ist ihr gutes Recht, wie ich finde.«

Klemm gab sich mit dieser Antwort nicht zufrieden. »Was sagt denn Konrad Staubwasser zu dem Fehltritt seiner angetrauten Sofia?«

Tecklenburg lächelte wieder das müde Lächeln. Seine Worte klangen resigniert. »Konrad Staubwasser hat in diesem Dorf mehr Frauen geschwängert, als wir uns das vorstellen können. Hinter jedem Rock ist er hergewesen. Als Ortsgruppenleiter hat er seine Macht schamlos zu nützen gewusst. Alles hat er mitgenommen, was zu kriegen war.«

»Auch Elise Pfanzelt?«, warf Klemm ein.

Der Pfarrer stockte irritiert, sprach aber dann weiter. »Vielleicht war manche Frau, die jahrelang ohne einen Mann auskommen musste, ganz froh …«

»Hören Sie auf, Hochwürden!«, fuhr Maria dazwischen.

Tecklenburgs Lächeln verschwand. »Jedenfalls ist der Fehltritt seiner Frau kaum der Rede wert.«

Eine Weile schwiegen sie, Klemm machte sich Notizen. Dann sagte er: »Hat sich Sofia um Elise gekümmert? Ihr eine Ausbildung ermöglicht? Sie mit Geld versorgt?«

Der Priester schüttelte den Kopf. »Ob Sofia Staubwasser ihr eigen Fleisch und Blut geliebt hat, wollen Sie wissen, Kommissär? Diese Frage kann ich Ihnen beim besten Willen nicht beantworten. Die Frau verachtet die Mutter Kirche ebenso wie ihr Gatte. Sie will nichts mit mir zu tun haben. Nur um die Taufe ist sie nicht herumgekommen, das hätte im Dorf ein Gerede gegeben. Sprechen Sie mit ihr – ich kann es nicht.«

Tecklenburg gähnte vernehmlich. Damit waren sie entlassen.

»Was machen wir jetzt?«, fragte Maria auf der Dorfstraße.

»Sie haben es gehört, Frau Kollegin. Wir sprechen mit Sofia Staubwasser.«

»Die hockt aber noch bei ihrem Mann.«

Klemm ging ein paar Schritte. Dann blieb er plötzlich stehen. Er hatte einen Entschluss gefasst. »Kommen Sie, Maria. Wir gehen zurück zum Stormberger.«

Beim Stormberger saßen die Männer und droschen Karten. Derbe Sprüche flogen hin und her. Der Drull Kaspar, ein einschichtiger, also lediger Bursche mit einem lächerlich kleinen Kopf auf breiten Schultern, hatte das dritte Spiel hintereinander drangegeben und haderte nun laut mit seinem Schicksal.

»Himmelherrschaftssakrament, was bin ich bloß für ein Depp! Mein ganzes Geld ist beim Teufel!«

Konrad Staubwasser schob ihm einen gefüllten Krug hin und brachte den Grantler damit zum Schweigen.

Der Kommissär setzte sich dazu. Sofia Staubwasser nippte am Wein. Maria Blaubacher stand an der Tür.

»Was ist das eigentlich für eine Geschichte um Elise?«, begann Klemm.

Staubwasser musterte ihn misstrauisch. Was führte der Schnüffler jetzt wieder im Schilde?, schien er sich zu fragen.

»Die Elise …«, begann er und verstummte. Klemm erhob seine Stimme, sodass ihn alle hören mussten. »Stimmt es, dass Ihre Gattin, Herr Staubwasser, die Mutter der ermordeten Elise Pfanzelt ist?«

War es soeben noch laut hergegangen, so trat nun schlagartig Stille ein. Der Rosshändler duckte sich erschrocken, sagte mit leiser Stimme: »Das weiß ich nicht.«

»Wer weiß es dann?«, fragte Klemm.

»Die Sofia«, sagte Staubwasser.

Alle blickten nun zu Sofia Staubwasser, die dahockte, als hätte sie der Blitz gestreift. Ihr Gesicht war zu einer Fratze geworden. Aber es dauerte keine Sekunde, dann hatte sie sich gefangen.

»Und? Jeder macht einmal einen Fehler. Das geht euch einen Dreck an. Einen Dreck!«

»Was sagt denn der Konrad dazu?«, fragte der Austragler Bartl, der des Nachts regelmäßig Brennholz aus des Rosshändlers Wald expedierte – freilich ohne Genehmigung.

»Nix!«, sagte Konrad leise. Ihm war die Sache mehr als peinlich, insbesondere im Hinblick auf die anstehende Bürgermeisterwahl. Einen Mann, dem die Frau Hörner aufgesetzt hatte und dem sie fremdgegangen war, den konnte man schwerlich zum Ortsvorsteher wählen. Hatte er seine Frau nicht im Griff, so auch kaum die Aufgaben, die eine Gemeinde ihm übertrug. Hinzu kam, dass Staubwasser höllische Angst vor den Amerikanern hatte. Noch immer galt er als belasteter Nationalsozialist, jeder im Dorf wusste das. Wenn die Besatzer begannen, Fragen zu stellen, dann wäre es um ihn geschehen, darüber machte er sich keine Illusionen.

Nun rächte sich, dass er seine Befugnisse überzogen hatte, dass er unbescholtene Männer wie den Rudi Zingler nach Dachau hatte verfrachten lassen. Für Staubwasser war Zingler ein Kommunist gewesen, ein Volksverräter, ein Hetzer, der ausgemerzt gehörte. Staubwasser hatte gehofft, dass Zingler im KZ umkommen würde, aber den Gefallen hatte ihm der Rudi nicht getan. Der zähe Genosse mit seinem Kropf und dem aufwieglerischen Käppi auf dem Schädel war den braunen Schergen entkommen. Jetzt hockte er am Nebentisch und trank Staubwassers Bier. Es war zum Verzweifeln!

Sofia Staubwasser blickte trotzig auf.

»Und außerdem geht's keinen einen Dreck nicht an, was ich für eine Tochter hab.«

»Weil's zu einem Buben nicht gelangt hat, gell Konrad!«, brüllte der Bömak, und Bartl, der auch nicht mehr nüchtern war, ergänzte: »Wenn einer draußen maust, dann geht's daheim nimmer gut!«

Die Stimmung kippte. Konrad Staubwasser sprang auf. Auch ihm war der Alkohol zu Kopf gestiegen. Seine hilflose Wut brach sich Bahn. Den Schädel hochrot, schrie er: »Dir hau ich den Bimbus ein, du Falott!«

Er stürmte los, doch Bartl ließ sich nicht beeindrucken.

»Deine Alte ist ein Fegeisen! Ein Fegeisen ist deine Alte, das sag ich dir auf Gwehr und Säblschneid … auf Ehr und Seligkeit!«

Staubwasser packte Bartl am Hemd. »Was weißt denn du von ihr?«

Bartl riss sich los. »Im Rossstall hab ich sie gehabt, deine Sofia, wenn du es genau wissen willst. Und nicht bloß einmal, Herr Ortsgruppenführer! Von hinten und von vorn. Gejammert hat sie, dass ihr das Pimpern so arg abgeht, weil der bremsige Herr mit anderen Weibern rummacht.«

Klemm trat hinzu, wollte die Streithähne trennen, wurde aber vom Rosshändler zur Seite gestoßen.

»Sag das noch mal, du Watschngsicht!«

»Freilich sag ich das noch mal. Und laut dazu: Die Sofia hat's gern im Rossstall. Von vorn und von hinten. Und ein Kind hätt sie auch gern gehabt. Aber der Konrad ...«

Staubwassers Faustschlag warf Bartl zu Boden. Er stöhnte kurz auf und schlief dann zufrieden ein.

Nun war Klemm wieder an der Reihe.

»Frau Staubwasser, kann es sein, dass Bartl der Vater von Elise Pfanzelt ist?«

Sofia Staubwasser war aufgestanden. Mit erhobenem Haupt stand sie im Gastzimmer vom Stormberger. Es war mucksmäuschenstill. Nur ihre karge Stimme war zu hören.

»Leckt's mich doch alle am Arsch!«

Damit verließ sie den Raum.

*

Der Kommissär zog seine Kollegin hinaus ins Freie. Hier war nichts mehr zu holen. Vielleicht konnten sie später mit Hias, dem alten Tierarzt, reden, aber nicht hier und nicht beim Stormberger in der Gaststube, wo alle zuhörten.

Klemm lehnte sich an die Hauswand. »Was halten Sie von diesem Durcheinander, Maria?«

Die junge Frau benötigte eine Weile, bis sie antworten konnte. »Die Mutter von Elise ist Sofia Staubwasser.

Erstens. Zweitens: Dieser Bartl hat es mit der Staubwasser gehabt. Das heißt nicht, dass er Elises Vater ist. Und schließlich drittens: Warum hat Tecklenburg gezögert, als Sie sich nach einem eventuellen Verhältnis Elises mit Staubwasser erkundigten?«

Der Kommissär kickte einen Stein vom Weg. »Das ist mir auch aufgefallen. Der Pfarrer hat es faustdick hinter den Ohren.«

Maria nickte. »Aber der Staubwasser schon auch.«

Der Kommissär blickte zum Himmel. »Und seine Gemahlin dazu. Das ganze Dorf, liebe Maria, ist ein Sumpf sondergleichen. Die halten alle zusammen, anstatt dass sie froh wären, wenn sich die Sache aufklärt. Aber nein, wir lösen das auf unsere Weise, sagen sie. Die Sturheit dieser Menschen ist zum Fürchten! Reden wir also mit dem Tierarzt. Vielleicht hilft uns das.«

Sie kamen nicht weit. Plötzlich hielt ein Wagen vor ihnen. Salzmann, der uniformierte Chauffeur von Hauptkommissar Degenberger aus Zwiesel, sprang heraus und überreichte Klemm eine Mappe. Zugleich kletterte ein Mann aus dem Wagen, der eine Arbeitermontur trug und aus dem Kofferraum eine Kiste lud. Wortlos stieg Salzmann wieder ein und schloss die Tür. Der Monteur betrat – ebenso wortlos – den Stormberger. Der Kommissär und seine Kollegin folgten ihm. Die kleine Prozession stieg die Treppe zu Klemms Büro hinauf.

Sie sahen zu, wie der Monteur einen Telefonapparat auf dem Schreibtisch platzierte, ihn mit Kabeln verband, die er durch das geöffnete Fenster nach unten führte. Er packte die Kiste und verschwand. Klemm und Blaubacher sahen sich an. Sekunden später meldete sich der schwarze Kasten mit einem rachitischen Klingelton.

»Hier Degenberger aus Zwiesel.«

Klemm sah überrascht auf. »Herr Hauptkommissar?«

»Hören Sie zu, Klemm. Die Dinge in Schachtenstein geraten mir zunehmend aus dem Ruder. Darum bekommen Sie einen Fernsprechapparat für das Büro, damit wir ungestört reden können. Ich weise Sie hiermit an, die Räumlichkeiten im Gasthof Stormberger gründlich zu durchsuchen, insbesondere die Kellergewölbe. Dort sollen sich Unmengen von Fleisch und Waffen befinden.«

»Aber Herr Hauptkommissar! Entschuldigen Sie bitte, wir sind doch hier, um die Morde aufzuklären … es kann doch nicht sein …«

»Doch, Kommissär, es kann sein! Näheres finden Sie in der Mappe, die Ihnen Salzmann hoffentlich ausgehändigt hat. Ich erwarte täglich Ihren Bericht, Kommissär. Haben Sie verstanden? Täglich! Keine Ausflüchte, alles hängt mit allem zusammen … Wiederhören!«

Damit war das Gespräch beendet. Klemm war wie vor den Kopf gestoßen. Er fand erst die Sprache wieder, als Blaubacher das Fenster zuschlug und ihn fragend ansah.

»Wir haben eine Durchsuchung der Kellerräume durchzuführen.«

»Aber wir sollen doch die Morde aufklären, Herr Kommissär.«

Klemm drosch den Hörer auf die Gabel. »Das habe ich dem Hauptkommissar auch gesagt. Aber der alte Sturschädel hört einfach nicht zu.«

Blaubacher hatte sich gesetzt. »Und jetzt schnüffeln wir im Keller rum, während draußen der Mörder der Familie Pfanzelt weiter sein Unwesen treibt.«

Klemm nickte verdrießlich. »… und die weiße Witwe dazu.«

Die junge Kollegin war aufgesprungen, stand nun direkt vor Klemm. »Wer leitet denn nun diese Ermittlungen? Sie oder der Hauptkommissar in Zwiesel?«

»Ich«, schnaufte Klemm. »Aber in Zwiesel sitzt mein Chef. Da kann ich nicht aus.«

Maria Blaubacher hatte sich vor ihm aufgebaut. Sie hielt eine blaurote Dose in der Hand mit der schwungvollen Aufschrift *Pervitin*. »Seit wann nehmen Sie das?«

Klemm sah an ihr vorbei. »Das ist Panzerschokolade …«

Maria blickte ihm nun direkt in die Augen. »Ich bin ausgebildete Krankenschwester. Ich weiß, dass das Stuka-Tabletten sind oder Panzerschokolade. Also?«

Der Kommissär fuhr sich über die Augen. Plötzlich wirkte sein Gesicht müde, wie aus der Zeit gefallen, grau und verloren.

»Genau genommen seit dem Verlust meines Armes. Da spritzten sie mir Eukonal, wegen der Schmerzen. Nachdem das vorbei war, bin ich auf Pervitin umgestiegen … wie Millionen anderer Kameraden auch.«

»Sie kennen die Nebenwirkungen?«

»Ja.«

»Und dennoch …«

»Und dennoch, ja.«

Maria saß wieder auf ihrem Stuhl, den Kopf gesenkt. »Das ist schlimm, Herr Kollege … sehr schlimm … ich meine, Pervitin macht abhängig. Es führt zu Schlafverlust und Halluzinationen, und wenn Sie nicht aufpassen, wird das furchtbar enden.«

»Das interessiert mich im Augenblick nicht. Wir haben vier Morde aufzuklären.«

»Weiß man von Ihrer Sucht in Zwiesel?«

Klemm drosch die Faust auf den Tisch. »Haben Sie etwa meine Sachen durchwühlt, Maria?«

»Nein, Herr Kommissär. Die Dose lag auf dem Schreibtisch. Das ist alles.«

»Das ist alles? Na gut. Dann wollen wir es dabei bewenden lassen, Maria. Die Arbeit wartet. Haben Sie dazu auch eine Meinung?«

Maria Blaubacher legte die blaurote Pillendose zurück auf den Schreibtisch. »Ich glaube, wir vergeuden unsere Zeit mit der Suche nach dem Fleisch und den Waffen im Keller.«

Klemm nickte. »Das glaube ich auch. Aber was ist, wenn Degenberger recht behält und doch alles mit allem zusammenhängt?«

Als seine Kollegin die Antwort schuldig blieb, stattdessen nur hilflos die Schultern hob, öffnete Klemm die Mappe aus Zwiesel. Er nahm ein paar eng beschriebene Blätter heraus und legte sie auf den Arbeitstisch. Ein gewaltiges Vorhängeschloss kam zum Vorschein, samt massiver Doppelgelenk-Überfalle – mit Gebrauchsanweisung. Offensichtlich sollten sie jetzt auch noch als Handwerker auftreten. Klemm schmunzelte. Was kam als Nächstes?

Maria hatte die Papiere an sich genommen und kommentierte sie lautstark. »›Sicherstellung von schwarz geschlachtetem und verkauftem Schweinefleisch …‹ Wer hat denn hier noch ein Schwein? ›… bei Waffenfund Todesstrafe …‹ So ein Quatsch ›… Verbringung nach Zwiesel …‹ Wie denn … mit dem Fahrrad?«

Der Kommissär dachte an Emmis demolierten Drahtesel und winkte ab. »Hören Sie auf, Maria. Helfen Sie mir lieber bei der Anbringung dieser Überfalle. Man hat uns extra einen Handbohrer, Schrauben und Schraubenzieher beigelegt.«

Maria tat, wie ihr geheißen, und ging dem Kommissär zur Hand. Zunächst war außen am Türstock die Halterung anzubringen. Dann war die Tür dran. Schließlich prüften sie, ob die beigelegten Schlüssel passten.

»Hier«, sagte Klemm und gab Maria einen davon. Er selbst schob den anderen in die Tasche.

Als sie endlich fertig waren, schlug die Kirchenuhr dreimal. Den halben Nachmittag hatten sie mit der Arbeit vertan. Klemm wusch sich die Hände. Dann sagte er: »Und nun in den Keller!«

Eugen Pretzlaff, den Wirt, fanden sie auf dem Kanapee in der Küche schlummernd. Klemm versetzte ihm einen Fußtritt, dass er zu Boden fiel. Erschrocken öffnete Pretzlaff die Augen. »Was ist denn los? Sind die Russen da?«

Der Kommissär lächelte freudlos. »Nein, die Polizei.«

Pretzlaff hatte sich aufgerappelt, steckte das Hemd in die Hose, fuhr sich durch die Haare. »Das weiß ich doch, Herr Kommissär. Ich bin ja so froh, dass Sie bei uns sind.«

Maria Blaubacher schob ihn zur Tür hinaus. »Hören Sie auf, uns etwas vorzulügen. Wir haben Nachricht, dass

Sie in Ihrem Keller schwarz geschlachtetes Fleisch und Waffen lagern.«

Der Besitzer der bäuerlichen Schenke sah sie treuherzig an. »Gar nie nicht täte ich so was bei mir lagern, Herr Kommissär, da tät ich mir ja Sünden fürchten!«

Klemm schob ihn die Treppe hinunter. »Keine Fisimatenten, Pretzlaff, los … vorwärts.«

Jammernd führte Pretzlaff sie durch die verzweigten Kellerräume seines Gasthauses. Alles war am Platz. Doch nirgends fand sich ein Stäuberl Fleisch. Weder in der hintersten Kammer noch bei den verschiedenen Krickerln, den Rehgeweihen, die im Raum neben der Kegelbahn an den Wänden hingen.

»Welche Länge hat diese Anlage?«, fragte Klemm, indem er sich umsah. Hier ließ sich allerhand unterbringen. Der Wirt sah zu.

»Gutding fünfundzwanzig Meter mit dem Anlauf, Herr Kommissär. Warum wollen Sie denn das wissen? Kegeln Sie gern?«

Klemm war die Bahn entlanggeschritten, stand nun bei den neun Kegeln, die ordentlich platziert auf den Kegelbuben und die Kegler warteten.

»Wo sind die Kugeln?«

Der Wirt lachte meckernd. »Verheizt, Herr Kommissär. Alles verheizt!«

Klemm ging einen Schritt weiter und warf einen Blick hinter die oberflächlich befestigte Lederpolsterung, die die Mauer vor den anrollenden Kugeln und den stürzenden Kegeln schützen sollte. Hier roch es intensiv nach Fleisch.

»Hier riecht es nach Fleisch«, sagte Klemm laut.

Pretzlaff nickte. »Das stimmt, Herr Kommissär. Ich habe keine Ahnung, woher das kommt. Vielleicht von der Küche.«

Klemm musterte ihn misstrauisch. »Wieso von der Küche?«

Pretzlaff zeigte nach oben. »Die Küche liegt direkt über der Kegelbahn.«

»Ich seh aber keine Fenster, Herr Wirt, durch die der Geruch hier runterkönnte«, sagte Klemm erbost. »Dafür sehe ich etwas anderes …«

Er hatte die Lederverkleidung zur Seite geschoben. Zum Vorschein kam ein Schießstand mit drei auf einem Eisengestell nebeneinander montierten Schützenscheiben. Klemm rüttelte daran, die Scheiben waren neu.

»Wo sind die Gewehre, Herr Wirt?«

Pretzlaff litt plötzlich unter einem Hustenanfall. »Ich … keine … Ahnung …«

Klemm sah ihn grimmig an. »Sie haben zwei Möglichkeiten, Herr Pretzlaff. Entweder Sie sagen mir, wo das Fleisch geblieben ist, oder ich benachrichtige die Amerikaner.«

»Warum denn die Amis, Herr Kommissär?«

Maria mischte sich ein; ihre Stimme klang hart und ungeduldig. Der Kerl war ihnen schon zu lange auf der Nase herumgetanzt. »Die Amis, verehrter Herr Wirt, werden Ihre Bude komplett zerlegen … abreißen … wenn sie erfahren, dass hier Waffen lagern. Und Sie, Herr Pretzlaff, wandern *stante pede* ins Gefängnis! Wollen Sie das wirklich?«

Diesmal half auch kein Hustenanfall. Stumm brachte sie der überführte Fleischdieb zu einer fensterlosen Kammer im entfernten Teil des Kellers. Mit einem besonderen Schlüssel sperrte er die Tür auf und machte Licht. In dem Raum war es eiskalt. Irgendwo rauschte eine Quelle. Den Kommissär fröstelte.

»Es ist nicht zu fassen.«

Was hier lagerte, konnte die gesamte Dorfbevölkerung über Wochen mit Essensrationen versorgen – ohne auf die verhassten Lebensmittelmarken zurückgreifen zu müssen.

»Maria, bitte holen Sie Bürgermeister Zingler.«

Klemm begann zu zählen, während seine Kollegin davoneilte. »Sechs halbe Sauen. Vier Rehe. Zwei Wildschweine. Acht Hasen. Acht Kübel Schweinefett.«

Dazu Würste, die fein säuberlich an der Wand aufgereiht hingen. Der Kommissär hörte auf zu zählen und sah Pretzlaff scharf an.

»Was haben Sie sich dabei gedacht, Herr Wirt? Die Menschen in Schachtenstein hungern. Sie haben seit Wochen kein Stück Fleisch mehr gesehen – und Sie verstecken hier eine komplette Metzgerei.«

»Keine Ahnung, Herr Kommissär, woher das ist …«

»Halten Sie den Mund, Sie Strauchdieb. Ich will gar nicht wissen, woher das Fleisch kommt. Aber sagen Sie mir eines: Haben Sie ein Gewissen oder haben Sie keins, wenn ein Kind vor Ihnen steht, hohlwangig, müde und hungrig, und um ein Stück Brot aus dem Abfall bittet?«

Pretzlaff wand sich unter Schmerzen. »Ich bin ein guter Christ … wenn Sie das meinen.«

»Gehen Sie auch zur heiligen Messe?«

»Freilich, Herr Kommissär.«

»Und beichten Sie auch?«

»Freilich, Herr Kommissär.«

»Auch die *fleischlichen* Sünden?«

»Freilich, Herr Kommissär.«

Klemm packte den Mann am Kragen. »Heißt das, Pfarrer Tecklenburg weiß von diesem … diesem … Saustall?«

»Freilich, Herr Kommissär.«

»Und der Rahner-Kramer?«

»Frei…«

»Wenn Sie jetzt noch einmal ›Freilich, Herr Kommissär‹ sagen, dreh ich Ihnen den Hals um!«

In diesem Augenblick betraten Maria Blaubacher und Bürgermeister Zingler die illegale Fleischkammer.

»Da schau her …«, sagte Zingler, wenig überrascht. »Hab ich mir's doch gedacht … der Pretzlaff … der Pretzlaff hat die Sachen versteckt.«

Klemm drehte sich zu Zingler um. »Sie wussten davon?«

Zingler schüttelte den Kopf. Sein Kropf wackelte mit ihm. Ein seltsamer Anblick.

»Gewusst nicht, eher geahnt. Irgendwo hat das Zeug ja hinmüssen, das sie zusammengerafft haben. Vom Wildbret ganz zu schweigen.«

Klemm hob die Hand. »Halt! Schließen Sie ab, Pretzlaff. Geben Sie mir den Schlüssel. Gut. Und jetzt folgen Sie mir in mein Büro. Sie alle.«

Zusammen stiegen sie die Treppe hinauf in den ersten Stock. Pretzlaff sah den neuen Riegel an der Tür, sagte aber nichts.

»Setzen Sie sich«, sagte der Kommissär. Er zückte sein Notizbuch. »Herr Pretzlaff, ich vernehme Sie hiermit vor Zeugen zu dem illegalen Fleischfund in Ihrem Keller. Ich muss Sie dringend ersuchen, die Wahrheit zu sagen. Falls Sie uns belügen, werde ich Sie umgehend verhaften und das Fleisch vernichten lassen. Es liegt also an Ihnen, die Wahrheit zu sagen und nichts als die Wahrheit. Haben Sie das bis hierher verstanden?«

Pretzlaff schwitzte aus allen Poren. »Ja schon, aber …«

Der Kommissär schlug mit der Faust auf den Tisch. »Antworten Sie nur auf meine Fragen, Herr Wirt! Also: Woher stammt das Fleisch?«

»Geschenkt …«, stammelte Pretzlaff, dem dämmerte, dass gerade sein letztes Stündlein in Freiheit schlug.

»Von wem?«, hakte Klemm nach.

»Freunde …«, keuchte der Wirt.

Nach einem kurzen Blickwechsel mit dem Kommissär mischte sich Maria ein. »Welche Freunde?«

»Aus der Umgebung …«

Zingler, der sich bisher ruhig verhalten hatte, sagte: »Dorn?«

Klemm blickte auf, als Pretzlaff zu Boden sah. »Michael Dorn? Ich denke, der ist gerade erst von der Front zurückgekommen?«

»Dorn ist immer ein Wildschütz gewesen«, ergänzte Zingler, »und ich bin mir nicht sicher, ob der Kerl erst jetzt wieder da ist. Man hat da allerhand gehört.«

Nun stand Klemm auf. Der Fall wurde von Tag zu Tag undurchsichtiger. Er erschien ihm wie eine grobkörnige

Fotografie, die nur widerwillig deutlicher und sichtbarer wurde. Aber war das nicht bei jedem Fall so?

»Wollen Sie andeuten, Herr Bürgermeister, dass Michael Dorn schon länger wieder in Schachtenstein ist?«

Zingler nickte nachdenklich. »Beweisen kann ich nix. Aber die Leut reden halt.«

Schon wieder die Leut. Hörte denn das nie auf?

Pretzlaff meldete sich. »Ich schenk Ihnen das Fleisch. Unter einer Bedingung.«

»Sie stellen *Bedingungen?*«, brüllte Klemm.

»Ich sag Ihnen, dass ich das Fleisch hergeb, wenn Sie mich nicht an die Amis verraten, wegen der Waffen.«

»Das hilft nichts, Pretzlaff. Ich muss Meldung nach Zwiesel machen. An Hauptkommissar Degenberger.«

»Das weiß ich, aber ...«

»Woher wissen Sie das?«, mischte sich Maria ein.

»Aber wegen dem Schießstand und denen ganzen Waffen, mein ich. Die Amerikaner erschießen mich, Herr Kommissär, das werden Sie doch nicht wollen, Herr Kommissär, ich bitt Sie vielmals, Herr Kommissär. Nehmen Sie das Fleisch, alles ... das ganze Fleisch ... aber sagen Sie nix zu den Amis.«

Eine Pause trat ein. Klemm dachte an die Unmengen, die im Keller lagerten. Damit käme die Bevölkerung über den Sommer.

»Vielleicht ...«, begann Zingler.

»Muss das Fleisch denn wirklich vernichtet werden?«, fragte Maria Blaubacher.

»Wenn ich es melde, schon«, sagte Klemm.

»Und wenn Sie es nicht melden?«, fragte Zingler.

»Dann … nicht …«, sagte Klemm stockend.

»Ich will was sagen, Herr Kommissär«, sagte Pretzlaff und rang die Hände.

»Reden Sie schon.«

»Ich denk mir halt, ich geb Ihnen zwei Gewehre, wo Sie angeben können.«

»Wie viele haben Sie denn?«, fragte Klemm.

»Acht Gewehre und drei Revolver.«

»Fünf«, sagte Klemm.

»Drei«, sagte Pretzlaff.

»Fünf«, beschied Klemm. »Ich melde fünf Gewehre. Sie werden beschlagnahmt und nach Zwiesel geschickt. Damit können wir sagen, die Durchsuchung war erfolgreich.«

»Und das Fleisch?«, fragte Zingler.

»Das Fleisch …«, begann Klemm. »Das Fleisch … welches Fleisch meinten Sie noch gleich, Herr Bürgermeister?«

Als Zingler schwieg, sagte Pretzlaff: »Am nächsten Sonntag ist Muttertag. Da gibt es ein Fest beim Stormberger. Ein großes Fest. Mit Freibier …«

»Und einem Braten für jeden«, ergänzte Maria Blaubacher.

»Und jeder kriegt eine Brotzeit mit auf den Heimweg«, sagte Klemm. Er fühlte sich unbehaglich. Aber das ging die anderen nichts an. Was er hier machte, erfüllte mindestens den Tatbestand der Rechtsbeugung. Das konnte ihn schnell ins Gefängnis bringen.

»Trinken wir was«, sagte Pretzlaff und erhob sich.

Als sie im Gastraum saßen, stellte Pretzlaff für jeden eine Maß Bier und Handkäs, angemacht mit Apfelwein und Zwiebeln, auf den Tisch.

»Bitte greifen Sie zu!«

Das ließ sich der Kommissär nicht zweimal sagen. Auch Maria nahm einen kräftigen Schluck aus dem kühlen Steinkrug. Dreck, Staub und vor allem das schlechte Gewissen wollten fortgespült sein.

Pretzlaff nahm einen gewaltigen Zug aus seinem Humpen. »Jetzt muss die Frage aber schon erlaubt sein, Herr Kommissär, welche Wildsau hat mich hingehängt bei der Obrigkeit?«

Klemm wischte sich den Schaum vom Mund. »Selbst wenn ich es wüsste, würde ich es Ihnen nicht verraten, Herr Wirt.«

»Sie wissen es nicht?«, fragte Pretzlaff. Langsam bekam er wieder Oberwasser. Maria beobachtete ihn genau. Der Mann war glitschig wie ein Fisch.

»Wollen Sie nicht heute Abend zur Gründungsversammlung kommen, Herr Kommissär?«, fragte Pretzlaff munter.

Klemm hatte bereits eine ablehnende Antwort auf der Zunge, überlegte es sich aber anders. »Was wird denn gegründet?«

»Die Amerikaner haben unseren Schützenverein verboten. Die Kegelkugeln sind verbrannt. Damit wir die Dorfgemeinschaft dennoch erhalten können, gründen wir eine Liedertafel.«

»Wer ist da?«, fragte Klemm.

»Alle …«

Klemm nickte und erhob sich. Hier konnten sie nichts mehr ausrichten. Als sie im Büro am großen Arbeitstisch saßen, berichtete Maria von ihrem Verdacht.

»Der Dorn ist schon länger wieder in Schachtenstein.«

Klemm nickte. »Ja … schon … aber warum und seit wann?«

»Keine Ahnung.«

Der Kommissär nahm eines der Blätter aus der Mappe zur Hand und suchte die Telefonnummer der Zwieseler Polizeidienststelle heraus. Er wurde sofort zu Hauptkommissar Degenberger durchgestellt und berichtete mit knappen Worten von den sichergestellten Gewehren. Vom Fleisch war nicht mehr die Rede. Sein Bericht endete mit einer Frage: »Wer ist Ihr Informant, Herr Hauptkommissar?«

Degenberger sträubte sich. Entweder er kannte die Quelle nicht oder er wollte nicht damit herausrücken, um den oder die Informantin nicht zu gefährden.

Klemm bohrte nach. »Herr Hauptkommissar, es ist Ihnen doch klar, dass wir in Schachtenstein auf verlorenem Posten sitzen, wenn wir ständig hintergangen und belogen werden. Die Situation ist bizarr!«

Schweigen in der Leitung, dann die mürrische Antwort. »Ich sage nur, der Informant könnte männlich sein und in Schachtenstein wohnen …«

»Ist das alles?«

Maria Blaubacher riss Klemm den Hörer aus der Hand. »Geben Sie doch zu, dass Sie keinen Informanten haben, verdammt noch mal!«

Der Kommissär vernahm Degenbergers Gebrüll auch ohne Hörer am Ohr.

»Was fällt Ihnen ein, Sie Rotznase?«

Maria stand stocksteif im Raum. Sie schwitzte. Ihre Hand zitterte. Dennoch blieb ihre Stimme hart.

»Mit Verlaub, Herr Hauptkommissar, mir fällt ein, dass diese Order von den Amis kommt und Sie sie als eigenen Befehl ausgeben, um den Erfolg für sich einzuheimsen. Ist es nicht so?«

»Und wenn schon«, raunzte Degenberger und legte auf.

Der Kommissär raufte sich die Haare. »Kein Informant … fünf Gewehre … kein Mörder … es ist zum Verrücktwerden in diesem Drecksnest!«

Maria stand an der Tür, die Mütze auf dem Kopf. »Ich geh zum Schnaitz. Vielleicht weiß der was. Der redet wenigstens mit uns.«

Damit war sie draußen. Klemm lehnte sich über die Papiere und Akten. Maria Blaubacher ward an diesem Tage nicht mehr gesehen.

Klemm nahm das Dossier von Michael Dorn zur Hand. War der Mann nicht aufgrund von Wilddiebereien erst im KZ und dann beim Kommando Dirlewanger gelandet? Sie hatten ihn doch nach Sachsenhausen geschickt?

Klemms Blick fiel auf den Vermerk am Ende des Blattes: *Verroht.*

War Michael Dorn schon länger zurück in Schachtenstein? Was waren die tatsächlichen Gründe, warum die Familie Pfanzelt hatte sterben müssen? Waren das Saufgelage im Gasthaus Pfanzelt und der anschließende Streit nur vorgeschoben, um die wahren Gründe der Morde zu vertuschen? Wer hatte Dorn zu der Tat angestiftet? Wo lag das Motiv? Hatte Staubwasser die Morde in Auftrag gegeben, damit er sich das Gasthaus unter den Nagel reißen konnte?

Klemm legte das Dossier Dorn zur Seite und nahm das Protokoll mit der Vernehmung von Josef Schnaitz zur Hand. Die Einladung zur Gründungsversammlung war vergessen.

Auf je einen leeren Zettel schrieb er die Namen: Maximilian Pfanzelt. Bernhard Pfanzelt. Elise Pfanzelt. Und dazu: Freunde? Feinde? Vergehen?

Er musste in Zwiesel nachfragen, welche Unterlagen es zu den Ermordeten gab. Ihr Leumund war zu prüfen, auch Vorstrafen, Auffälligkeiten et cetera. Vielleicht war es ein Fehler gewesen, sich ausschließlich um die Mörder zu kümmern. Vielleicht hätte er zunächst das Leben der Ermordeten durchleuchten sollen, um auf Motive zu stoßen.

Im Dorf musste man sich umhören, was die Leut so redeten. Klemm wurde sich plötzlich bewusst, dass er den Terminus der hiesigen Bevölkerung übernahm.

Für diese Aufgabe würde er Josef Schnaitz einsetzen. Der kannte die Menschen, sprach ihre Sprache, wusste, wo man sie zu fassen kriegte.

Er stand auf, ging sieben Schritte, machte sieben Kniebeugen, öffnete das Fenster und hockte sich wieder hin.

Klemm dachte an die Familie Dorn. Michael Dorn war verschwunden. Karola Dorn hatte ein Kind verloren. Ihr blieben die Kinder Florian und Berta. War die Familie gefährdet? Würde der Mörder von Adolf zurückkehren und die anderen Kinder ebenfalls töten? Wer hatte den Mord an Adolf Dorn verübt? Der Vater? War das wirklich unmöglich?

Wenn Michael Dorn wirklich glaubte, dass seine Frau während seiner Abwesenheit eine Affäre mit einem anderen Mann in Schachtenstein gehabt hatte, so schien es durchaus möglich, dass Dorn zur Ansicht gelangt war, er sei nicht Adolfs leiblicher Vater. Das könnte den Impuls ausgelöst haben, das Kind zu töten.

Und wer schleicht als weiße Witwe durch Schachtensteins Gassen? Lebte Elise Pfanzelt noch? Klemm konnte sich das eigentlich nicht vorstellen.

Er berief sich auf Recht und Gesetz, auf präzise Polizeiarbeit, auf das, was er sah, was er überprüfen und hinterfragen konnte. Gerüchten oder Geisterbildern mochte und durfte er nicht hinterherjagen. Das war vergeudete Zeit.

Seine Sinne waren geschärft.

Ihm missfiel, dass es im Wald unerklärliche, geheimnisvolle Phänomene geben sollte. Damit war unmissverständlich klar, dass keine weiße Witwe durch die Straßen und Gassen Schachtensteins schlich. Zudem stand es für ihn außer Zweifel, dass Elise Pfanzelt bei dem Brand des Wirtshauses ums Leben gekommen war. Die junge Frau war tot.

Es war nach Mitternacht, als Leo Klemm sich angekleidet auf das Bett legte. An Schlaf war nicht zu denken. Er dachte an die Opfer. An *seine* Opfer. Sie wanderten ihm im Kopf herum. Gut, sagte er zu sich, er bereute. Falls es nützte. Es nützte nichts, sagte er zu sich. Aber wie viele hatte er auf dem Gewissen?, fragte er sich selbst. Er wusste es nicht. Hatte er das Recht gehabt, Menschen ans Messer zu liefern? Nein. Er war gezwungen worden. Befehl war Befehl. Wie viele von denen, die er ans Messer geliefert hatte, waren Volksschädlinge gewesen? Sehr wenige. Aber alle zusammen waren sie der Feind, dessen Gewalt sie mit Gewalt begegnen mussten. Und er hatte sie ans Messer geliefert, obwohl er wusste, was mit ihnen geschehen würde. War er noch immer davon überzeugt, dass seine Sache eine gerechte gewesen war? Ja. Sie war gerecht gewesen, sagte Klemm zu sich, nicht etwa, um sich zu beruhigen, sondern voller Stolz. Vielleicht war Stolz aber auch das falsche Wort, ihm fiel jedoch kein anderes ein. Er hatte an das Volk und den Führer geglaubt. Natürlich war das ein Fehler gewesen. Heute wusste er es besser. Aber, sagte er zu sich, er durfte sich nicht einbilden, dass es richtig gewesen war, Menschen ans Messer zu liefern. Es hatte sich nicht vermeiden lassen, aber es war nicht richtig gewesen. Wenn er es für richtig hielt, sagte er zu sich, dann stimmte sein Leben nicht mehr. Denn er hatte über hundert verraten. Und wie viele waren wirkliche Feinde gewesen? Vielleicht zehn. Hatte er das Recht, sie zu vergessen? Nein, das hatte er nicht. Er hatte nicht das Recht, irgendetwas zu vergessen oder abzuschwächen.

Sein Blick ging in die Weite. Er vergaß seinen inneren Konflikt und musste plötzlich an Emmi denken. Hatte er sich in sie verliebt? Er sah an sich herab. Sein Glied wölbte sich unter der Hose. Hastig entledigte er sich der Kleidung.

FREITAG, ACHTZEHNTER MAI 1945

Einheiten der 7. US-Armee entdecken Schmuck von mehreren Millionen US-Dollar bei Salzburg.

Ihr Schrei teilte die Nacht in zwei ungleiche Hälften. Er riss Klemm hoch. Er sah zur Uhr. Hatte er tatsächlich eine Stunde geschlafen? Es war nach vier.

Klemm sprang auf, trat ans Fenster. Da draußen war eine Stimme. Die Stimme klang wie eine Sirene.

Der Kommissär kleidete sich an und stürzte die Treppe hinab. Als er vor die Tür trat, schrie Karola Dorn noch immer. Ihre Worte waren nicht zu verstehen. Vielleicht waren es keine Worte, nur Unverständliches, das sie in die Nachtluft spie. Jedenfalls verstand Klemm nichts. Maria Blaubacher, die sich jetzt neben ihm befand, schüttelte entsetzt den Kopf.

Er packte Karola Dorn an den Armen, zwang sie an seine Schulter, strich ihr beruhigend über den Rücken. Dann sah er Blut an ihren Händen.

»Was ist passiert?«, fragte er, sie weiter beruhigend.

Stoßweise kam die Antwort.

»Florian … tot …«

Klemm sah den Säugling auf dem Arm der Mutter bei der Beisetzung von Adolf Dorn vor sich. Das Kind war drei Monate alt, so stand es in den Unterlagen. Wer war so brutal, ein Kind in diesem Alter umzubringen?

»Kommen Sie mit, Frau Dorn.«

Klemm fasste die Frau unter den Armen und zog sie fort. Auf dem Weg trafen sie Emmi. Auch sie war von Karolas Schreien aufgewacht. Es tat Klemm gut, sie zu sehen. Wenig später gesellten sich Pfarrer Tecklenburg und der Totengräber Hofmann hinzu. Gemeinsam erreichten sie das Haus der Familie Dorn. Vor der Haustür hielten sie an.

»Bitte bleiben Sie hier. Wir gehen alleine weiter.«

Frau Dorn gab er in Emmis Obhut.

Zusammen mit Maria stieg er die Treppe zum Schlafzimmer hinauf. Florian lag im Ehebett auf dem Bauch, die Ärmchen weit von sich gestreckt, das Gesicht in die Kissen gedrückt. Ein einzelner Messerstich in den Rücken hatte genügt, das Leben des Säuglings auszulöschen. Das Kind schwamm im eigenen Blut.

Plötzlich stand Karola Dorn in der Tür. Wimmernd krümmte sie sich, sank in die Knie. Stumm reichte Maria dem Kommissär den Fotoapparat. Dann kniete sie sich zu der Frau hinunter, die nun schon ihr zweites Kind verloren hatte. Klemm trat näher und verschaffte sich einen Überblick. Ein Zimmer, nicht sehr groß. Ein geöffnetes Fenster. Klemm blickte hinaus. An der Hauswand verlief das Fallrohr für die Regenrinne. Es war nicht schwer, daran hinaufzuklettern und in den Raum einzudringen.

Ein Ehebett, schmal, ebenso der Kleiderkasten, abgewohnt wie das Bett. Eine Anrichte. Holzboden. Eine nackte Glühbirne hing von der Decke. Wo war der Lichtschalter? Neben der Tür zum Flur. Keine Leuchte auf dem Nachttisch. Karola Dorn musste also, wollte sie auf den Flur, erst den Schalter an der Wand erreichen, um Licht zu machen. Der Mörder hatte geduldig darauf gewartet, dass die Frau den Raum verließ, um etwas zu trinken, um Windeln für ihren Buben zu holen oder ein Fläschchen zuzubereiten. Dieses kurze Zeitfenster hatte dem Mörder genügt. Er war in das Zimmer geschlüpft, hatte seine Tat vollendet und war lautlos geflohen. Er hatte sogar die Frechheit besessen, erneut eine Spieluhr zu hinterlassen.

Der Auslöser der Kamera klickte, bis der Film voll war.

Maria brachte ein Decke, hüllte den toten Körper des Jungen behutsam ein. Nun war Florian den Blicken der Menschen entzogen. Niemand würde ihn jemals wieder zu Gesicht bekommen – auch nicht seine Mutter. Maria sah sie an.

»Frau Dorn, haben Sie ein Foto von Florian?«

Karola Dorn, unfähig zu sprechen, deutete auf den Nachttisch. Maria nahm das Bild aus dem Rahmen. Es zeigte Florian in einem weißen Kleidchen, aufgenommen bei der Taufe. Maria nahm es an sich. Klemm schob den Apparat in das Lederfutteral.

»Frau Dorn, war das Fenster geöffnet?«

Sie nickte stumm.

»Wo befanden Sie sich zum Zeitpunkt der Tat?«

Karola Dorn brachte nur ein Wort heraus. »Abort …«

»Wie lange?«

»Fünf Minuten.«

Maria wartete an der Zimmertür. Draußen stand Hofmann. Er nahm die eingewickelte Leiche in Empfang und verschwand. Maria kam zurück und sagte: »In der Zwischenzeit ist der Täter hier eingedrungen und hat offenbar das Kind getötet.«

Karola Dorn saß zusammengekrümmt auf dem Boden. Klemm beugte sich zu ihr hinunter.

»Haben Sie etwas gesehen oder gehört?«

Die Frau am Boden verneinte schweigend.

»Oder gerochen?«, fragte Maria Blaubacher. Keine Antwort. Klemms Blick fiel auf die Anrichte neben dem Bett. Dort stand sie, die vermaledeite Spieluhr. Sie war längst verstummt, aber Klemm musste sich nicht die Mühe geben, sie abzuspielen. Er kannte die Melodie.

»Wo ist Berta, Ihre Tochter?«, fragte er.

»Freundin … Zwiesel.«

»Seit wann?«

»Nach der Beerdigung vom Adolf … ist sie hin … Berta. Aus der Schusslinie … aber … Florian … tot!«

Mitten auf dem Boden erbrach sich die Frau. Sofort roch es streng nach Galle. Der Kommissär rief nach Emmi. Sie brachte Karola Dorn hinaus, hinüber zum Pfarrhaus, wo sie kurzzeitig bleiben konnte.

Es dämmerte. Der Morgen war grau. Es regnete. Das passte, dachte Klemm und eilte zurück in sein Büro, gefolgt von Maria Blaubacher. Während Klemm die Fenster verhängte, bereitete Maria die Entwicklung der fotografischen Aufnahmen vor. Die Arbeit ging stumm vonstatten. An ein Frühstück war nicht zu denken. Erst als eine Stunde später die entwickelten Fotografien zum

Trocknen an einer Leine quer durchs Zimmer hingen, kamen sie wieder zu Atem.

Klemm nahm die schwarzen Tücher von den Fenstern. Dann hockte er sich hin.

»Was sagt uns das alles?«

»Die weiße Witwe?«, fragte Maria und setzte sich dazu, ohne den Blick von den langsam trocknenden Aufnahmen zu wenden.

Klemm nickte. »Ja … vielleicht … aber wir dürfen uns nicht zu sehr auf Elise Pfanzelt konzentrieren. Bisher hat niemand den Mörder der Kinder gesehen. Das bedeutet, wir tappen auch nach dem zweiten Mord im Dunkeln. Wenn wir nicht bald Ergebnisse liefern, wird man uns den Fall entziehen.«

»Was ist mit der Spieluhr?«, fragte Maria.

Klemm nahm das Gerät vorsichtig zur Hand.

»Ich wette, wenn wir sie auf Fingerabdrücke untersuchen lassen, wird man nichts finden.«

»Tja …«, sagte Maria leise. Es klang wenig hoffnungsvoll. Aber sie würden weitermachen. Sie mussten weitermachen.

Klemm stand auf.

»Gehen wir frühstücken«, sagte er.

Sie waren fast fertig, da gesellte sich Josef Schnaitz zu ihnen. Klemm fiel ein, dass Maria Blaubacher am gestrigen Abend zu Schnaitz gewollt hatte. Er würde sie später fragen, ob das Gespräch interessant gewesen war. Im Augenblick hatte der Kommissär anderes im Sinn.

»Josef, ich hatte Sie doch gebeten, die Anzahl der Spieluhren beim Rahner zu überprüfen. Was ist daraus geworden?«

Es schien, als würde sich Schnaitz wegducken.

»Vergessen …«, murmelte der junge Mann abwesend.

»Gut. Dann gehen Sie jetzt zum Rahner-Kramer und prüfen die Anzahl der Spieluhren. Das ist ein Befehl. Haben Sie mich verstanden?«

Schnaitz nickte stumm und sah von einem zum anderen. »Wieso? Ist was passiert? Ich hab komplett verschlafen.«

»Florian Dorn ist tot«, sagte Maria.

»So?«, sagte Schnaitz.

Klemm sah ihn scharf an. »Ist das alles, was Ihnen dazu einfällt?«

Schnaitz gähnte. »Weiß man, wer's war?«

»Noch nicht«, sagte Klemm. »Und jetzt fort mit Ihnen zum Rahner. Ich erwarte Ihren Bericht, Herr Hilfspolizist.«

Der junge Mann eilte davon.

Maria kam Klemms Frage zuvor, als sich die Tür hinter Schnaitz geschlossen hatte.

»Ja, ich wollte zu ihm, gestern Abend. Aber er war nicht da. Da bin ich zurück. Das wollten Sie doch wissen, Herr Kommissär, nicht wahr?«

Klemm nickte. »Es ist seltsam mit Josef. Er scheint keine Angst davor zu haben, dass Michael Dorn ihn töten könnte. Immerhin ist er der einzige Tatzeuge. Was denken Sie, Maria?«

Seine Kollegin stellte den Korb mit dem Brot zur Seite und leerte die Tasse.

»Auf mich wirkt er wie ein verschreckter Junge, der seiner großen Liebe nachtrauert.«

»Elise Pfanzelt?«

»Ja. Elise Pfanzelt. Wenn sie noch lebt … ich sage, *wenn* sie noch lebt … so ist er sicher auf der Suche nach ihr und wird nicht aufhören, bis er sie gefunden hat … oder das, was von ihr übrig ist. Da interessiert ihn Michael Dorn wenig. Viel mehr beschäftigt mich die Frage, wer Dorns Kinder tötet. Ist das Rache? Oder will der Mörder mit seinen Taten Michael Dorn zu einer Reaktion zwingen?«

Klemm stand auf.

»Dorn ist das Stichwort. Wir müssen ihn finden, bevor noch weitere Morde passieren. Dorn und Berner.«

Maria folgte ihm zur Tür. »Was ist mit Degenberger? Muss der nicht informiert werden?«

Der Kommissär nickte und stieg schweigend die Treppe zum Büro hinauf.

Während seine Kollegin die Fotos von der Leine nahm und sie in die Unterlagen einordnete, setzte Klemm sich ans Telefon. Salzmann meldete sich und teilte mit, der Herr Hauptkommissar befinde sind zur Vesper beim Postwirt.

»Dann holen Sie ihn!«, schrie Klemm. »Auf der Stelle … ich warte!«

In diesem Augenblick stürmte Josef Schnaitz herein.

»Ich hab den Michi gesehen!«

Maria sah auf. »Wo?«

»Er hockt beim Rahner im Wohnzimmer.«

Klemm warf den Hörer auf die Gabel. Maria packte ihre Jacke. Dann rannten sie hinaus, die Treppe hinunter, vorbei an dem verdutzten Wirt, hinaus auf die Straße, hinüber zum Kramer.

Das Glöckchen über der Tür bimmelte, als sie hineinstürmten. Klemm, Maria und Schnaitz.

»Wo ist er?«, fragte Maria.

»Wer?«, fragte Hans Rahn, der gerade die Zeitung studierte.

Klemm rannte wortlos an ihm vorbei in das winzige Wohnzimmer. Es war leer. Er warf einen Blick in den Abort, eilte die Treppe hinauf zu Rahns Schlafzimmer, kam wieder herunter und stolperte in den Keller – nichts.

Währenddessen nahm seine Kollegin im Wohnzimmer den Kramer in die Zange. »War Michael Dorn heute bei Ihnen, Herr Rahn?«

»Wer sagt das?«

»Ich«, sagte Schnaitz.

Rahn sah ihn mit großen Augen an. »Spinnst du, Josef? Der Michi war seit zwei Wochen nicht mehr da.«

Der Hilfspolizist gab sich nicht geschlagen. »Hab ihn gesehen, vorhin. Daran glaub ich ganz fest.«

»An was du glaubst, ist mir vollkommen wurscht. Der Michi war nicht da.«

»Was jetzt?«, fragte Klemm, der inzwischen wieder bei ihnen stand. Die Suche hatte nichts ergeben. Der Rahner hockte gemütlich in seinem Lehnsessel und betrachtete die Anwesenden. Er zeigte auf Schnaitz.

»Ich sag Ihnen jetzt was, Herr Kommissär. Was der Josef ist, der spinnt. Der rennt herum und sieht überall den Michi, wo seine Elise umgebracht hat. Überall sieht er den Michi. Auch da, wo der Michi überhaupt nicht sein kann. Weil der Josef schon immer einen Schlag gehabt hat. Der ist nicht ganz richtig im Kopf. Der kommt zu mir und zählt die Spieluhren im Regal. Und so ein Depp wird dann auch noch ein Hilfspolizist. Ich versteh die Welt nimmer.«

»Fehlt wieder eine«, sagte Schnaitz trotzig.

»Weil die Leut alles stehlen … alles!«, sagte Rahn.

Klemm hatte genug. »Zum letzten Mal, Herr Rahn. War Michael Dorn heute bei Ihnen?«

»Ich schwöre bei allen Heiligen, wo ich aufsagen kann: Der Michi war heute nicht da.«

»Wenn Sie uns belügen …«, sagte Maria. Rahn winkte gähnend ab.

Der Kommissär hatte den Laden bereits verlassen. Schnaitz ging neben ihm. »Vielleicht hab ich mich getäuscht …«, sagte er leise.

Klemm blieb stehen. »Das fällt Ihnen jetzt ein?«, herrschte er ihn an.

»Vielleicht …«

»Verschwinden Sie!«, brüllte der Kommissär. Schnaitz ging mit eingezogenem Kopf davon.

Im Büro klingelte hartnäckig das Telefon. Klemm nahm ab.

»Wo stecken Sie denn?«, fragte Degenberger.

Klemm setzte sich. »Wir haben einen neuen Fall, Herr Hauptkommissar.«

Klemm, der sich auf eine Strafpredigt gefasst gemacht hatte, vernahm nichts. »Herr Hauptkommissar, sind Sie noch da?«

»Was ist passiert, Kollege?«, kam Degenbergers Stimme aus dem Hörer. Sie wirkte müde.

Klemm schilderte in aller Kürze den Mord an Florian Dorn. Dann holte er aus und gab einem Gedanken freien Lauf. »Ich kann mich des Eindrucks nicht erwehren, dass die Morde an der Familie Pfanzelt und die Tötung der Kinder von Michael Dorn zusammenhängen. Geht es um Rache? Wer hat ein Interesse, die Familie Pfanzelt zu rächen? Wer will den Mord an Elise Pfanzelt ahnden? Lebt Elise noch oder ist sie tot? Hinzu kommt, dass Michael Dorn ein übler Wildschütz ist. Er kennt die Gegend wie seine Westentasche. Wo hat er seine Schlupfwinkel? Wo hält er sich auf? Wo versteckt sich der Kerl? Das sind die Fragen, denen wir nachgehen müssen. Aber allein ist das nicht zu schaffen, Herr Hauptkommissar.

»Ich schicke Verstärkung«, sagte Degenberger ausweichend. Er hatte sich gefangen.

»Wann?«, sagte Klemm.

»Der Fall Schachtenstein hat ab sofort oberste Priorität. Sie bekommen noch heute Verstärkung. Es ist jetzt zehn Uhr und dreiundvierzig Minuten. Um fünfzehn Uhr sind die Männer bei Ihnen. Bitte sagen Sie dem Wirt, er soll zusätzliche Zimmer bereithalten. Sie entscheiden dann vor Ort, Kollege, wie es weitergeht«, beschied Degenberger und legte auf.

»Wir bekommen endlich Verstärkung«, sagte Klemm zu Maria. Sie nickte erfreut.

»Das ist ja wunderbar, Herr Kommissär. Mir ist übrigens aufgefallen, dass Rahn etwas von zwei Wochen erwähnte. Das heißt, Dorn war ungefähr vor zwei Wochen dort.«

Klemm schlug im Protokoll nach.

»Die Morde an der Familie Pfanzelt geschahen am Sonntag, den dreizehnten Mai. Heute ist der achtzehnte Mai. Wenn Dorn bereits zwei Wochen früher bei Rahn war, so muss das um den ersten Mai gewesen sein. Das bedeutet für uns, Michael Dorn und seine Kumpane befanden sich seither in Schachtenstein oder in der Umgebung. Die Frage ist jetzt: Wann wurden die Soldaten entlassen?«

»Ich kläre das«, sagte Klemm und machte sich eine Notiz.

Maria Blaubacher kämmte sich die Haare vor dem kleinen Wandspiegel. Klemm fiel auf, wie blass sie war.

»Und ich gehe zu Karola Dorn«, sagte sie, »und befrage sie.«

»Aber seien Sie behutsam, Maria. Frau Dorn ist in einem üblen Zustand.«

Maria nickte.

»Ich knöpfe mir noch einmal den Rahner vor. Der weiß mehr, als er zugibt. Wir treffen uns spätestens um fünfzehn Uhr hier wieder, wenn die Verstärkung aus Zwiesel anrückt.«

Nachdem Maria Blaubacher gegangen war, begann Klemm mit sieben Kniebeugen. Es folgten sieben Schritte und wiederum sieben Kniebeugen. Anschließend telefonierte er mit Zwiesel und bat um die Entlassungspapiere des Soldaten Michael Dorn. Degenberger sagte zu, Salzmann die Unterlagen am Nachmittag mitzugeben. Klemm verließ das Büro und schloss sorgfältig ab.

*

Er hockte Hans Rahn in dessen Wohnzimmer gegenüber und maß ihn mit einem strengen Blick. Der Kramer lümmelte in seinem Sessel. Der Laden war geschlossen.

»Herr Rahn, ich mache Sie hiermit darauf aufmerksam, dass es sich bei unserem Gespräch um ein Verhör handelt. Haben Sie das verstanden?«

Rahn nickte stumm.

»Gut. Ich nehme Ihre Aussage zu Protokoll. Sie werden dieses Protokoll nach Ausfertigung mit Ihrem vollen Namen unterzeichnen. Dadurch wird es zu einem amtlichen Dokument, das gerichtsverwertbar ist. Was bedeutet, Sie gehen ins Zuchthaus, wenn Sie mich belügen, die Wahrheit verdrehen oder Tatsachen verschweigen.«

Wieder nickte Rahn. Er hatte sich im Sessel aufgerichtet. Die Sache war ernst, das wurde ihm jetzt bewusst.

»Mögen Sie vielleicht einen Kamillentee?«, fragte er und wollte aufstehen.

»Ersparen Sie mir Ihren Tee und beantworten Sie meine Fragen«, sagte Klemm. »Frage eins: Wann war Michael Dorn zuletzt hier bei Ihnen?«

»Das war … das könnte … um den dritten Mai gewesen sein … vielleicht auch später … am fünften oder sechsten Mai.«

Der Kommissär notierte die Antwort. »Was wollte er?«

»Essen, was sonst?«

»Nichts weiter? Denken Sie nach, Herr Rahn. Es ist sehr wichtig.«

Rahn überlegte. »Hab ihm einen Laib Brot gegeben und ein Stück Käse. Und zwei Flaschen von dem billigen Schnaps.«

»Hat er bezahlt?«

Der Kramer kratzte sich am Hals. »Der Michi hat gesagt, das geht auf den Rosshändler.«

»Auf Konrad Staubwasser?«

»Genau. Der Konrad bezahlt alles, hat der Michi gesagt.«

»Und? Hat er? Bezahlt, meine ich?«

»Ja, alles. Gleich danach beim Wirt am Stammtisch.«

Der Kommissär nickte, fragte dann: »War Dorn später noch einmal bei Ihnen?«

»Ich …«

»Ich darf Sie daran erinnern, welche Folgen es hat, wenn Sie mich belügen, Herr Rahn.«

»Ich brauch einen Schnaps«, sagte der Kramer und nahm aus der Eckvitrine eine Flasche. Er schenkte sich einen doppelten Blutwurz ein und stürzte ihn hinunter. Dann schnäuzte er kräftig.

»Antworten Sie!«, drängte Klemm, der Rahn keine Zeit für Ausflüchte lassen wollte.

»Also … der Michi … der Michi war am Samstag noch einmal da. Er hat einen Schnaps geholt. Genau gesagt, drei Flaschen. Aber von dem guten, hat er gesagt. Weil der andere ein Rachenputzer ist, wo im Hals kratzt wie Sand. Das stimmt aber nicht, Herr Kommissär, weil mein Schnaps extra von Passau kommt und weil …«

Klemm hob die Hand. »Halt! Ihr Schnaps interessiert mich einen Dreck. Was hat Dorn gesagt?«

»Er … hat gesagt … also … er hat gesagt, dass morgen … also dass morgen was passiert … am Sonntag … und dass er deswegen den Schnaps braucht … sonst steht er das nicht durch.«

Klemm rechnete nach. »Morgen … das war Sonntag, der dreizehnte Mai … der Tag der Morde an der Familie Pfanzelt. Weiter.«

»Und dass er, wenn das vorbei ist, mit seiner Familie nach Italien zieht oder gleich nach Amerika, wo ihn keiner kennt.«

»Woher will er das Geld für die Reise bekommen? Er selber hat doch nichts?«

Der Rahner genehmigte sich einen weiteren Blutwurz. Er wirkte fahrig, nervös. Klemm wusste nicht zu sagen, ob er Angst vor dem Zuchthaus hatte oder ob es die Angst vor Dorns Rache war, wenn er jetzt plauderte. Rahn schnäuzte sich.

»Das weiß ich auch nicht, Herr Kommissär.«

»Vielleicht hat er das Geld von Konrad Staubwasser?«

»Warum sollte der den Michi für so was bezahlen?«

»Ich weiß es nicht, Herr Rahn. Aber ich werde es herausfinden, das können Sie mir glauben.«

Klemm klappte sein Notizbuch zu. Das Verhör war fürs Erste beendet. Der Kommissär hatte geschafft, was er sich vorgenommen hatte, nämlich den Kramer zum Reden zu bringen.

»Ich komme wieder«, sagte er und ging.

Er kam nicht weit. Vor der Kirche lief ihm Emmi entgegen. Klemm sah sofort, dass sie geweint hatte. Das Taschentuch hielt sie noch in der Hand; die Jacke hatte sie hastig übergeworfen. Sie stürzte sich in seine Arme.

»Der Staubwasser …«

Klemm spürte ihre Wärme, ihre Nähe. »Was ist mit ihm?«

Emmi schluchzte. »Er hat mich angepackt. Im Garten hinter dem Pfarrhaus.«

Klemm schob sie von sich, sah ihr ins Gesicht. »Wie angepackt?«

Emmi zeigte auf ihre Bluse. »Da … die Sau!«

Der Kommissär nahm sie an der Hand. »Kommen Sie. Wir gehen in mein Büro. Da erzählen Sie mir alles ganz genau.«

Dort angekommen, stellte Klemm einen Krug Wasser auf den Tisch und ein Glas dazu. Emmi trank mit großen Schlucken. Mit zitternden Fingern richtete sie ihr Haar.

»Der Staubwasser wollte zu Hochwürden«, begann sie. »Aber Hochwürden wurde zu einem Todesfall gerufen. Ich war allein im Haus. Anfangs hat er recht freundlich getan. Dann wollte er, dass ich meine Bluse ausziehe. Ich hab mich geweigert. Da ist er frech geworden.«

»Und dann?«

Emmi fuhr sich über das Gesicht, lächelte unter Tränen. »'ne Ohrfeige hab ich ihm verpasst, das hat nur so geknallt. Ich bin davon, er ist gestolpert. Im Garten hat er mich aber trotzdem erwischt. Hab mich losgerissen und bin raus auf die Straße und da sind Sie dagestanden, Herr Kommissär, wie der Erzengel Gabriel mit'm Flammenschwert.« Emmi nahm sein Gesicht in beide Hände und küsste ihn sanft auf den Mund.

Klemm spürte den Salzgeschmack ihrer Tränen, spürte die vollen Lippen und den milden Geruch nach Seife, der von ihr ausging. Erschöpft lehnte sie sich zurück.

»Danke, Herr Kommissär.«

Klemm war wie betäubt. Er würde den Rosshändler aus seinem Haus treiben und windelweich prügeln. Er würde ihn durch Schachtenstein jagen und ihm sämtliche Knochen brechen. Er würde eine Rosspeitsche nehmen und dem Widerling jedes einzelne Haar vom Schädel dreschen. Er würde …

Emmi sah es in seinem Gesicht. »Nein, Klemm. Du darfst nicht tun, was du gerade denkst. Es ist Christenpflicht zu vergeben.«

»Das interessiert mich nicht«, brach es aus ihm heraus. »Einer wie der gehört an die Wand gestellt.«

Erschrocken verstummte er. Was hatte er soeben gesagt? Alte Zeiten schielten durch diese hässlichen Sätze. Alte Zeiten, die er besser vergaß, die er besser vergrub im trüben Schlamm der Geschichte, im Blut der gefallenen Soldaten und geschundenen Kreaturen. Viel zu oft hatte Klemm diesen Satz gehört, und viel zu oft waren die Worte zu grausamer Wirklichkeit erstanden.

Dieser Schmierenkomödiant von einem Rosstäuscher war es nun wirklich nicht wert, dass man sich an ihm die Finger dreckig machte. Konrad Staubwasser würde seinem Schicksal ohnehin nicht entgehen.

Emmi legte die Arme um ihn und küsste ihn noch einmal sanft. »Tu mir einen Gefallen, Klemm. Lass den

Kerl in Frieden. Der Mann sieht eh aus wie'n Pfannkuchen mit Beene …«

Klemm schüttelte wütend den Kopf. »Warum sollte ich …?«

»Weil er was in der Hand hat gegen mich«, sagte Emmi leise und sah zu Boden.

Der Kommissär setzte zu einer Frage an, doch in diesem Augenblick wurde die Tür aufgerissen. Maria stürzte herein.

»Der Dorn …«

Klemm sprang auf. »Wo?«

Hinter Maria stand nun der junge Hilfspolizist Josef Schnaitz.

»Hinaus zur Waldhauserin soll er sein.«

Der Kommissär drückte Emmi, die ebenfalls aufgestanden war, zurück auf ihren Stuhl. Dann wandte er sich zur Tür. »Gehen wir!«

Die Waldhauserin bewohnte ein kleines Anwesen zwischen dem Stierberg und dem Leitenwald, südwestlich von Schachtenstein. Es lag mitten im Wald, umgeben von Fichten, Tannen, etlichen Eichen und Buchen. Ein schmaler Weg führte zu ihr, gesäumt von Felsbrocken und Wurzelstöcken, die wie hingeworfen in die Luft ragten. An ihrem Haus führte ein namenloser Bach vorbei, der Wasser für den Kochtopf und Strom für das Licht in ihrer Wohnstube lieferte.

Im Winter sah man sie kaum in Schachtenstein, denn die Wegstrecke maß gut eine Stunde. Im Sommer jedoch saß sie beim Stormberger, die Tabakspfeife im Mund und den Bierkrug auf dem Tisch. Manchmal brachte sie Eier von ihren Hühnern mit oder Ziegenkäse und mitunter ein Marder- oder Kaninchenfell.

Die Waldhauserin, maulfaul und misstrauisch, galt als einschichtige Holz- und Pilzsammlerin, deren Abstammung und Alter kein Mensch kannte. Kinder erschreckte sie mit Geschichten von Dämonen und Geistern, die bei ihr Unterschlupf nahmen. Auch der Mühlhiasl, so hieß es, besuchte sie häufig aus dem Jenseits. Den Krieg hatte er vorhergesagt, auch dessen schreckliches Ende. Die Welt würde nicht mehr lange bestehen, ließen die Menschen nicht endlich ab von ihren Schandtaten. All der schale Luxus galt nichts in ihren Augen. Sie fand es abstoßend, wie die Leute daherkamen. Sie selbst gab nichts auf Kleidung. Jahrein, jahraus spazierte sie in einem unförmigen Mantelkleid herum – inzwischen selber zum Gespenst geworden. Mit dem Pfarrer war sie über Kreuz, weil er die Leute mit frommen Bibelsprüchen und langweiligen Predigten zum Gähnen brachte und nur an die Kollekte dachte. Auch die langen Jahre des Krieges hatten daran nichts geändert. Man fürchtete und respektierte das Weiblein zugleich.

Nun also war Michael Dorn auf dem Weg hinaus zu ihr. Vielleicht wollte er sich verstecken. Vielleicht wollte er sie ausrauben. Vielleicht hatte sie Waffen im Haus, die er benötigte. Im Dorf redeten die Leute davon, dass die Alte oft hinüber ins Böhmische wanderte, um dort Geschäfte zu betreiben. Sie war damit nichts anderes als eine ganz gewöhnliche Schmugglerin, wie es vor Ausbruch des Krieges viele hier gegeben hatte. Es hieß, sie habe Gewehre auf dem Dachboden und Handgranaten und allerlei anderes Schießzeug. Aber gesehen hatte niemand etwas davon. Was die Leut halt so redeten, wenn der Tag lang war …

Klemm sah auf seine Uhr, als sie losmarschierten. Bis zum Eintreffen der Verstärkung am Nachmittag wollte er zurück sein. An seiner Seite ging Maria, hinter ihnen Josef Schnaitz.

Plötzlich stoppte die junge Kollegin. »Wir haben ja nicht einmal ein Gewehr.«

Klemm grinste, auch wenn er angespannt war. Aus der Joppe nahm er einen unförmigen Gegenstand und reichte ihn Maria.

»Was ist das?«, fragte sie.

»Eine alte Socke, gefüllt mit Steinen«, sagte Klemm. »Wenn die einer an den Kopf kriegt, fällt er um wie vom Blitz getroffen.«

»Wenn er aber weiter weg ist?«, fragte Maria, wobei sie die seltsame Schlagwaffe in der Hand wog.

Auch hier war Klemm nicht um eine Antwort verlegen. Aus der Innentasche zog er eine massive Schleuder aus der Astgabel eines Haselstrauches mit aufgeschnittenen Fahrradschläuchen als Spanngummi. Den Besitz eines Revolvers oder eines Gewehres hatten die Besatzer ihm bisher nicht erlaubt.

»Das ist mein Spatzenschießer«, sagte Klemm. »Da kommt der Stein hinein, ich ziehe mit den Zähnen … und los geht's!

Damit war auch diese Frage geklärt. Maria Blaubacher zweifelte nicht daran, dass der Kommissär hervorragend damit umzugehen wusste, selbst wenn ihm eine Hand fehlte. Eine Schleuder war schnell, lautlos und – wenn es sein musste – tödlich. Kein amerikanischer Besatzungssoldat konnte Schleuder und Socke konfiszieren und seinen Besitzer wegen illegalen Waffenbesitzes verhaften.

Sie waren noch keine zehn Minuten unterwegs, da kam der Rahner angelaufen.

»Der Michi hockt in der Kirche beim Pfarrer«, keuchte er und verschwand seitlich im Gebüsch.

Der Kommissär warf einen ärgerlichen Blick auf Josef Schnaitz.

»Wer hat gesagt, dass Dorn bei der Waldhauserin ist?«

»Der Klaus war's … glaub ich.«

»Klaus, der Wagenknecht?«

»Ja … beim Stormberger im Hinterzimmer. Da ist er gehockt und hat mit der Sofia geredet.«

»Sofia Staubwasser?«

»Ja, Herr Kommissär.«

Maria Blaubacher meldete sich. »Wie kann er beim Pfarrer in der Kirche sein, wenn er bei der Waldhauserin ist?«

Schnaitz schwieg. Klemm musste eine Entscheidung treffen. Gingen sie hinaus zur Waldhauserin, war der Tag vorbei. Befand sich Dorn aber in der Kirche bei Tecklenburg, so war es vielleicht sinnvoller, ihn dort festzunehmen. Allerdings war dem Rahner nicht zu trauen. Da vertraute der Kommissär eher noch seinem Hilfspolizisten Schnaitz. Es gab keinen Grund, dem Burschen nicht zu glauben.

»Wir gehen zur Kirche«, entschied er.

Doch das Gotteshaus war so leer wie der Klingelbeutel nach der sonntäglichen Sammlung. Lediglich zwei Tauben saßen auf der Empore und blickten neugierig herunter.

»Dann lasst uns jetzt zur Waldhauserin gehen«, befand Klemm nach einer Weile. »Der Pfarrer rennt uns nicht davon.«

Aber vielleicht der Dorn, sagte Maria zu sich selbst. Doch sie wollte dem Kommissär nicht reinreden.

*

Es dunkelte bereits, als sie Schachtenstein wieder erreichten. Der Besuch hatte zu einer regelrechten Blamage geführt. Die Waldhauserin hatte sich in ihrer Hütte verschanzt, weil sie der festen Meinung war, dass die Gendarmen ihr Eigentum nach Schmuggelgut und Waffen durchsuchen wollten. Klemm kam nur bis zur Haustür, die verrammelt und verriegelt war. Aus einem winzigen Fenster unter dem Dachgiebel ragte das schmale Gesicht der Alten heraus. In der Faust hielt sie einen großkalibrigen Revolver, von dem Klemm annahm, er stammte noch aus dem Dreißigjährigen Krieg.

»Machen Sie auf, Waldhauserin, wir haben nur ein paar Fragen«, rief er zum Giebel hinauf.

»Haut's ab, ihr Grattler, Kreuzdeife noch amal!«, krächzte sie und schob den Revolver in seine Richtung.

Nun probierte es Maria. »Waldhauserin, wir wollen dir nichts Böses.«

»Das haben die anderen auch gesagt.«

Nun war Klemm wieder an der Reihe. »Waldhauserin, wir wollen nur wissen, ob der Dorn Michi …«

Ein Schuss löste sich, Staub bröckelte von der Wand. Die streitbare Alte war für einige Sekunden in dunklen Rauch gehüllt. Wohin die Kugel gesaust war, konnten sie nicht sagen.

Maria war hinter das Häuschen gehuscht und hatte nach einer Nebentür gesucht, aber nichts gefunden.

Klemm rüttelte energisch an der Haustür, als ihn ein Schwall eiskaltes Wasser erwischte. Die Alte hatte einen Kübel aus ihrem Fensterchen über Klemms Kopf geschüttet.

»Schleicht's euch, ihr Bazi!«, keifte sie und haute die Fensterläden zu, dass es krachte.

Klemm und Maria wichen zurück. Der Kommissär trocknete notdürftig die Haare, fuhr sich über das Gesicht. An einem Baumstumpf machten sie Halt. Nach einer Pause sagte Klemm: »Sie gehen zurück nach Schachtenstein, Maria, und passen den Pfarrer ab. Nehmen Sie den Hilfspolizisten Schnaitz mit. Wir treffen uns im Büro.«

Die junge Kollegin sah ihn zweifelnd an. »Und Sie?«

Klemm schnäuzte kräftig, steckte das Tuch mit einer energischen Handbewegung ein, wobei ihm die steingefüllte Socke zwischen die Finger geriet.

»Ich bleibe. Ich will wissen, was die Alte anstellt, wenn sie allein ist. Vielleicht führt sie uns auf eine Spur, wer weiß … Es ist nur so ein Gefühl.«

»Gut«, sagte Maria widerstrebend. »Aber was ist, wenn die Verstärkung aus Zwiesel eintrifft und Sie sind noch nicht zurück?«

Klemm war bereits dabei, sich einen Beobachtungsposten im Gebüsch herzurichten. »Begrüßen Sie die Kollegen und geben Sie ihnen Arbeit – ist genug da. Sie schaffen das.«

Maria machte sich auf den Weg.

»Wenn Sie bis morgen früh nicht da sind, alarmiere ich die Amerikaner. Die haben Jeeps und Hubschrauber.«

Klemm winkte ab. »Gehen Sie, Maria. Wir sehen uns am Nachmittag im Büro.«

Es dauerte eine Stunde und fünfundvierzig Minuten, Klemm hatte auf die Uhr gesehen. Zuerst öffnete sich das Giebelfenster. Dann lugte die Waldhauserin mit dem Revolver in der Hand heraus. Wenig später machte sie einen Schritt zur Seite und ein weiterer Kopf erschien: der von Michael Dorn. Seine Visage füllte den ganzen Fensterrahmen. Das Gesicht war überwuchert von einem struppigen Bart, die Augen beobachteten aufmerksam den Wald ringsum. Der Schädel war glatt wie ein Stein. Er trug die ortsübliche Wilderertracht – einen ärmellosen Überwurf aus Loden, dazu eine wollene schwarze Mütze.

Ein Gewehrlauf kam zum Vorschein. Dorn richtete ihn auf die Bäume, schwenkte von links nach rechts, wieder zurück. Ein Karabiner 98 mit Zielfernrohr, wie ihn die deutsche Wehrmacht millionenfach benutzt hatte.

Klemm wartete. Unbeweglich hockte er im Unterholz und spähte nach oben. Die trübe Maisonne ließ Dorns Schädel glänzen, die Augen sprangen von links nach rechts, verharrten kurz und sprangen weiter.

Zwölf Minuten dauerte der Spuk. Dann verschwand Dorn aus dem Giebelfenster; mit einem heftigen Ruck wurde es geschlossen.

Dafür öffnete sich die Eingangstür. Heraus trat Michael Dorn, den Karabiner samt Rucksack geschultert. An der Hüfte trug er eine Pistole P38; eine Luger-Parabellum. Der Kommissär durchforstete sein Gedächtnis nach der Anzahl der Patronen, die das Magazin dieser Handfeuerwaffe fasste. Waren es sieben, waren es neun oder waren es tatsächlich acht Schuss, die abgefeuert werden konnten – eine nicht unwichtige Frage.

Jedenfalls stapfte der Mörder der Familie Pfanzelt in seinen Knobelbechern davon, mitten in den Wald hinein. Der Lärm, den er dabei verursachte, kam dem Kommissär entgegen. Er hielt genau den Abstand, der es ihm ermöglichte, den Gesuchten im Auge zu behalten, ihn aber nicht auf sich aufmerksam zu machen.

Die Wanderung führte auf den Auer Riegel, eine kaum erkennbare Anhöhe. Michael Dorn querte den Schwarzen Regen und ging auf verborgenen Pfaden hinüber zu einer Anhöhe, die sich, so hatte es Klemm im Gedächtnis, knapp neunhundert Meter hoch mitten in einem ausgedehnten Waldgebiet befand. Hier oben lag auch im Mai noch Schnee, und der eiskalte Wind aus dem Böhmischen heulte über den Kamm. Eine unwirtliche Gegend – für ein Versteck bestens geeignet. Vielleicht konnte Klemm nun endlich den Schlupfwinkel des Mörders ausspähen.

Auf einer Lichtung blieb Dorn stehen. Er legte den Rucksack ab, das Gewehr behielt er in der Hand. Mit unruhiger Geduld erforschte er die Umgebung. Erst dann lief er weiter. Klemm folgte seiner Spur im Schnee. Der Kommissär würde diese Spur rückwärtsgehen müssen, wenn er, ohne Verdacht zu erregen, zurück nach Schachtenstein wollte. Aber noch war es nicht so weit.

Dorn hatte den Rucksack aufgenommen, verschwand zwischen den Bäumen. Klemm folgte den Tritten. Sie führten zu einer Hütte, die aussah, als sei sie zerfallen und leer. Der kundige Beobachter aber erkannte die Tarnung, denn die Tür war mit einem Eisenrahmen gesichert, die Fensterläden waren stabil und das Dach war ausgebessert worden. Aus dem Kamin drang grauer Rauch.

Hier also war das Mördernest.

Der Kommissär pirschte sich näher heran. Plötzlich war Dorn nicht mehr zu sehen. Hatte er die Hütte betreten oder befand er sich hinter seiner Unterkunft? Wo steckte der Mann? Klemm schlich weiter. In diesem Augenblick traf ihn ein Schlag am Hals. Ein weiterer Hieb erwischte den Haaransatz. Bevor die Lichter ausgingen, vernahm er Dorns grobes Gelächter. Dann war es still.

Etwas irritierte ihn. Ein Geräusch. Schnarchen?

Vorsichtig öffnete Klemm die Augen. Zunächst konnte er nicht viel erkennen. Dann vernahm er den Geruch einer Feuerstelle. Er versuchte, seinen Arm zu bewegen, seine Finger, seine Füße … er kam auf die Knie … in die Hocke. Vorsichtig richtete er sich auf und betrachtete die Umgebung. Er sah nach oben, tatsächlich, er war in der Hütte.

Klemm ging ein paar Schritte. Im Hintergrund standen ein Tisch und drei Stühle. An den Wänden aus Holzbohlen hingen Regale mit Geschirr. Daneben ein Gewehrständer mit vier Karabinern. Davor lag eine russische Kalaschnikow am Boden, versehen mit zwei Reservemagazinen. Auf dem Boden warteten mehrere Kisten, in denen Handgranaten lagerten. Selbst an Fackeln war gedacht worden.

Sogar einen Brunnen hatte man gebohrt. Verdursten würde er nicht. Die spartanische Behausung besaß lediglich ein kleines Fenster neben der Tür. Es war vergittert.

Klemm fuhr sich über das Gesicht und spürte Blut an der rechten Hand. Eine Kette, die um sein Fußgelenk geschlungen und an einem Haken in der Wand befestigt war, hielt ihn gefangen.

Der Kommissär hockte sich nieder und atmete ruhig. Dann erhob er sich und machte sieben Kniebeugen. Die Kette ließ nur fünf Schritte zu, das musste dieses Mal reichen. Wieder sieben Kniebeugen, wieder fünf Schritte …

Lautes Schnarchen ließ ihn erstarren. Er sah sich um. Die Hütte war in den Hang hineingebaut worden, war somit wesentlich geräumiger, als das von außen zu erkennen war. Klemm reckte den Kopf, spähte nach hinten. Dort lag, auf einem einfachen Bett, ein Mann. Dieser Mann schnarchte, als wolle er den Zwieseler Winkel entwalden.

War das Michael Dorn? Hatte er sich niedergelegt, in der Gewissheit, dass der Kommissär nicht flüchten konnte? Im Dämmerlicht war nichts zu erkennen.

Langsam versank der Tag. Die Nacht brach herein. Klemm fror. Er schlug mit dem Arm, machte fortwährend Kniebeugen. Als nichts geschah, kauerte er sich auf den Boden und versuchte zu schlafen, was misslang. Klemm verfluchte das Pervitin. Verfluchte Michael Dorn. Verfluchte seinen Befehl an Maria Blaubacher, zurück nach Schachtenstein zu gehen. Verfluchte sein Leben. Verfluchte seinen Glauben …

… Glauben Sie nur ja nicht, dass Sie damit durchkommen, Unteroffizier Klemm. Sie haben den Befehl verweigert, die Volksschädlinge zu liquidieren … sind aus dem Glied getreten … sind erstarrt … Sie Verräter … haben Ihr Gewehr fortgeworfen … was sind Sie bloß für ein Abschaum, Sie Schlumpfschütze … halten Sie den Mund, Soldat, wenn ich mit Ihnen rede … und danken Sie Ihrer Mutter, die vermutlich eine dreckige Hure ist, dass Sie nicht vor einem Kriegsgericht landen … geben Sie Ihre Dienstwaffe ab und die Kennkarte … stehen Sie stramm! Hiermit degradiere ich Sie zum gemeinen Soldaten … zum Fußlappenindianer … zum Himmelfahrtskommando in eine Bewährungseinheit. Haben Sie verstanden, Soldat Klemm? Sie werden Minen räumen … zu Fuß … ohne Helm und ohne Stiefel! Und nun unterschreiben Sie diesen Wisch, damit es amtlich ist. Dort bringt man Ihnen bei, dass der Befehl eines Vorgesetzten auszuführen ist … ohne Wenn und Aber … auch wenn dieser Befehl angeblich eine Verletzung irgendeines Menschenrechts ist … Wir sind im Krieg, Soldat … Im Krieg gelten keine Menschenrechte. Im Krieg sind Menschenrechte nichts als stinkende Hundekacke … Da heißt es: du oder ich, Leben oder Sterben … wer zuerst abdrückt, kommt voran. Und voran kommen wir doch alle, nicht

wahr, Soldat Klemm, voran bis zum Endsieg … Heil Hitler! Stillgestanden … und abrücken!

Das heftige Schnarchen des Mannes auf dem Bett riss Klemm aus seinem Albtraum. Er hatte nicht tief geschlafen. Er hatte eher geruht. Er hatte sich – wieder einmal – in einer Zwischenwelt verfangen, in einer Zwischenwelt, in der Gegenwart und Vergangenheit zu einer Einheit wurden. Zu einem Schlamassel, aus dem er immer schwerer herausfand. Woran er hing, auch wenn er noch so sehr an der Gegenwart rüttelte, das wusste er nicht. Vermutlich in einer Vergangenheit, in der viele Menschen ihm Schaden wollten. Seine Vorgesetzten. Die Kameraden. Der Feind.

»Wen haben wir denn da?«, sagte eine Stimme und lachte meckernd. Klemm öffnete die Augen. Michael Dorn stand vor ihm, die P08 auf seine Brust gerichtet. Der Kerl hatte sogar Angst vor ihm, wenn er in Ketten lag, dachte Klemm und grinste amüsiert. Neben Dorn stand nun ein Mann, den der Kommissär vom Foto her kannte: Friedrich Berner, neben Dorn der Haupttäter an dem Massaker in Pfanzelts Gasthaus. Hier also hatte er sich verkrochen. Soweit Klemm sich erinnern konnte, war der in Zwiesel geborene Friedrich Berner Rottenführer gewesen. Die Kragenspiegel seiner abgerissenen Jacke zeigten noch immer die SS-Runen. Laut Dossier war er alleinstehend und homosexuell. Berner gehörte zu der Sorte Männer, die nur in der Gruppe stark waren; angetan mit einer prächtigen Uniform und blank gewienerten Stiefeln. Im Augenblick war er nur noch ein jämmerliches Abbild seiner Selbst.

Mit einer Handbewegung scheuchte ihn Dorn hinaus. Es war unschwer zu erkennen, dass sich die beiden Männer nicht grün waren.

»Geh Brennholz sammeln!«, herrschte Dorn ihn an. Berner zuckte zusammen und verließ ohne ein Wort die Hütte. »Wie hast du mich gefunden, Gendarm?«, fragte Dorn nach einer Weile und blies dem Kommissär seinen Schnapsatem ins Gesicht.

Klemm hockte sich gemütlich auf den Bretterboden und bedachte seine Situation. Dabei kam ihm eine Idee. »Man hat mich hergeführt«, sagte er.

»Du lügst!«, blaffte Dorn überrascht.

»Wenn ich es dir sage, Michi. Man hat mich hergeführt.«

»Nenn mich nicht Michi, Gendarm.«

»Ich kann auch Mörder sagen, wenn dir das lieber ist, *Michi* …«

Dorn war kreideweiß im Gesicht. »Wer hat mich verraten? Sag schon, wer?«

Klemm betrachtete in aller Ruhe seine Fingernägel. »Wenn du mich gehen lässt, sag ich's dir.«

»Nein!«, brüllte Dorn.

»Dann sag ich nix.«

Michael Dorn durchforstete Klemms Gesicht nach einer Regung. Der Kommissär saß so da, dass Dorn sich gezwungen sah, sich ebenfalls niederzulassen. Die beiden ungleichen Männer hockten auf dem kalten Boden der Hütte und schwiegen sich an.

»Wie geht es jetzt weiter?«, fragte Klemm in die Stille hinein.

»Wer …?«, begann Dorn, verstummte aber sogleich. Mit einem Verräter in den eigenen Reihen hatte er nicht gerechnet. Mit einem Verräter musste man vorsichtig umgehen, denn Verräter hatten kein Gewissen und keinen Charakter. Verräter waren gefährlich. Heute verrieten sie einen und morgen verrieten sie den Führer. Gab er einen Namen preis, wusste der Gendarm sofort, wo er ansetzen musste. Schwieg er, lief die Katze auf den alten Füßen, und Dorn erfuhr nichts.

»Mach mich los«, sagte Klemm.

»Nein!«, knurrte Dorn.

»Gut. Dann hast du ein weiteres Menschenleben auf dem Gewissen. Auf eines mehr oder weniger kommt es ja bei dir nicht an, *Michi.*«

Dorn konnte nicht mehr an sich halten und versetzte Klemm eine heftige Ohrfeige, die ihn umwarf.

»Du hast ja keine Ahnung«, brüllte er. »Du hast ja keine Ahnung, was die mit uns gemacht haben. Was die von uns verlangt haben. Für was uns die hergenommen haben.«

Klemm richtete sich wieder auf. »Mir kommen gleich die Tränen, *Michi.*«

Wieder eine Ohrfeige, heftiger also zuvor. Wenn der Kerl weiter so zuschlug, kam Klemm nicht mehr lebend aus diesem Fuchsbau.

»Ich hab's ihm hundertmal gesagt … tausendmal. Aber er hat gesagt, die Absolution ist mir sicher.«

»Absolution?«

»Hätt er doch bloß die Finger von der gelassen«, sagte Dorn wie zu sich selbst.

Klemm musterte Dorn. »Wer hätte die Finger von wem lassen sollen, Dorn?«

Dorn war weit weg. Seine Pistole lag auf dem Boden. Klemms Finger näherten sich vorsichtig. Dorn hatte sich abgewandt.

»Wenn ich das gewusst hätte, was ich heute weiß … wär freiwillig in die Gefangenschaft … aber so?«

Klemm hatte die Pistole erreicht. Er richtete sie auf Dorns Rücken.

Schießen … Notwehr … Der Gedanke erstarb, als Dorn sich umdrehte.

»Den Schlüssel, *Michi*«, sagte Klemm. Die Mündung der Pistole zeigte unmissverständlich auf Dorns Brust. Dorn weigerte sich … versuchte, sich zu weigern, aber es war zu spät.

»Ein Bauchschuss tut weh, *Michi*«, sagte Klemm mit ruhiger Stimme. Die Pistole in der Hand, zwang er Dorn, das Schloss an der Kette zu öffnen.

In diesem Augenblick schoss Dorns Faust vor, traf auf Klemms linkes Auge. Es schwoll sofort zu. Mit der anderen Faust zielte Dorn auf Klemms Unterleib. Dabei rutschte er auf dem schmierigen Boden aus. Klemm warf die Kette ab. Aus der Tasche zog er die mit Steinen gefüllte Socke. Er traf Dorns Oberarm. Dorn schrie auf, fasste an die schmerzende Stelle.

Klemm riss das Knie hoch, erwischte Dorns Bauch. Wieder ein Hieb mit der Socke, diesmal auf die andere Schulter. Nun hingen Dorns beide Arme gefühllos herab.

Der Mörder bekam einen stieren Blick. Er suchte nach einem Ausweg, fand keinen, stattdessen drehte er sich im Kreis herum. Klemm drosch ihm das Schlagwerkzeug zwischen die Schulterblätter. Dorn brach in die Knie. Bäumte sich auf. Erwischte Klemm mit der Stiefelspitze am Schienbein. Etwas knackte. Klemm spürte, wie sein rechter Fuß taub wurde. Er sank zu Boden. Nun war Dorn über ihm, wollte ihm die Finger um den Hals legen. Doch die tauben Glieder versagten ihm den Dienst.

Klemm stieß ihn mit dem gesunden Fuß zurück. Dorn prallte gegen die Wand. Hörbar entwich die Luft aus seinen Lungen.

Eine Pause trat ein.

Michael Dorn kam auf die Knie. Mit hängenden Armen kroch er auf die Tür zu. Klemm schüttelte die Socke. Kieselsteine kullerten heraus. Aus der Joppe nestelte er die Schleuder, belud sie mit einem Stein ... presste Stein und Lederschlaufe zwischen die Zähne ... zog ... zielte ... zu spät.

Dorn hatte die Tür aufgerissen und war verschwunden.

Der Kommissär lag halb auf den Brettern und hielt sich das Bein. Das getroffene Auge brannte. In seinem Schädel tobte ein Hornissenschwarm. Die Zähne schmerzten höllisch. Vielleicht sollte er sich in Zukunft einen Revolver zulegen. Oder zumindest ein Messer.

Langsam kroch er zur Wand, stemmte den Rücken dagegen und richtete sich daran auf. Das malträtierte Schienbein stach herauf bis zur Hüfte. Als er einen Schritt gehen wollte, knickte er ein.

Wie sollte er damit zurück nach Schachtenstein gelangen?

Draußen regnete es heftig. Der Kommissär sank vor dem Hütteneingang zu Boden und starrte blicklos in die Luft. Innehalten. Kraft sammeln für den Weg zurück. Gedanken gliedern.

… hundertmal gesagt … schuld … die Finger von der …

Was war passiert in den Tagen vor dem Blutbad in Pfanzelts Gasthaus? Wer hatte ein Motiv für die Morde gehabt? Wer hatte Dorn gedungen … wer ihn bezahlt?

Warum war Michi Dorn zur Waldhauserin gegangen? Hatte er dort Waffen und Verpflegung gefasst? War sie seine Komplizin? Und wo befand sich Friedrich Berner? Hatten sie noch einen weiteren Unterschlupf im Wald? Oder kamen sie bald zurück?

Der Kommissär stöhnte, betastete Auge und Schienbein. Er zwang sich, an sieben Kniebeugen zu denken. An sieben Schritte. Sieben Kniebeugen.

Eine Zeit lang lauschte er. Er konnte kein Interesse daran haben, dass ihm Berner über den Weg lief. Als alles ruhig blieb, stand er auf, suchte mit unsicheren Armbewegungen nach einem geeigneten Stock im Schnee. Fand ihn, stützte sich schwer auf. Stapfte los. Sieben Schritte. Weiter und weiter und weiter.

Hundertmal … tausendmal … sieben Schritte …

*

Im Schachtensteiner Büro studierte Maria Blaubacher die Personalakte der inzwischen eingetroffenen Verstärkung. Lediglich einen Beamten hatte man ihnen zugeteilt. Der flegelte jetzt in einem Stuhl herum und starrte rauchend an die Decke.

Lutz Fehring, geboren am vierten Mai 1904 in München. Abitur, Volksschullehrer, 1930 Eintritt in die NSDAP. Wechsel zur Kriminalpolizei München. 1940 wendet er sich radikal gegen die Partei, lehnt plötzlich jede Form von Gewalt ab. 1942 degradiert man den Oberkommissar zum Polizeimeister und versetzt ihn an die Dienststelle nach Passau. Fehring war irgendwie dicklich, unförmig; er nuschelte und trug langes schwarzes Haar. Sein Auftreten wirkte ungepflegt, die Kleidung sehr einfach. Fehring qualmte amerikanische Pall Mall. Offenbar war man froh gewesen, ihn loszuwerden. Der Mann war keine Werbung für den Beruf des Gesetzeshüters. Vielleicht musste man ihn an die Hand nehmen und ihn durchs Leben und auf einen geraden Pfad führen? Maria kannte diese Art von Männern aus dem Lazarett in Passau. Sie waren nicht wirklich faul oder dumm oder böse. Sie waren aus der Bahn geschleudert worden, vom Pfad des Lebens abgekommen. Hatten nicht mehr zurück in die Spur gefunden. Was konnte, so fragte sich Maria, sie dafür? Sie war keine Samariterin.

»Warum sind Sie weg von der Partei?«, fragte sie. Das Licht fiel vom Fenster direkt auf Fehrings Gesicht.

»Meine Sache«, nuschelte er, ohne die Zigarette aus dem Mund zu nehmen.

Maria rückte etwas näher. »Herr Fehring, wir haben in diesem Dorf sechs Tote. Das ist keine leichte Aufgabe.

Wenn wir also zusammenarbeiten sollen … müssen wir uns gegenseitig unbedingt vertrauen können.«

Fehring schwieg. Maria stand auf, trat an den Schreibtisch.

»Wenn Sie mir nicht sagen wollen, aus welchen Gründen Sie der Partei den Rücken gekehrt haben, so ist das ganz allein Ihre Sache. Aber im Sinne einer vertrauensvollen Zusammenarbeit muss ich Sie dringend ersuchen, Ihre uneingeschränkte Arbeitskraft, Ihr Können und Ihre Erfahrung in unsere schwierige Arbeit einzubringen. Wenn nicht, können Sie umgehend zurück nach Passau fahren. Haben wir uns verstanden, Herr Kollege?«

Der Beamte sah auf. »Ich nehme nur Befehle von Herrn Kommissär Klemm entgegen und nicht von irgendeiner Untergebenen. Wo steckt er überhaupt? Ist er im Urlaub?«

Maria krallte die Finger in die Tischplatte und befahl sich, ruhig zu bleiben. Sie ignorierte den Gedanken an bevorstehende Auseinandersetzungen und besann sich auf die vor ihnen liegende Arbeit.

»Hier auf dem Tisch finden Sie die Akten. Michael Dorn, der Haupttäter … Friedrich Berner, Mittäter … die Opfer der Familie Pfanzelt und die toten Familienangehörigen der Familie Dorn … außerdem die wichtigsten Einwohner des Ortes. Sie haben jetzt genügend Zeit, sich einzuarbeiten. Anschließend erwarte ich Ihre präzise Beurteilung der Angelegenheit und werde Ihnen die entsprechenden Arbeiten zuweisen.«

»Der Kommissär …«, nuschelte Fehring, doch Maria schnitt ihm das Wort ab.

»Kommissär Klemm wird am späten Nachmittag zurückerwartet. Mehr brauchen Sie im Augenblick nicht zu wissen. Und jetzt an die Arbeit, Herr Polizeimeister!«

Maria sah zu, wie Fehring eine Akte zur Hand nahm und darin blätterte. Sie selbst trat ans Fenster und sah hinaus. Fehrings Frage war durchaus berechtigt gewesen. Sie machte sich inzwischen große Sorgen um den Kollegen. Niemand hatte etwas von ihm gehört oder gesehen.

Sie war von der Waldhauserin nach Schachtenstein zurückgekehrt, hatte mit dem Hilfspolizisten Josef Schnaitz Pfarrer Tecklenburg aufgesucht, aber weder im Pfarrhaus noch in der Kirche Michael Dorn angetroffen. Auch die Suche im weitläufigen Garten und einer dort befindlichen Laube waren gegenstandslos verlaufen. Dorn war wie vom Erdboden verschluckt. Pfarrer Tecklenburg hatte vehement verneint, dass Dorn bei ihm gewesen sei.

Nach einer Stunde waren Maria und Schnaitz wieder im Büro angelangt. Schnaitz hatte sich bald empfohlen. Seitdem wartete Maria auf Klemm.

Um wenigstens etwas zu tun, hatte sie die Hemdchen der ermordeten Kinder Adolf und Florian Dorn vorsichtig vom Blut gereinigt und die Einstichstellen untersucht. Die Löcher im Stoff ergaben das Maß von sechs Millimetern.

Noch am späten Abend war Maria zu Karola Dorn geeilt und hatte die Einbruchsspuren an den Fenstern der Mordzimmer untersucht. Die Holzrahmen zeigten ebenfalls sechs Millimeter breite Eindringspuren. Sie waren wohl bei der ersten Untersuchung übersehen worden – ein peinlicher Fehler.

Nach dem Frühstück am folgenden Morgen hatte ihr Weg zum Rahner-Kramer geführt. Dort hatte sie sich verschiedene Werkzeuge angeschaut. Dabei vermaß sie diverse neue und gebrauchte Schraubenzieher. Das Maß stimmte: sechs Millimeter. Beim Herausziehen der Tatwaffe aus der Wunde hatte sich dann der typische Schwalbenschwanz ergeben. Maria konnte sich genau an diese Bezeichnung erinnern.

Hans Rahn konnte – oder mochte – sich nicht daran erinnern, in letzter Zeit ein derartiges Instrument verkauft zu haben.

Dennoch bestand der dringende Verdacht, dass ein und derselbe Täter in beiden Fällen einen Schraubenzieher mit sechs Millimetern Klingenbreite als Einbruchswerkzeug und zugleich als Mordwaffe benutzt hatte. Man musste lediglich den Schraubenzieher identifizieren, dann hatte man den Mörder der beiden Kinder gefunden. Wenn es nur so einfach wäre … Maria wartete mit steigender Unruhe auf Klemm. Sie nahm sich vor, erst Zwiesel und dann die Amerikaner zu alarmieren, wenn er bis zum Abend nicht zurück war.

Soeben wollte Maria zurück an den Schreibtisch gehen, da sah sie Emmi Unruh auf den Stormberger zurennen. Maria stürzte ihr entgegen, in der Hoffnung, Klemm hätte sich bei der Pfarrersköchin gemeldet. Der jungen Polizeibeamtin war längst aufgefallen, dass die beiden etwas verband.

»Wo ist er?«, rief Emmi. Maria wartete, bis sie nähergetreten war. Niemand im Dorf musste wissen, was vor sich ging.

»Ist er nicht bei Ihnen?«, fragte Maria.

»Nein. Seit wann ist er fort?«

»Seit gestern Mittag«, sagte Maria.

Emmi sah sie entsetzt an. Dann straffte sie sich. »Wir müssen ihn suchen!«

Maria schüttelte den Kopf. »Mein neuer Kollege ist eingetroffen. Er muss eingearbeitet werden. Ich kann nicht weg.«

Emmi packte sie an der Schulter. »Ist es Ihnen denn vollkommen egal …«

Maria schüttelte Emmis Hand ab. »Nein, Frau Unruh, es ist mir nicht egal, aber …«

Emmi Unruh schien nicht mehr zuzuhören. Sie knöpfte ihre Jacke zu und stürmte los.

»Bei der Waldhauserin sind wir gewesen«, rief ihr Maria noch nach, dann war Emmi verschwunden.

*

Michael Dorn lag unterhalb des Teufelstisches auf einer Lichtung mitten im Wald. Der Schneefall hatte aufgehört. Hier nahm ein Bächlein seinen Weg. Dorn hockte auf der Wiese und wartete ungeduldig, dass seine Arme wieder zu Kräften kamen. Er hatte sich bis hierher geschleppt; es hatte Stunden gedauert. Inzwischen zeigte eine trübe, wolkenverhangene Sonne den Nachmittag an. Bis zur Waldhauserin war es noch gut eine Stunde; in seinem Zustand vielleicht mehr.

Mit den Fingern fuhr er durch das eiskalte Wasser des Baches. Den rechten Arm konnte er nur bis zur Hüfte anheben. Der Gendarm hatte ihn am Bizeps getroffen. Noch immer rätselte Dorn darüber, welche Waffe der Bursche benutzt hatte. Ein Einarmiger hatte ihm seine Grenzen aufgezeigt. Ihm, Michael Dorn, einst im Range eines SS-Sturmbannführers, gefürchtet vom Feind, bewundert von den Kameraden … besiegt von einem Krüppel. Missmutig brummte er in sich hinein.

Wieder streckte er die Finger in das eiskalte Nass. Langsam kehrte die Kraft zurück. Nach mehreren Versuchen konnte er wenigstens den linken Arm heben. Er entledigte sich seiner Jacke, zog das Hemd aus. Mühsam betastete er den oberen Rücken bei den Schulterblättern. Hier hatte der Gendarm besonders hart zugeschlagen. Die Stelle schmerzte erbärmlich. Vermutlich bildete sich gerade ein Bluterguss, der bald in allen Regenbogenfarben schillern würde. Aber solch harmlose Kindereien konnten einen strammen Kameraden nicht aufhalten.

Dorn legte sich rücklings in das kühlende Gras. Erst jetzt bemerkte er, wie müde er war. Seit Tagen war er in Trauer um seine toten Kinder. Und seit Tagen war er jetzt schon auf der Suche nach ihrem Mörder. Schlaf gab es kaum, und wenn, nur für Stunden. Er drehte sich zur Seite und fiel in unruhigen Schlummer.

Etwas störte ihn. Als er die Augen öffnete, dachte er sofort an ein Trugbild. Vor ihm stand eine barhäuptige Frau, angetan mit einer dicken schwarzen Jacke, die ihn freundlich musterte.

Dorn richtete sich auf, griff nach dem Hemd, zog es über, beide Arme verrichteten endlich wieder klaglos ihren Dienst. Als er die Joppe überstreifte, sagte die Fremde mit freundlicher Stimme:

»Sie frieren ja …«

Dorn erhob sich. Er glaubte sich zu erinnern, dass er die Frau schon einmal gesehen hatte. Nur wusste er nicht, wo.

»Es geht schon«, sagte er.

Die Frau stand unbeweglich vor ihm. Er hätte sie umfassen … niederringen … sie vergewaltigen können …

»Ich suche einen Mann«, sagte sie.

»Was für einen Mann?«

»Den Polizeikommissär Klemm. Kennen Sie ihn vielleicht, Herr …?«

Dorn hustete.

»Ich bin der Sepp«, sagte er und reichte ihr die Hand. »Und Sie sind …?«

»Ich bin die Emmi, und die Köchin vom Pfarrer Tecklenburg in Schachtenstein.«

Dorn lächelte dünnlippig. Die Pfarrersköchin Emmi bist du also. Dem Pfaffen seine Haushälterin. Warum hat er dann die Elise …?

»Kennen Sie jetzt den Kommissär oder kennen Sie ihn nicht?«, unterbrach sie ihn ungeduldig. »Er ist seit gestern Nachmittag verschwunden.«

Dorn hockte sich wieder ins Gras. Gegen eine nette kleine Unterhaltung hatte er nichts einzuwenden. Vielleicht erfuhr man Neues. Vielleicht ergab sich ein Techtelmechtel. Sie waren allein, die Gelegenheit also günstig.

»Sie kennen den Kommissär schon lange?«, sagte er lauernd.

Emmi lachte. Ihre Stimme klang hell und gutmütig. »Nee, der Klemm ist erst seit ein paar Tagen im Ort. Aber ich mag ihn irgendwie.«

»Ist es der mit nur einer Hand?«

Emmi lachte. »Ja, das ist er.«

Dorn setzte nach. »Und Klemm? Mag er Sie auch?«

Wieder lachte sie. »Ich glaube, er ist in mich verliebt und weiß es bloß noch nicht. Vielleicht sind wir das heimlichste Liebespaar von der Welt. Romantisch, nicht wahr?«

Dorn nickte. »Sehr romantisch, Emmi. Er liebt sie, und sie lieben ihn. Ist es nicht so?«

Emmi streckte sich. »So ist es.«

Dorn betrachtete ihren Busen, der sich unter der Jacke wölbte. »Was würde er tun, wenn jemand Sie angreift?«

»Wer sollte mir denn …?«

Dorn stand nun über ihr. »Sie kennen mich nicht, Emmi?«

Sie sah zu ihm auf, ihre Stimme hatte eine ängstliche Färbung bekommen. »Nee. Ich kenn Sie nicht … Sepp.«

Gelächter sprang aus seiner Kehle, das sich in der Ferne verlor. Er lachte und lachte. Da hatte ihm das Schicksal das Liebchen des Gendarmen zugespielt. Das war der Trumpf beim Kartenspiel. Das war der Hauptgewinn der Lotterie.

Während er sich kaum beruhigen mochte in seinem derben Gelächter, spielte er in Gedanken durch, was er mit Emmi alles anstellen konnte. Sie war ein willfähriges, ein hilfloses Werkzeug. Er konnte sie als Geisel nehmen. Geld erpressen. Eine neue Kennkarte verlangen. Freies

Geleit ins Ausland erzwingen. Vielleicht würde er sie auch einfach bei sich behalten und nicht mehr gehen lassen. Er sehnte sich nach einer Frau. Und seiner Karola weinte Dorn schon lange keine Träne mehr nach.

Er hörte auf zu lachen, denn am Waldrand war ein Schatten aufgetaucht … ein Mensch … humpelnd … stockend … aber ein Mensch.

Dieser Mensch kam langsam auf sie zu. Er hatte eine Waffe in der Hand … eine P08 … seine, Dorns Pistole. Es war … es konnte nur der Gendarm sein … verdammt! Wie hatte er nur seine Spur gefunden? … Der Schnee!

Plötzlich fiel Dorn auf, dass er unbewaffnet war. Zwar trug er noch den Ehrendolch der SS am Gürtel, doch gegen eine Luger Parabellum konnte man am besten mit der Hitlersäge, dem Maschinengewehr MG 42, bestehen.

Wozu denn Sorgen machen?, dachte Dorn. Er hatte etwas viel Besseres in seinen Händen als eine 42er. Er hatte Emmi. Sein Hauptgewinn, sein Trumpf, der alles stach, was sich ihm in den Weg stellen würde. Auch den Kommissär konnte er mit Emmi ausschalten.

Er sprang nach vorne, riss die Köchin an sich, schlang ihr den Arm um den Hals. Sie schrie entsetzt auf, wollte sich befreien … es misslang.

Klemm, der sich an einem Baum abgestützt hatte, hob die Pistole. »Lass sie gehen, Dorn. Emmi hat mit der Sache nichts zu tun.«

Dorn drückte Emmi fester an sich, sodass sie schrie. »Hältst du mich für so blöd, dass ich nicht merke, was du vorhast, Gendarm? Sobald ich dein Mädel freilasse, erschießt du mich.«

»Ich geb dir mein Ehrenwort«, kam es vom Wald her.

»Auf dein Ehrenwort ist geschissen, Gendarm. Schau genau her.« Er drückte Emmis Kopf zu Boden. Nun lag sie vor ihm auf der Erde. Er stellte seinen Fuß auf ihre Brust und hob die Arme in Siegerpose wie bei einem erlegten Wild. Dorn registrierte, wie Klemm losrannte. »Halt! Keinen Schritt weiter oder sie ist tot.«

Der Kommissär blieb stehen. Dorn hatte den Dolch aus dem Futteral gezogen und hielt ihn gut sichtbar hoch.

»Schieß doch!«, rief Dorn.

Klemm ließ die Pistole sinken, legte sie auf die Erde, schüttelte stumm den Kopf. Mit hängenden Armen stand er eine Weile da, wandte sich dem Wald zu und verschwand zwischen den Bäumen.

Dorn wartete. Nahm den Fuß von Emmis Brust. Sofort sprang sie auf und brüllte los. Jede Gutmütigkeit war aus ihrer Stimme gewichen.

»Ick hau dir gleich ene vorn Bahnhof, det dir sämtliche Gesichtszüge entgleisen! Ick lass mir doch von dir nich übern Nuckel ziehn!« War sie erregt oder erschrocken, fiel sie unwillkürlich zurück in den Berliner Jargon. Daran hatte sich auch durch die Flucht nichts geändert. Sie rannte los, stolperte, wollte weiter, aber da war Dorn schon bei ihr. Mit einem heftigen Ruck zerrte er sie zu Boden.

»Ich bring dich um, du Schickse!«, schrie er und umfasste mit beiden Händen ihren Hals, doch sie warf ihn ab wie einen unerwünschten Reiter. Die Pfarrersköchin war ein Teufelsweib. Fehlte nur noch, dass sie ihm die Augen …

»Dir kratz ich gleich die Augen aus, du Querschläger!«

Sie hatte seinen Arm gepackt, zog Dorn zu sich herunter. Aber statt dass er auf ihr zu liegen kam, wälzte sie sich zur Seite. Ihr Arm fuhr hoch, die Finger suchten sein Auge.

Dorn wollte sich losmachen, schaffte es aber nicht. Emmi verpasste zwar sein Auge, schenkte ihm aber einen breiten Striemen die Wange herab.

Der Schmerz ließ den Mörder aufheulen. Blind vor Wut schlug er zu. Es war ihm egal, wo er diese Furie traf … Hauptsache, sie ließ endlich ab von ihm.

Noch war es nicht vorbei. Sie drosch ihm die Fäuste in den Bauch … nahm sich zurück, als wolle sie Anlauf nehmen, und hieb ihm ein Knie mit aller Kraft zwischen die Beine … einmal … zweimal …

Wieder heulte er auf. Bevor sie ihn noch einmal traf, warf er sich zur Seite. Emmi stand über ihm. Er sah ihren Stiefel auf sich zukommen, dann senkten sich schwarze Wolken auf ihn herab … das Licht ging aus.

Emmi Unruh hockte keuchend neben dem bewusstlosen Mann. Sie hatte keine Ahnung, wie lange dieser Zustand anhalten würde. Es war sowieso ein Wunder, dass sie den wuchtigen Kerl hatte niederringen können. Allerdings war es höchste Zeit zu verschwinden. Mühsam erhob sie sich. Das Knie schmerzte. Sie warf noch einen Blick auf den am Boden Liegenden, dann stapfte sie hinüber zum Wald, wo Klemm verschwunden war. Sie nahm dessen Pistole auf und wollte weiter.

Ein Stoß warf sie zu Boden. Sie verlor die Waffe. Seitlich auf dem Bauch liegend erkannte sie Dorns Gesicht. Aus seinen Augen sprang die reine Mordlust.

Wieder wollte Emmi die Knie hochreißen und ihn mit den Fingern im Gesicht verletzen, aber Dorn warf sich auf sie. Drückte ihr Gesicht in den Boden. Hielt die Pistole an ihr Ohr und brachte sie zum Schweigen.

»Wir werden Freunde sein, Emmi!«, sagte er mit rauer Stimme. »Gute Freunde.«

Klemm stolperte auf den Auer Riegel zu. Er konnte keinen klaren Gedanken fassen. Schließlich sank er zwischen den Fichten zu Boden. Sein Atem ging stoßweise. Immer wieder Michael Dorn. Klemm verfluchte sich, weil er die Pistole am Waldrand abgelegt hatte. Er stand auf, wandte sich um, wollte zurück, aber er konnte nicht. Alle Energie war aus seinem Leib gewichen. Er suchte in sämtlichen Taschen nach seinen Tabletten, fand aber keine mehr. Seit zwei Tagen war er nun unterwegs. Sein eiserner Vorrat an Pervitin, den er immer bei sich trug, war aufgebraucht. Die letzte Kapsel hatte er auf der Anhöhe geschluckt.

Von fern hörte er einen Schrei … Emmi!

Klemm ging sieben Schritte. Ging weitere sieben … stolperte los, begann zu rennen, über den Auer Riegel hinauf, hinüber zum Teufelstisch. Da sah er sie. Dorn trieb Emmi vor sich her, die Pistole in der rechten Hand, den Dolch in der linken. Er musste teuflischen Respekt vor der Pfarrersköchin haben, wenn er sich derart bewaffnete.

Das geschah ihm recht, dachte der Kommissär, während er schnaufend hinter einem Baum verharrte. Keine Sekunde Ruhe sollte er mehr haben.

Klemm beobachtete, wie Dorn mit seiner Geisel wenige Meter an ihm vorbeiging.

Unauffällig, jeden Strauch, jeden Fels, jede Senke nutzend, folgte Klemm den beiden. Als die Sonne hinter dem Teufelstisch verschwand, hatten sie die Hütte der Waldhauserin erreicht. Aus dem Kamin stieg Rauch; die Alte war zu Hause.

Dorn schob Emmi vor sich her. Sie klopfte an die Tür. Schließlich lugte die Waldhauserin aus dem Giebelfenster, die alte Pistole in der Hand.

»Was willst du?«, herrschte sie Dorn an.

»Dich besuchen«, rief er zurück.

Sie deutete mit der Pistole auf Emmi. »Und wer ist die da?«

Dorn warf sich in die Brust. »Meine Verlobte!«

Die Waldhauserin beäugte sie einen kurzen Moment. Das Fenster wurde geschlossen, wenig später die Haustür geöffnet und die Besucher eingelassen. Wieder herrschte Ruhe.

Der Kommissär umrundete die Behausung der alten Hexe mit lautlosen Schritten. Die Fensterläden waren geschlossen, die Haustür verriegelt. Klemm entdeckte das Kellerfenster erst beim zweiten Rundgang. Die Scheibe war zerbrochen. Klemm griff hinein und drehte den Riegel. Der sich öffnende Einlass war eng, aber Klemm konnte sich hindurchzwängen. In dem winzigen Kellerraum versperrten ihm bald unzählige Spinnweben die Sicht. An den Wänden standen Regale mit Marmeladengläsern, mit eingelegten Eiern, mit haltbar gemachtem Gemüse, verschiedenen Flaschen Schnaps,

Wein, Absinth ... Tabakblätter hingen an der Decke zum Trocknen ... ein Gewehrschrank aus Stahl mit massivem Schloss lauerte in einer Ecke. Mit derlei Vorräten konnte man einen Winter überstehen ... oder eine Belagerung.

Klemm kletterte die Holztreppe hinauf, jedes Geräusch vermeidend. An der Tür zu den Wohnräumen legte er eine Pause ein. Dann öffnete er sie und trat in den engen Hausflur. Überall herrschte ein Geruch nach Kräutern, tierischem Fett und Alkohol. Stand er hier im Refugium einer Engelmacherin?

Aus der Küche vernahm er Stimmen. Vorsichtig schlich er näher. Was Klemm hörte, ließ ihn erstarren.

*

Soeben beugte sich Maria Blaubacher über das Foto des getöteten Adolf Dorn, als wüstes Geschrei von der Straße heraufdrang. Es klang, als würde jemand beschimpft, gar tätlich angegriffen. Maria sah hinüber zu Fehring, doch der schnarchte unbeteiligt in dem alten Sessel. Man würde ihn ob seiner Dienstauffassung zur Rede stellen, sobald sich die Gelegenheit ergab.

Die Tür wurde aufgerissen. Bürgermeister Zingler trat ein. Ihm folgten drei Personen, die einen vollkommen erschöpften Eindruck machten. Sie mussten eine weite Reise hinter sich haben.

»Das ist die Familie Gottschling aus ...«

Der Mann trat vor, die speckige Kappe in der Hand. »Bin ich Gottschling Werner aus Dorf bei *Lwów* ...

ist Lemberg. Bin mit Frau Liese und Tochter Barwina geflohen vor Polacken. Bitte um Aufnahme, liebe Leute.«

Im Hintergrund war Eugen Pretzlaff, der Wirt, aufgetaucht. »Seid ihr Juden?«, sagte er mit harter Stimme.

Der Mann schüttelte den Kopf. »Kein Jud nicht. Vertrieben. Bitten um Aufnahme, liebe Leute.«

»Hunger«, flüsterte das Mädchen, wobei es sich an den Arm der Mutter klammerte. Die fremden Menschen machten ihr Angst. Das Kind war dünn wie ein Faden. Der Mutter ging es nicht besser. Die ganze Familie trug dünne Fetzen am Leib, die Stiefel waren zerschlissen. Der Rucksack aus derbem Leinenstoff hatte zwei große Löcher an der Seite.

»Geld?«, fragte Pretzlaff.

Der Mann verneinte stumm.

»Ohne Geld kein Fressen«, sagte Pretzlaff. »Da könnte ja jeder kommen.«

In diesem Augenblick wuchtete sich Lutz Fehring aus seinem Sessel. »Halt dein ungewaschenes Maul, du Bauernwirt. Wenn es recht ist, Frau Kollegin, kümmere ich mich um eine Unterkunft für die Familie.«

Maria Blaubacher fand zunächst keine Worte. Was war das bloß für ein Mann, dieser Polizeimeister Fehring? Erst träge und frech, und jetzt klar und robust. Hatte er selbst Erfahrungen im Osten gemacht? In seiner Akte stand darüber nichts. Die Polizistin nahm sich vor, mit ihm darüber zu sprechen.

»Wenn Herr Bürgermeister nichts dagegen hat …«, sagte sie.

Zingler nickte. »Der Konrad hat genügend Zimmer frei. Da können Sie mit Ihrer Familie bleiben, Herr Gottschling.«

Gottschling verbeugte sich. »Danke, Herr Bürgermeister, danke, und Segen von Gott für alle.«

Pretzlaff schlich sich maulend davon. »Das ist erst der Anfang, das sag ich euch … das Pack überrennt uns. Schickt sie zurück, wo sie hingehören! Sollen sie dort verrecken. Die fressen uns kahl, verderben unsere Sitten. Wir werden Schuhe und Strümpfe verlieren. Das sag ich euch.« Aber er war schon auf der Treppe; sein Geplapper nahm niemand mehr wahr.

*

Wenig später standen sie bei Sofia Staubwasser im Hausflur. Zuerst waren sie beim Pfarrer gewesen. Der Bürgermeister hatte Tecklenburg instruiert und ihn um Beistand gebeten. Tecklenburg hatte sich die Frage nach dem Glauben der Vertriebenen verkniffen. Er wollte wohl nicht mit der Tür ins Haus fallen. Bald jedoch würde er nicht mehr daran vorbeikommen. Schließlich ging es um den geistlichen Frieden im Dorf. In diesen Tagen musste jede weitere Störung vermieden werden.

Das Weib des Rosshändlers stand breitbeinig vor ihnen, das Kinn abwehrend vorgereckt.

»Platz hab ich keinen.«

Tecklenburg hob beschwichtigend die Hand. »Es ist nur für ein paar Tage, Sofia.«

Sofia Staubwasser musterte Werner Gottschling mit einem strengen Blick. »Kann er wenigstens arbeiten?«

Gottschling trat vor. »Ich kann alle Arbeit verrichten, die ihr mir aufgebt, Herrin.«

Lutz Fehring mischte sich ein. »Mensch, Mann! Das ist die Frau vom Rosshändler … keine Herrin!«

Ehe Sofia Staubwasser sich dazu äußern konnte, hob Gottschling beide Hände.

»Ich kann arbeiten … Herrin.«

Sofia hatte einen wütenden Blick auf Fehring geworfen, widmete sich aber nun Gottschlings Händen.

»Beruf?«

Der Angesprochene schluckte.

»Grafiker und Kupferstecher.«

»Was?«, schnappte die Staubwasser.

»Hab ich bei einer Zeitung gearbeitet … Zeichnungen gemacht für Berichte, wo in der Zeitung waren … jeden Tag … kann ich jede Arbeit machen, Herrin.«

Sofia Staubwasser hatte seine Hände losgelassen. In ihrem Schädel arbeitete es. »Zeichnen kannst du?«

Gottschling nickte heftig. »Ja, Herrin … und Bilder ich kann malen … für ganzes Haus … Frau kann kochen … Tochter Stall ausmisten … jeden Tag dreimal … fünfmal … wenn Sie wollen, Herrin!«

Bürgermeister Zingler wollte nicht länger warten. »Was ist, Sofia? Nimmst du sie bei dir auf oder müssen wir weiter wie bei der Herbergssuche in Betlehem?«

Die Angesprochene verschränkte die Arme, betrachtete die Familie mit mürrischem Blick. »Können bleiben.«

Damit drehte sie sich um. Die Gottschlings folgten ihr in die geräumige Wohnstube. Erleichtert verließ die Delegation das Haus.

Der Bürgermeister eilte in sein Büro, um die Weichen für weitere ankommende Vertriebene zu stellen. Der Pfarrer ging zum Pfarrhaus. Er hatte den Bischof über die vermutete Konfession der Flüchtlinge zu informieren.

Lutz Fehring begab sich zurück zum Stormberger, um die Ermittlungen weiterzuführen. Außerdem wollte er sich bei Maria Blaubacher entschuldigen, die ihn für einen ausgemachten Rüpel halten musste. Dabei war Fehring lediglich ein etwas phlegmatischer Zeitgenosse, der mit den Anordnungen seiner Vorgesetzten gewisse Schwierigkeiten hatte. Er selbst sah sich als erfahrenen Ermittler, der wusste, was zu tun war, der zudem nicht gerne von einer Frau Befehle entgegennahm. Aber vielleicht änderten sich die Zeiten gerade. Damit musste man erst einmal zurechtkommen.

Familie Gottschling indes stand in Sofia Staubwassers Stube und bewunderte die Ausstattung. Der Schrank aus Eiche, dreitürig, mit Butzenscheiben. Desgleichen die Anrichte mit dem schwarzen Telefonapparat. An den Fenstern schwere Brokatvorhänge. Eine Sitzgarnitur in schwarzem Leder. Der breite Tisch, an dem man sowohl eine gemütliche Vesper einnehmen als auch ein üppiges Saufgelage veranstalten konnte. An der Wand Gemälde der Vorfahren, allesamt in Öl gehalten und aufwendig gerahmt. Jedermann sollte sehen, welch wohlhabende und erfolgreiche Geschäftsleute hier lebten.

Werner Gottschling stand, flankiert von Frau und Tochter, vor Sofia Staubwasser, die sich in einem Sessel niedergelassen hatte. Nachdem sie einen Likör genossen hatte, betrachtete sie die ihr aufgezwungenen Ankömmlinge.

Die Frau war schlank und leidlich hübsch, aber sehr verhärmt. Man würde sie aufpäppeln müssen, um schwere Arbeit einzufordern. Die Tochter war dürr wie ein Zaunpfahl. Das sind zähe Leute … sehr gut. Ein solcher Mensch jammert nicht, wenn er zwölf Stunden im Stall zubringt.

»Was kannst du mir denn Schönes zeichnen?«, begann Sofia lauernd. Sie hatte einen Plan.

»Alles, Herrin, alles, was Ihr wollt.«

Sofia erhob sich und zog aus einer Schublade ein paar Blätter. Sie hielt sie Gottschling unter die Nase. Dieser befühlte eines davon.

»Das ist Dokumentenpapier. Woher …?«

Sofia riss es ihm aus der Hand. »Kannst du damit umgehen?«

Gottschling schwieg. Seine Frau legte eine Hand auf seine Schulter.

»Werner kann alles, Herrin, alles, nicht wahr?«

Gottschling nickte zögernd. »Ja, Herrin … ich mache alles.«

Sofia nickte zufrieden. »Folge mir. Ich sage, was du tun musst. Die anderen warten draußen, bis mein Mann kommt.«

*

Die Waldhauserin hatte drei Gläser mit Absinth eingeschenkt. Eines für Dorn, eines für Emmi und eines für sich. Bevor sie nicht getrunken hatten, wollte sie nicht mit ihnen sprechen. Also stürzten sie das scharfe Getränk hinunter, das von einigen Tropfen Wasser milchig geworden war. Emmi musste entsetzlich husten. Sie schüttelte sich, wollte fort, doch Dorn zwang sie auf den ihr zugewiesenen Stuhl. Seine Augen richteten sich auf die Alte.

»Musst mir helfen, Muttl.«

Sie musterte ihn spöttisch. »Wirst doch sonst leicht fertig mit den Weibern.«

Dorn wand sich. »Ja schon, aber bei der da …«

Die Alte nippte am Absinth. »Und nenn mich nicht Muttl!«

Emmi hatte sich aus Dorns Griff befreit und saß ruhig auf ihrem Stuhl. »Bist du denn seine Mutter?«, fragte sie.

»Was geht's dich an?«, sagte die Alte, und zu Dorn gewandt: »Sag, was du jetzt wieder angestellt hast.«

Michael Dorn hatte sich an der Tür postiert, um Emmis nächsten Fluchtversuch zu vereiteln. Zögernd begann er zu sprechen. »Der Staubwasser hat mich kommen lassen, gleich wie wir aus dem Feld zurück sind … am Donnerstag vor dem Sonntag. Hat gesagt, ich muss die Elise wegräumen, aber es darf keiner nix merken, dass es um sie geht. Wie ich das mach, ist meine Sache. Fünfundsiebzig Mark hat er mir gegeben. Dann ist der Tecklenburg dazugekommen …«

»Unser Herr Pfarrer?«, fragte die Waldhauserin überrascht.

»Ja. Der hat mir versprochen, wenn was passiert mit der Elise, krieg ich die Absolution, wegen dem Fegefeuer.«

Die Waldhauserin, die ihr Glas zum Trinken angesetzt hatte, erstarrte in der Bewegung. »Das glaub ich jetzt nicht.«

Dorn sprach weiter. Was die Alte glaubte oder nicht, war unwichtig. Dorn wollte … musste berichten, um sein Gewissen zu erleichtern. Zu Tecklenburg konnte er nicht. Einen anderen Menschen als die Hexe wusste er nicht. Dass Emmi seine Geschichte erfuhr, zählte ihm nichts. Er würde sie töten, sobald sie ihn verriet.

»Hab gemacht, was der Staubwasser gesagt hat … bin danach zu Karola, ihr das Geld geben. Die hat mich nicht mehr sehen wollen. Hab das Geld behalten … zur Anhöhe rauf.«

Emmi hatte ihr Glas geleert. Sie schluckte. »Was haben Sie denn gemacht?«

»Das geht dich nix an, du Hur!«

Die Waldhauserin winkte ab. »Sag schon … Bub.«

Dorn hockte da wie ein geprügelter Hund. Er bemerkte nicht, dass Emmi sich der Tür näherte. Auf dem Herd hatte sie eine eiserne Pfanne erspäht. Ein griffiges Schlagwerkzeug.

Mit leiser Stimme fuhr er fort. »Es war so … hab die Kameraden gefragt, ob sie helfen, haben Ja gesagt. Wir sind zum Pfanzelt, als wären wir direkt von der Front gekommen. Haben gestritten. Dann sagt der Waller, ich soll den jungen Pfanzelt erschießen. Hab ich nicht wollen und doch gemacht. Dann hat die Elise geschossen und ich hab noch mal geschossen, den Max getroffen. Dann haben wir das Haus angezündet, damit es ausschaut … damit es ausschaut, wie der Staubwasser es wollte.«

Die Waldhauserin nickte langsam. »Ich kann mir schon denken, warum die Elise hat dran glauben müssen.«

»Warum?«, fragte Emmi. Sie war näher zur Tür gerückt, den Pfannenstiel im Blick.

»Weil sie dauernd schwanger war«, sagte die Alte. »Weil sie vom Pfarrer, vom Staubwasser, vom Rahner … hergenommen worden ist. Jede Woche. Deswegen ist sie immer wieder zu mir gekommen, damit ich das wegmach, was die Männer angestellt haben. Mit Eisenhut. Mit Tabakpflanzen. Und mit allen nur möglichen Arzneien. Aber zuletzt hat nix mehr angerührt. Das arme Kind war und blieb schwanger. Ein paar Tage noch und jeder hätte es gesehen.«

»Das hab ich nicht gewusst«, jammerte Dorn.

Jäh richtete die Waldhauserin sich auf. »Weil du ein dummer Bub bist und nur ans Geld denkst.«

In diesem Augenblick hatte Emmi die Pfanne erreicht. Sie packte sie mit beiden Händen und drosch sie Dorn auf den Schädel. Er brach zusammen, regte sich nicht mehr.

Ein schneller Blick traf die Alte. Doch diese rührte keinen Finger.

»Geh«, sagte sie müde. »Er ist es nicht wert.«

Vor der Haustür erstarrte Emmi. Klemm stand vor ihr. Schluchzend fiel sie in seine Arme. Sie hetzten in den Wald hinein. Nach einer Weile kamen sie zur Ruhe. Klemm sah sich um, aber niemand war ihnen gefolgt.

Emmis Hände zitterten.

»Hast du gehört …?«

Klemm nickte grimmig. »Alles, Emmi, alles.«

Sie nahm seinen Kopf in beide Hände und küsste ihn auf den Mund. »Du musst ihn verhaften!«

Klemm ließ es geschehen, doch bald meldete sich der Kommissär in ihm. »Das schon.«

Emmi sah ihn erstaunt an. »Aber?«

Klemm wandte sich seufzend ab. »Erst muss ich es beweisen.«

»Ich werde aussagen!«, beteuerte sie.

»Und Dorn fangen …«

Emmi wollte zurück. »Wir holen ihn uns, er ist noch bei der Alten.«

Der Kommissär zog sie an sich. »Das ist meine Sache, Emmi. Du bleibst hier. Ich gehe.«

Sie verneinte energisch. »Ich gehe mit!«

»Gehst du nicht!«

»Doch!«

»Nein!«

»Ich will aber!«

»Nein!« Klemm beendete die Diskussion mit einem Kuss. Er würde Dorn finden, und wenn er ein Leben lang nach ihm suchen musste.

Eine andere Sache war, wie man den Pfarrer, den Rosshändler und den Kramer überführen konnte. Vielleicht genügte es, sie im Dorf lächerlich zu machen, sie öffentlich an den Pranger zu stellen. Vielleicht würde dann einer auspacken.

Schließlich gab es so etwas wie eine moralische Schuld, die insbesondere für den Gottesmann schwer ins Gewicht fiel. Wie wollte Tecklenburg von der Kanzel herab

Keuschheit predigen, wenn er selber der Unkeuschheit anheimgefallen war, dem Mörder die Absolution für seine Taten versprochen hatte? Hatte der Pfarrer sogar mit Geld aus der Kollekte geholfen? Das würde unweigerlich einen Aufruhr im Dorf auslösen. Darum galt es, sorgfältig damit umzugehen.

Während Klemm Emmi fest bei der Hand nahm und durch den Wald zurück nach Schachtenstein zog, dachte er daran, die noblen Herren aufeinanderzuhetzen.

»Ist Dorn tatsächlich ihr Sohn?«, fragte Emmi.

»Wer weiß?«, sagte Klemm. Die Kirchenbücher würden auch in diesem Fall Auskunft geben müssen. Eine schöne Aufgabe für die hoffentlich inzwischen eingetroffene Verstärkung. Im Lichte der neuen Erkenntnisse war plötzlich alles möglich.

Der Kommissär und Emmi erreichten Schachtenstein bei Einbruch der Dunkelheit. Der Weg führte Klemm in sein Büro, Emmi eilte ins Pfarrhaus.

Eine Stunde später war sie wieder bei Klemm.

»Ich kann nicht mehr beim Herrn Pfarrer bleiben«, sagte sie wütend. Klemm setzte sich zu ihr.

»Warum denn nicht?«

Emmi war aufgestanden und ging im Büro auf und ab. »Wenn es stimmt, was der Dorn und die Waldhauserin gesagt haben …«

Klemm nickte nachdenklich. »Wenn das stimmt, dann ist der Pfarrer ein Verbrecher wie auch Staubwasser und der Kramer. Aber das muss ich erst beweisen.«

Emmi stellte sich vor den Kommissär. Sie nahm seine

Hände und zog ihn zu sich hoch. Dabei sah sie ihm in die Augen.

»Das hast du mir im Wald auch schon gesagt. Dennoch muss es eine Möglichkeit geben, die Kerle zu überführen.«

Der Kommissär schob sie von sich. »Das stimmt … aber … schau auf die Uhr … es ist sieben Uhr vorbei. Ich habe Hunger. Was hältst du davon, wenn wir beim Essen weitersprechen?«

Emmi wollte nicht widersprechen, tat es dann aber doch. »Was werden die Leute sagen, wenn sie uns zusammen sehen?«

Klemm hatte einen Kommentar auf den Lippen, bezwang sich aber. »Du wurdest entführt. Die Gefahr ist groß, dass das wieder passiert. Du kannst nicht zurück ins Pfarrhaus, denn da bist du nicht mehr sicher. Also bleibst du hier und stehst ab sofort unter meinem Schutz. Ich werde es dem Wirt erklären. Wenn der Wirt es weiß, weiß es bald das ganze Dorf.«

Am Esstisch in der Gaststube wurden sie von Maria Blaubacher und Lutz Fehring erwartet. Die beiden hatten sich gut unterhalten, wie es schien. Fehring hatte sich bei Maria entschuldigt, und Maria hatte die Entschuldigung angenommen, hatte jedoch darauf hingewiesen, dass künftig alle Befehle ohne Widerspruch auszuführen seien – ob sie von Klemm oder von ihr kämen. Anschließend hatten sie auf das Du angestoßen und wirkten inzwischen wie ein eingespieltes Team. Klemm sah es und war zufrieden. Nachdem er sich vorgestellt hatte und die Suppe verspeist war, kam er zur Sache. Er redete laut genug, sodass der Wirt die für ihn bestimmten Sätze mitbekam.

»Das an meiner Seite ist Emmi Unruh, Herr Fehring. Eigentlich ist sie die Pfarrersköchin hier im Dorf. Leider wurde sie gestern entführt und kann nicht zurück zu ihrem Arbeitgeber. Sie bleibt in meiner Obhut, bis der Entführer gefasst ist.«

»Schon eine Vermutung?«, fragte Pretzlaff, der unbemerkt an ihren Tisch getreten war.

Klemm ließ sich mit der Antwort Zeit. »Hinter der Sache steckt Michael Dorn!«

»Dorn?«, japste der Wirt.

Klemm hob den Blick und musterte Pretzlaff. »Lassen Sie uns bitte allein. Wir haben zu arbeiten!«

Der Angesprochene zog sich schleunigst zurück. Als wenig später das Katzengeschrei auf dem Tisch stand, eine aus Rind- und Kalbfleischresten gekochte Hauptspeise, angerichtet mit Zwiebeln, Fett und Eiern, herrschte Stille.

Klemm nahm einen Schluck Bier und wischte sich den Mund ab. Er legte das Besteck zur Seite. Gemeinsam stiegen sie wieder hinauf in das Büro. Emmi zog sich zurück, der Kommissär brachte die Kollegen auf den neuesten Stand der Dinge.

»Die Waldhauserin behauptet, Konrad Staubwasser, Pfarrer Tecklenburg und Hans Rahn haben Elise Pfanzelt regelmäßig missbraucht. Immer wieder habe die Alte draußen im Wald der jungen Frau geholfen, die Leibesfrucht abzutreiben. Als keine Arznei mehr geholfen hat, beschlossen die Herren, Elise zu töten, damit ihre Untaten nicht bekannt würden. Man gab Michael Dorn fünfundsiebzig Mark, um die junge Wirtin zu töten. Dass dabei die ganze Familie Pfanzelt ums Leben kam und dass zudem das Gasthaus in Flammen aufging, war vermutlich nicht einkalkuliert.«

»Gibt es Zeugen für diese Behauptung?«, fragte Maria.

»Oder eine Niederschrift?«, fragte Fehring, der sich eifrig Notizen machte. Seit dem Gespräch mit Maria Blaubacher war er wie umgewandelt. Er hatte sich gekämmt und trug ein sauberes Hemd. Nur der Bart sprießte weiterhin in alle Richtungen.

Klemm seufzte.

»Es gibt eine Zeugin. Emmi Unruh.«

»Die Pfarrersköchin?«, fragte Maria.

Klemm nickte. »Ja, die Pfarrersköchin. Das ist auch der Grund, warum ich sie bei mir behalten will, bis der Fall geklärt ist. Emmi kann nicht mehr zurück, seitdem sie von den Verfehlungen des Pfarrers erfahren hat.«

Fehring hob die Hand. »Was ist das für eine Frau, diese Waldhauserin?«

»Wie soll ich sagen …«, begann Klemm, kam aber nicht weiter, weil Maria ihn unterbrach.

»Wir laden die alte Hexe vor. Hierher, in dieses Büro. Dann soll sie uns die Geschichte noch einmal erzählen. Und zugleich können wir uns ein Bild von ihr machen.«

Fehring hob wieder die Hand. Klemm würde ihm sagen, dass er das unterlassen sollte, schließlich waren sie nicht mehr in der Schule.

»Was wissen wir über Michael Dorn?«

Klemm gähnte. »Eine ganze Menge, Kollege. Aber nicht mehr heute. Wir reden morgen weiter. Ich werde den Hilfspolizisten Schnaitz beauftragen, die Waldhauserin zur Vernehmung herzubringen. Für heute ist Schluss … ich bin todmüde.«

Emmi lag in seinem Bett, als er die Schlafstube betrat. Klemm wollte sie verscheuchen, aber sie legte den Finger auf den Mund. Er hockte sich auf die Bettkante. Schweigend zog sie ihm Jacke und Hemd aus, löste Hose und Stiefel und zog ihn zu sich unter die Bettdecke.

Emmi trug nur ein dünnes Leibchen. Sie zwang ihn auf den Rücken und setzte sich auf ihn. Er konnte, mochte sich nicht wehren, ergab sich, versank in ihr, genoss das Stöhnen und die geflüsterten Worte und vergaß die Welt um sich herum. Es gab nur noch Emmis Brüste, ihren Schoß, ihre Lippen, ihre wollüstigen Bewegungen. Klemm wollte, dass dieser Moment nie wieder aufhören würde. Er wünschte es sich so sehr, dass er darüber den Mörder Michael Dorn vergaß, die getöteten Kinder, die Schänder der Elise Pfanzelt. Für einen Wimpernschlag gab er sich der Hoffnung hin, all diese Grausamkeiten wären niemals geschehen, wären lediglich die Ausgeburt seiner Pervitinsucht.

Er öffnete die Augen, als Emmi zärtlich über seinen Armstumpf strich.

»Wo ist deine Hand geblieben, Kommissär?«, fragte sie.

Klemm wandte sich ab. »Das geht dich nix an …«, sagte er schroff. Sofort tat es ihm leid.

Emmi wartete. Sie wusste, er würde reden. Sie hatte es immer gewusst. Klemm musste Ballast abwerfen. Diese

Nacht war so gut wie jede andere. In der Dunkelheit betrachtete sie sein Gesicht. Die Augen lagen tief in den Höhlen. Die Nase stach wie ein Anker hervor, der Mund wollte sich nur zögernd öffnen.

»Das ist eine lange Geschichte.«

Emmi kuschelte sich an seine Schulter. »Wir haben Zeit, Klemm, die ganze Nacht.«

Es dauerte noch eine Minute, dann begann er zu sprechen.

»Geboren bin ich in München. Nach der Volksschule bin ich zur Polizei, ab 1940 war ich an der Front. Ab Dezember 1941 hab ich sie zum Teufel gewünscht … die Wehrmacht … den Führer … den gottlosen Krieg … wo im Laufe der Zeit die haarsträubenden Fehleinschätzungen der Herren Offiziere immer deutlicher zutage traten …«

Klemms Stimme versank in der Dunkelheit. Emmi wartete. Stockend sprach er weiter.

»Neben mir sind sie krepiert … sinnlos krepiert … in der Etappe grölte die SS das Lied von den morschen Knochen … und vorne an der Front sind sie gestorben wie die Fliegen … und ich … ich bin da gestanden und hab *Nein* gebrüllt. Nein, nein, nein! Da haben sie mich gepackt und in den Bau gesteckt … ohne Verhandlung … ohne Befragung … drei Monate bin ich im Bau gehockt. Haben mich wieder an die Front gejagt. Bin einfach stehen geblieben … einfach stehen geblieben … hab mich tot gestellt. *Feigling*, haben sie geschrien, *Feigling* … *Volksschädling* … *Bolschewik*!«

Atemlose Pause.

»Zur Gestapo … wieder ins Zuchthaus … dann zur Bewährungseinheit 703 nach Lukow … Minen räumen. Sind eine schöne Sache, die Minen … handlich … billig … tödlich. Haben uns mit Gift abgefüllt, losgeschickt. Ein Mann voraus, ein anderer im Abstand dahinter und eine Nachhut. Wir sollten uns abwechseln. Aber ich war immer vorne, immer. Und immer ohne Helm … auf Strümpfen … mit bloßen Händen und dem Gift im Bauch.«

»Welchem Gift?«

»Panzerschokolade … Pervitin.«

»Und dann?«

»Dann ist es passiert.«

»Die Hand?«, fragte Emmi behutsam.

»Ja, die Hand. Das ist alles.«

»Und?«

Klemm schmiegte sich an sie, an ihren nackten Leib. »Dann haben sie mich nicht mehr brauchen können. Zwei Monate bin ich im Lazarett gelegen … und nachher … nachher … heimgekommen … aber …«

»Wann, Klemm, wann bist du heimgekommen?«

»Es muss im Februar 44 gewesen sein. So genau weiß ich es nicht mehr, aber es hat viel Schnee gegeben, damals in München. Man hat mich auf die Polizei bestellt und gesagt, ich brauch mir nicht einbilden, dass ich einfach so davonkomm … einfach so. Und dann war ich bei der PP.«

»PP?«, fragte Emmi.

»Politische Polizei.«

»Du warst bei den Politischen?«, fragte sie kühl und rückte etwas von ihm ab. »Hast du Juden …?«

»Nein, Emmi, glaub mir, hab ich nicht. Aber ich hab Leute aufgeschrieben … solche, die verdächtig waren, die gegen den Blockwart opponiert haben, die Feindsender gehört haben … solche Leute waren das.«

Emmi hatte sich von ihm gelöst, hatte sich das Leibchen übergezogen und stand nun am Fenster. »Warum, Klemm?«

»Ich hatte Befehle auszuführen, Emmi. Das ist alles.«

»Befehle, Klemm?«, fragte sie und schlang fröstelnd die Arme um ihre Schultern. »Hast du jemals über die Befehle, die du ausgeführt hast, auch nur eine Sekunde nachgedacht?«

Der Kommissär stand inzwischen neben ihr. »Das Pervitin hat mir geholfen, damit fertigzuwerden. Jahrelang. Dann kamen die Tagträume. Die Amis, das hab ich gelernt, nennen es Flashbacks. Die Flashbacks dauern bis heute an. Sie treiben mich in den Wahnsinn. Sie lähmen mich. Eines Tages werden sie mich umbringen, Emmi.«

»Du hast meine Frage nicht beantwortet, Klemm.«

»Ja, Emmi. Tag und Nacht denke ich an diese Leute … Tag und Nacht zermartere ich mir das Gehirn … Ich bereue zutiefst, was ich angerichtet hab … aber was kann ich tun … nichts kann ich tun … nichts.« Er warf sich schluchzend auf das Bett, in dem sie sich kurz zuvor noch geliebt hatten. Emmi legte sich zu ihm.

»Du hast diese Menschen ins Gas geschickt«, sagte sie tonlos.

Er antwortete nicht, vergrub sein Gesicht in ihrem Schoß, weinte, seine Schultern zuckten. Sanft fuhr sie mit der Hand über sein Haar.

»Du musst beichten, Klemm. Nur so werden dir deine Sünden vergeben.«

Er fuhr auf, wischte sich Tränen aus dem Gesicht. »Beichten? Bei Tecklenburg? Niemals, Emmi! Niemals werde ich bei diesem Frauenschänder beichten!« Er sprang aus dem Bett und kleidete sich hastig an. »Ich muss arbeiten.«

Emmi sah zu, wie er das Schlafzimmer verließ. Sie hörte die Kirchturmuhr vier Mal schlagen. Ihr letzter Gedanke war der Anfang des Psalmes zweiunddreißig: *Wohl dem Menschen, dem der Herr die Schuld nicht zurechnet …*

Dann sank sie in den Schlaf.

MONTAG, EINUNDZWANZIGSTER MAI 1945

In Bergen-Belsen werden von britischen Soldaten die letzten Häftlingsbaracken wegen Thyphusgefahr abgerissen.

Am nächsten Morgen stand der Kommissär tief gebeugt über dem Grundriss des Gasthauses. Michael Dorn und Friedrich Berner hatten die Familie Pfanzelt ausgelöscht, so viel stand fest. Die Täter waren flüchtig, würden sich jedoch der Verhaftung nicht entziehen können. Man hatte ein Motiv: die Schwangerschaft der Elise Pfanzelt. Dorn war von Staubwasser, Tecklenburg und Rahn gedungen worden. Zur Überführung der feinen Herren war Klemm auf die Aussage der Waldhauserin angewiesen. Schnaitz und Fehring würden sie zum Verhör nach Schachtenstein bringen. Klemm machte sich hierzu eine Notiz. So weit, so gut.

Nun betrachtete er die fotografischen Aufnahmen der beiden getöteten Kinder Adolf und Florian Dorn. Gab es ein Motiv? Hass? Rache? Eine alte Geschichte, die jetzt plötzlich an die Oberfläche gekommen war und die Taten ausgelöst hatte?

Er studierte Marias Bericht über die Spuren, die der Schraubenzieher an den Fenstern und der Kleidung der

Kinder hinterlassen hatte. Die junge Kollegin war zu dem Schluss gekommen, dass es sich bei beidem um das gleiche Werkzeug und damit auch um die gleiche Tatwaffe gehandelt habe. Eine kühne Folgerung, aber nicht ganz von der Hand zu weisen.

Klemm bemerkte Emmi, die aus dem Schlafzimmer trat und sich neben ihn stellte. Sie schwieg, wartete.

»Wer hat diese Kinder umgebracht?«, fragte er.

»Du bist barfuß, Klemm«, sagte sie.

»Welches Monster ist dazu fähig?«, fragte er und betrachtete seine Füße. Ihm war kalt, aber das war nicht wichtig.

Was hatten sie übersehen? Wo lag der Schlüssel? Hatten sie Spuren übersehen, noch nicht beachtet?

»Wie schnürt ein Einarmiger die Schnürsenkel seiner Schuhe? Das frage ich mich schon die ganze Zeit«, sagte Emmi.

»Warte … warte … Schuhe … Die Erde war feucht gewesen. Es war nicht besonders kalt in jener Nacht … der Täter muss Trittspuren hinterlassen haben. Trittspuren, Emmi! Das ist es: Die Trittspuren seiner Schuhe führen uns zum Täter.«

Inzwischen hatte Emmi unter dem Schreibtisch Klemms Stiefel gefunden – eine Art hoher Slipper ohne Schnürsenkel. Er bemerkte nicht, wie sie ihm hineinhalf.

»Man muss abermals den Tatort absuchen … gründlich absuchen … auf Trittspuren von Schuhen!«

Er stürmte hinaus, ohne auf Emmi zu achten.

*

Gegen acht Uhr an diesem Morgen erhielt Konrad Staubwasser Besuch von Pfarrer Tecklenburg.

»Es gibt Neuigkeiten«, sagte der Priester, als sie in den bequemen Sesseln ruhten und Zigarren qualmten.

Staubwasser musterte ihn. »Du machst mich neugierig, Gustl.«

»Das glaub ich dir sofort.«

Staubwasser schickte blauen Dunst an die Zimmerdecke. »Also? Was gibt es so Wichtiges, wenn du mich so früh am Vormittag besuchst?«

»Hast du vielleicht …?«, begann der Gottesmann.

Der Rosshändler entnahm dem Eckschrank eine Schnapsflasche samt Gläsern. Als sie getrunken hatten, fuhr Tecklenburg fort.

»Der Michi war heut Nacht bei mir.«

Staubwasser schenkte nach. »Und? Wollte er Geld? Gib ihm keines, August, der Kerl geht eh bald in den Knast oder die Amerikaner schnappen ihn sich.«

Tecklenburg schüttete den Schnaps in sich hinein, bat um Nachschub.

»Er hat mir erzählt, dass er bei der Waldhauserin war … gebeichtet hat er … sozusagen.«

Staubwasser schüttelte belustigt den Kopf. »Beichten … bei der Waldhauserin? Fürs Beichten bist du zuständig, oder?«

»Der Michi hat der Waldhauserin alles erzählt … von uns … vom Rahner, von mir und von dir … und von der Elise … und dass er sie hat verräumen müssen, weil wir ihm das Geld dafür gegeben haben. Das alles hat er der Waldhauserin brühwarm gesteckt.«

»Na und? Der Alten glaubt doch kein Mensch was«, sagte Staubwasser.

»Mag sein, Konrad. Aber der Michi, dieser Depp, hat meine Pfarrersköchin entführt. Sie ist danebengehockt, wie er der alten Hexe alles gesteckt hat.«

Jetzt brauchte auch der Rosshändler einen Schnaps. »Wo ist die Emmi jetzt?«

Der Pfarrer schnaufte schwer. Inzwischen war er deutlich angetrunken. »Sie ist nicht nach Hause gekommen. Ich befürchte, sie hat sich mit dem Kommissär zusammengetan.«

Staubwasser war aufgestanden. Er vertrug den Schnaps wesentlich besser als der Gottesmann, der nur seinen Messwein kannte. Mit einem Schritt trat er an die Kommode und öffnete die unterste Schublade.

»Deine Emmi ist kein Problem für uns, August.«

»Wenn sie dem Kommissär alles erzählt ... was dann?«

Staubwasser hielt dem Pfarrer eine Fotografie unter die Nase. »Da schau her, du Angsthas. Das überlebt sie nicht, die Hure!«

Tecklenburg nahm die Aufnahme zur Hand. Das Bild zeigte eine nach vorne gebeugte Weibsperson mit entblößtem Unterleib, den Kopf abgewandt. Sie wurde von einem Mönch mit einer Peitsche auf den Hintern geschlagen. Aus seiner Kutte ragte der erigierte Penis.

»Das ist ja ekelhaft!«, entfuhr es Tecklenburg. Dennoch behielt er die Fotografie in den Händen.

»So ist es«, sagte Staubwasser. »Wir machen Emmi fertig. Wenn die Leut im Dorf erfahren, dass sie eine

Hure ist, wird ihr kein Mensch mehr glauben. Da kann sie erzählen, was sie will.«

Tecklenburg betrachtete das Foto genauer. »Wie willst du wissen, dass das Emmi ist? Das Haar verdeckt ihr Gesicht.«

Staubwasser kicherte. »Ist das wichtig? Die Leut starren eh bloß auf den Arsch. Man muss es ihnen nur gut verkaufen …«

Nun trank Tecklenburg direkt aus der Flasche. Sein Geist verwirrte sich rapide. Wenn er daran dachte, auf der Kanzel stehend von unten Beschimpfungen entgegennehmen zu müssen und sich nicht wehren zu können, wurde ihm speiübel. »Woher … das Bild?«, fragte er schleppend.

Der Rosshändler nahm ihm die Fotografie aus der Hand und verstaute sie wieder in der Schublade. Sofia musste nicht alles mitbekommen.

»In Berlin befindet sich ein gewisses Etablissement. Das ist der Salon Kitty, übrigens mit sehr exquisiten Mädchen. Ein Geheimtipp. Wenn ich dienstlich in der Hauptstadt bin, verkehre ich regelmäßig dort. Da gibt es solch neckische Fotografien. Solltest mal hinfahren, August.«

Staubwasser entwand Tecklenburg die Schnapsflasche, bevor er sie zur Gänze leerte. Der Gottesmann stierte ihn mit glasigen Augen an.

»Und die Alte … die Hexe, die Waldhauserin? Was wird mit der?«

Der Rosshändler half Tecklenburg aus dem Sessel. »Vielleicht hat sie einen Unfall.«

»Und der … der Michi?«

»Wenn er wieder bei dir auftaucht, schickst ihn gleich zu mir.«

»OiOiOi …«, gurgelte der Gottesmann und sank betrunken auf den Perserteppich, von wo ihn Staubwasser wenig später auf Umwegen zurück in das Pfarrhaus und ins Bett expedierte.

*

Beim Frühstück in der Gaststube verteilte Klemm die Aufgaben. Hilfspolizist Schnaitz hatte mit Unterstützung durch Polizeimeister Fehring die Waldhauserin zur Vernehmung nach Schachtenstein zu bringen. Maria Blaubacher und er selbst würden das Haus der Dorns noch einmal aufsuchen. Zudem wollte Klemm sehen, wie es Karola Dorn in der Zwischenzeit ergangen war. Vielleicht fiel ihr noch etwas ein, das sie bei der ersten Befragung vergessen hatte. Klemm hoffte, dass sich ihr Gesundheitszustand inzwischen zumindest etwas verbessert hatte.

Als Fehring und Schnaitz fort waren, brachen auch Klemm und Blaubacher auf. Bald darauf standen sie vor der Haustür von Karola Dorn. Was sie sahen, ließ sie erstarren.

*

Josef Schnaitz bemerkte sie zuerst. Sie hing wie eingerahmt im Geäst des umgestürzten Baumes am Bach hinter ihrem Haus. Offenbar hatte sie Wasser holen wollen. Der Baum war gebrochen und hatte die Alte erschlagen.

Da kam jede Hilfe zu spät. Der Tiegel zum Schöpfen lag unweit der Toten im Gras.

Lutz Fehring ging zu dem Baumstumpf und untersuchte ihn. Was wie ein Unfall aussah, musste noch lange kein Unfall sein. Die Bruchstelle war frisch, das gelbe Kernholz war noch nicht verwittert. Das Unglück konnte nicht lange vorbei sein. Der gewaltige Baum, eine Fichte, mochte vielleicht morsch gewesen sein, aber fiel eine Fichte einfach um, obwohl sich kein Lüftchen regte?

Fehring entledigte sich der Stiefel und stieg in den Bach. Das Wasser war eiskalt, aber das störte ihn nicht. Sein Spürsinn war erwacht. Was hatte diesen Baum zum Fallen gebracht? Die Natur oder ein Mensch? Wer konnte ein Interesse daran haben, die Alte zu töten? Konrad Staubwasser? Michael Dorn?

Fehring fuhr mit den Fingern langsam die Rillen des Holzes entlang. Waren da Spuren einer Säge? Oder hatte jemand mit einer Axt zugeschlagen? Seine Hände glitten höher.

Josef Schnaitz, der die Leiche der alten Frau inzwischen aus den Ästen befreit hatte, stand neben Fehring. Die Waldhauserin lag nun im Gras.

Auf Schulterhöhe fand Fehring, was er gesucht hatte: Den Abrieb eines fingerdicken Seiles. Wer immer hier tätig gewesen war, hatte die Sache geschickt angefangen. Der Strick war um den Baum gewickelt worden. Anschließend hatten der oder die Täter die vermutlich bewusstlose Frau nahe am Stamm festgebunden. Man musste jetzt nur noch kräftig an dem Seil ziehen, dann stürzte die Fichte mitsamt der Waldhauserin in den Bach. Schaffte das ein einzelner Mensch oder hatte er Helfer gehabt?

Der Polizeimeister prüfte die Erde auf Spuren. Es dauerte nicht lange, dann hatte er gefunden, wonach er suchte – Abdrücke von Pferdehufen. Das also war des Rätsels Lösung. Der Mörder der alten Frau hatte das Seil an den Baum gebunden, war mit seinem Gaul auf die andere Seite des Gewässers übergesetzt, hatte das Seil am Sattelknauf befestigt und kräftig gezogen.

Als sie wieder vor der Toten standen, beugte Schnaitz sich hinunter. Er zeigte auf ihre Stirn.

»Siehst du die blauen Flecken?«

Fehring nickte.

»Man hat sie an den Baum gebunden und diesen zum Einsturz gebracht … ein sauberer Mord ohne Zeugen.«

In einem Verschlag neben der Hütte fanden sie den Karren, mit dem die Waldhauserin immer nach Schachtenstein gekommen war. Eigentlich handelte es sich um einen Leiterwagen mit Holzrädern, aber der musste reichen. Fehring verstaute die Tote notdürftig zwischen den Speichen. Schnaitz übernahm das erste Stück. Dass die Arme der Toten hinausragten und auf dem Boden entlangschleiften, störte sie nicht.

*

Der Kommissär betrachtete den grausigen Fund an der Haustür von Karola Dorn. Zweifelsohne handelte sich um die Hand eines Kindes, mit einem rostigen Nagel in das Türblatt geschlagen. In Klemms Kopf bildete sich ein furchtbarer Verdacht: Berta, die elfjährige Tochter der Dorns; das letzte noch lebende Kind. War auch sie nun Opfer geworden? Hätte er beide in Schutzhaft nehmen sollen? Hätte er nicht absehen müssen, dass der Mörder zurückkam und auch die älteste Tochter töten würde? Aber wer im Dorf hatte hierfür ein Motiv?

Klemms Schläfen pochten wie verrückt. Als würde er mit Vorschlaghämmern traktiert. Als hätte man seinen Kopf in einen Schraubstock gezwängt und würde nun nach und nach weiterdrehen. Sein Blick verschwamm. Er schwankte.

»Was ist mit Ihnen?«, fragte Maria Blaubacher und packte ihren Chef am Arm.

Klemm befreite sich mit einem Ruck. »Nichts«, sagte er mürrisch. »Stellen Sie die Hand sicher!«

Im Haus war es düster. Es roch nach altem Essen, nach verfaulten Rüben, nach kaltem Rauch. Die Stille war bedrohlich.

Klemm stieg die Treppe hinauf, Maria folgte ihm. Sie betraten das elterliche Schlafzimmer und fanden Karola Dorn mit geschlossenen Augen im Bett liegend. Auf dem Nachttisch stand eine leere Flasche Schnaps. Maria ging zum Fenster und riss es auf. Die frische Luft tat gut. Klemm berührte die Frau an der Schulter. Sie regte sich nicht, aber ihre Augenlider flatterten.

»Frau Dorn?«, sagte er laut. »Sind Sie wach? Wir müssen mit Ihnen reden!«

Karola Dorn grunzte. Der Schnapsgeruch war unerträglich. Klemm wich einen Schritt zurück.

»Frau Dorn«, begann er wieder, »wo ist Ihre Tochter?«

Er schüttelte sie. »Wo ist Berta, Frau Dorn? War sie heute Nacht daheim? Wo ist das Kind, verdammt noch mal!«

Wieder grunzte die Frau, drehte sich zur Wand und begann zu weinen. Nun versuchte es Maria Blaubacher, während der Kommissär ans Fenster trat, um durchzuatmen.

»Karola, sagen Sie mir, wo Berta ist. Ist sie vielleicht bei einer Freundin … bei Verwandten … beim Pfarrer? Wo ist Berta, Frau Dorn? … Es ist sehr wichtig.«

Karola Dorns Schluchzen wurde lauter. Schließlich presste sie drei Worte heraus.

»Zum Teufel … alle!«

Klemm löste sich vom Fenster. »Kommen Sie, Maria. Es hat keinen Zweck. Sie ist zu betrunken. Wir müssen das Kind suchen. Vielleicht lebt Berta noch.«

Marias zweifelnder Blick zeigte ihm, dass sie nicht mehr daran glaubte.

Hinter der Biegung hinaus zum Friedhof kam ihnen Peter Hofmann entgegen.

»Haben Sie gehört, Herr Kommissär? Der Michi kommt heute Nacht ins Dorf.«

»Warum denn das?«, fragte Klemm verblüfft.

»Um Mitternacht kommt er nach Schachtenstein, eine brennende Fackel in der Hand. Er sucht den Mörder von seinen Kindern. Wenn er ihn nicht findet, zündet er alles an.«

»Wer sagt das?«, fragte Klemm.

»Die Leut …«

Damit stapfte der Totengräber davon, Schaufel und Hacke auf der Schulter. Die Arbeit auf dem Gottesacker duldete keinen Aufschub.

Klemm sah seine Kollegin an. »Das Mittagessen fällt aus, Maria. Sie holen Schnaitz und Fehring. Die Vernehmung der Waldhauserin muss warten. Wir treffen uns am Wegkreuz vor dem Wald. Für die Suche nach Berta haben wir den Nachmittag Zeit … mehr nicht.«

»Und am Abend?«, fragte sie, bereits auf dem Weg.

Klemm zuckte mit der Schulter. Die fehlende Hand schmerzte wieder.

*

Die Suche führte sie von Dorns Haus weg, zunächst in den Ort hinein, bis zur Kirche. Dort schloss sich ihnen Pfarrer Tecklenburg an. Von der Kirche aus nahmen sie den Weg durch das Dorf, vorbei am Kramer, am Stormberger, bis zum Friedhof. Als die Sonne unterging, hatten sie den Wald erreicht. Gegen einundzwanzig Uhr standen sie wieder an der Kirche.

»Es ist zu dunkel«, sagte Klemm. »Wir machen morgen weiter.«

Gemeinsam trotteten sie zum Stormberger. In der Gaststube setzten sie sich an den großen Tisch. Der Wirt stellte ungefragt und schweigend eine Brotzeit vor sie. Auch ihm ging die Sache nahe. Berta Dorn war immer ein fröhliches Kind gewesen, mit hübschen Zöpfen und einem sauberen Kleidchen am Leib. Sie konnte gut singen und tat keinem Menschen etwas zuleide. Jetzt war sie verschwunden.

Die Männer, die am Stammtisch hockten, übertrumpften sich mit Vermutungen.

»Ein Neger hat sie mitgenommen!«, meldete sich der Drull Kaspar und reckte seinen spindigen Kopf in die Höhe.

»Schmarrn!«, widersprach der Austragler Bartl. »Die ist von allein mitgegangen!«

Derbes Gelächter erscholl.

Der Bömak nahm einen kräftigen Schluck vom dunklen Bier. Ihm gefiel die Aufregung um das Kind; es schien sein Blut in Wallung zu bringen.

»Hört auf!«, sagte Bürgermeister Zingler mit lauter Stimme. »Es geht nicht an, dass ihr euch das Maul zerreißt. Berta ist vielleicht nur fortgelaufen, weil sie es bei der Mutter nicht mehr ausgehalten hat. Also hört auf mit dem Unsinn und lasst die Polizei arbeiten.«

Kaspar mochte keine Ruhe geben. »Ich seh bloß, dass sich die Gendarmerie gerade den Bauch vollhaut, anstatt nach der Berta zu suchen … das seh ich und nix andres.«

Zingler winkte heftig ab. Er ging hinüber zu Klemm und setzte sich neben ihn. »Lasst sie reden«, sagte er.

Der Kommissär nickte. Was sollte man dazu sagen? Die Leut wissen's nicht besser, weil die Leut alles besser wissen. Die *Leut* …

»Haben Sie gehört, Herr Kommissär, dass der Michi heute Nacht ins Dorf kommen soll?«, fragte Zingler.

Klemm wischte sich über das Gesicht. Er schwitzte. Er hatte seit dem Frühstück nichts mehr zu sich genommen und jetzt allerlei Brot und Wurst und Käse in sich hineingestopft. Wieder war ihm speiübel. Maria Blaubacher sah es und übernahm die Antwort.

»Die Polizei besitzt noch immer keine Waffen. Wir können Dorn im Augenblick nicht aufhalten, Herr Bürgermeister … nicht heute Nacht.«

»Geht's ins Bett und schlaft's euch aus!«, meldete sich der Rosshändler, der inzwischen am Stammtisch saß und eine Runde Schnaps ausgab. »Wir regeln das selber …«

Klemm legte das Messer zur Seite, die Gabel daneben. »Was soll das heißen, Herr Staubwasser?«

»Das soll heißen, dass wir unsere Arbeit machen, wie wir sie immer gemacht haben.«

»Als Ortsgruppenführer der NSDAP vielleicht?«, fragte Zingler.

»Vielleicht, ja. Was soll daran falsch sein?«, fragte Staubwasser und hob das Schnapsglas. Sie tranken. Er bestellte nach und erhob sich. Kerzengerade stand er vor ihnen, ein Hüne von einem Mann. Daheim bei seiner Frau hatte er nichts zu sagen, aber hier, am Stammtisch bei den Kameraden, war er unbestritten noch immer der Anführer.

»Wir sind eine Gemeinschaft, Herr Kommissär. Eine verschworene Gemeinschaft. Wir gehen zusammen durch dick und dünn. So haben wir auch den Krieg überstanden. Eine Gemeinschaft aus Kameraden hält zusammen und löst ihre Probleme selbst. Dazu braucht es keine Polizei, keine Amerikaner und keine sonstige Obrigkeit. Wir sind auf uns gestellt, Freunde! Wir geben dem Michi den Mörder seiner Kinder, wenn er danach verlangt.«

Er hockte sich nieder. Die Männer nickten zustimmend.

»Den Klaus …«, sagte der Drull Kaspar.

»Den Wagenknecht, der wo der Papa von der Elise ist? Nein, nein, da weiß ich einen besseren. Wir nehmen den Drull Kaspar!«, sagte der Bömak.

»Die Elise war's!«, krähte der Bartl. »Die weiße Witwe … das hat mir der Mühlhiasl gesteckt, der Seher …«

Sie lachten. Es war ein lustiges Spiel. Wer den besten Mörder der Dorn-Kinder fand, der hatte gewonnen, der stieg im Ansehen ihrer Runde.

»Wer's glaubt, wird selig!«, rief der Bömak, den es wurmte, dass er nicht selber auf die Idee mit der weißen Witwe gekommen war.

Klemm war aufgesprungen. »Selbstjustiz ist ungesetzlich, meine Herren, das wissen Sie so gut wie ich. Ich fordere Sie kraft meines Amtes auf, heute Nacht in Ihren Häusern zu bleiben und sich ruhig zu verhalten. Es ist ja noch nicht einmal sicher, ob Dorn überhaupt nach Schachtenstein kommt. Auf jeden Fall werden wir die Lage genau beobachten.« Er setzte sich. Eine Weile herrschte Schweigen. Dann meldete sich Staubwasser mit spöttischen Worten.

»Wirt, bring dem Kaspar noch eine Maß. Die hat er sich verdient.« Hinüber zu den Gendarmen am anderen Tisch flogen seine Worte: »Der Klaus Wagenknecht ist eine gute Wahl … Der Michi kriegt, was er will … und wir, Männer, haben wieder Ruhe im Dorf … Prost!«

Abermals wollte der Kommissär aufstehen, doch Bürgermeister Zingler legte ihm die Hand auf den Arm. »Lassen Sie sie, Herr Klemm. Die reden bloß. Wenn es ernst wird, ziehen sie den Schwanz ein. Da ist nix dran …«

*

Klemm sah die Gestalt zuerst. Die Kirchenuhr zeigte zehn Minuten nach Mitternacht. Im Dorf war es dunkel, kein Licht brannte.

Durch das Nachtfernglas amerikanischer Prägung war zu erkennen, dass der Mann auf einem schweren Rappen von Norden die Hauptstraße herunterkam, eine brennende Fackel in der erhobenen Faust. Vor ihm auf dem Sattel lag quer ein Bündel, eingewickelt in schwarzem Stoff. Über der Schulter trug er ein Gewehr, an der Hüfte eine Pistole.

Die Gestalt hatte ihren breitkrempigen schwarzen Hut tief in die Stirn gezogen. Vor Mund und Nase ein wollenes Tuch, das sie vor der Kälte schützte. In ihrer düsteren Kleidung sah sie aus wie einer der apokalyptischen Reiter.

Der Kommissär hatte die Kollegen um sich versammelt. Am Haus gegenüber der Kirche stand Lutz Fehring, daneben Josef Schnaitz. Am Portal des Gotteshauses Klemm selbst, Maria Blaubacher dicht bei ihm. Der Reiter musste an ihnen vorbei, wollte er zum Marktplatz.

Sie warteten.

Nur das Hufgetrappel war zu hören.

Beklemmende Stille lag über dem Dorf.

Schachtenstein war ausgestorben.

Als der Reiter keine fünf Meter mehr von ihm entfernt war, trat Klemm vor und hob die Hand.

»Halt!«

Der Mann stockte kurz, ritt langsam auf ihn zu und hielt an. Schweigend musterte er den Kommissär. Mit einer heftigen Bewegung kippte er das Bündel vor Klemm auf die Straße und setzte sich wieder in Bewegung.

Maria sprang vor. Sie hatte das Bündel gepackt und in den Eingang der Kirche gezerrt. Klemm sah zu, wie sie den Strick abnahm und den Stoff entfernte.

Vor ihnen lag Berta Dorn, in den Hals gestochen, blutleer, tot. Die rechte Hand fehlte.

»Bleib stehen!«, brüllte Fehring auf der anderen Straßenseite. Er stob auf den Reiter zu. Dieser nahm den Stiefel aus dem Steigbügel. Als Fehring seinen Fuß packen wollte, versetzte ihm der Kerl einen brutalen Stoß mit dem Stiefelabsatz.

Fehring fiel zu Boden, wollte sich aufrichten. Die Waffe des Fremden zeigte auf seine Nase. Er verharrte reglos.

Josef Schnaitz näherte sich von der anderen Seite, wollte den Mann vom Pferd werfen. Doch in dem Gerangel setzte die Fackel die Jacke des Hilfspolizisten in Brand. Schnaitz rannte schreiend davon.

Mit Entsetzen stellte Klemm fest, dass er unbewaffnet war. Dennoch lief er hinter der Gestalt auf dem Pferd her. Inzwischen hatten sie den Marktplatz erreicht.

Dort wartete Bürgermeister Zingler. Auch er hob die Hand. Der Reiter hielt an.

»Was willst du?«, fragte Zingler.

»Den Mörder«, sagte die Stimme hinter dem Tuch.

Klemm stellte sich neben Zingler. »Das ist Sache der Polizei!«, sagte er laut.

Gellendes Gelächter flatterte zum Himmel. Der Reiter richtete sich zu voller Größe auf. Er schien sich seiner selbst sicher zu sein. Seine Aufmachung und sein Erscheinen wirkten martialisch. Er wirkte unverwundbar wie ein zorniger Gott, der jede Scheune, jede Laube und jedes Haus anzünden würde, wenn die Bevölkerung Schachtensteins nicht seinen Anweisungen Folge leisten würde. Er wollte den Mörder von Dorns Kindern.

Abermals setzte sich der Reiter in Bewegung. Langsam ritt er an Zingler und Klemm vorbei, würdigte sie keines Blickes mehr. Er näherte sich dem ersten Gebäude, dem hölzernen Anbau eines Gehöftes. Als er sich herabbeugte und die Fackel an die Bretter hielt, gellte ein Schuss über die Straße. Der Reiter zeigte keine Wirkung. Sofort brannte der Anbau lichterloh.

Der Reiter nahm sich das nächste Ziel vor.

Wieder fiel ein Schuss. Diesmal wurde das Pferd getroffen. Langsam neigte es den Kopf, brach in die Knie, legte sich zur Seite und beendete mit brechenden Augen sein Leben.

Der Reiter war abgesprungen. Er hatte die Fackel in die linke Hand genommen. Mit der rechten packte er die Waffe, eine Kalaschnikow, und feuerte in die Richtung, aus der die beiden Schüsse gekommen waren.

Der Feuerstoß endete abrupt. Die Fackel verrichtete weiter ihren Dienst. Inzwischen brannten drei hölzerne Karren, die vor den Häusern abgestellt waren. Gerade wollte der Mann einen Zaun in Brand stecken, da regte sich etwas hinter dem Rathaus. Zwei Männer traten auf die Straße. Sie hielten einen dritten in der Mitte, der kaum noch gehen konnte und gefesselt war. Sein Gesicht war von Schlägen und Blut verunziert. Dennoch erkannte ihn Zingler sofort.

»Der Klaus … das ist der Klaus«, keuchte er.

»Der Vater von Elise Pfanzelt?«, fragte Klemm überrascht.

»Ja. Sie haben ihren Mörder gewählt …«, sagte Zingler mit tonloser Stimme.

Klemm wollte losrennen, aber Zingler hielt ihn zurück.

»Klaus Wagenknecht kann niemals der Mörder der Dorn-Kinder sein«, rief Klemm erbost. »Das ist unmöglich!«

Damit sprang er auf die Straße, stellte sich zwischen den Reiter und die Männer. Er erkannte Konrad Staubwasser und Hans Rahn, die den armen Kerl in ihrer Mitte festhielten.

»Das ist kein Mörder!«, brüllte er.

»Geh weg«, sagte Staubwasser mit ruhiger Stimme. Er jagte einen Warnschuss aus seinem Karabiner in die Luft. »Sonst bist auch tot, Gendarm.«

Wieder brannte ein Zaun. Die ganze Straßenseite stand in Flammen.

Der Reiter wartete.

»Was ist jetzt?«, brummte er. Sie konnten ihm nichts anhaben, waren ihm ausgeliefert. Der Bürgermeister, Konrad Staubwasser, der Kramer, der Polizist … und der Mörder.

»Auf die Knie!«, befahl er.

Staubwasser drückte Klaus' Kopf nach unten. Der gefesselte Mann kniete jetzt im Straßenstaub. Der Reiter trat näher.

»Du also?«

»Nein ...«, wimmerte Klaus und versuchte, sich von den Handfesseln zu befreien. Seine Augen flackerten. »Ich war's nicht, ich schwör's.«

Der Reiter lächelte unter seinem Tuch. Der tote Gaul war vergessen. Die Männer waren vergessen. Es gab nur noch ihn und den Mörder.

»Komm«, sagte er sanft. Die Kalaschnikow ruckte hoch. »Wir machen einen Spaziergang. Dabei kannst du mir erzählen, wie du den Adolf umgebracht hast und den Florian und wie du der Berta die Hand abgeschnitten hast.« Er wandte sich den Männern zu. »Es ist vorbei ... geht's heim, Leut ...«

Er zerrte Klaus am Kragen hoch. Dieser stand auf. Ging einen Schritt und noch einen. Dann brach er zusammen. Vor seinem Mund bildete sich Schaum. Er zitterte an Händen und Füßen.

»Ich will nicht sterben!«, keuchte er.

»Die Kinder wollten's auch nicht«, sagte der Reiter.

Klaus bäumte sich auf. »Ich war's nicht!«

Der Mann mit der Kalaschnikow verhielt. »Wer war's dann? Sag's mir und du kannst auf der Stelle gehen ... auf der Stelle.«

Klaus schüttelte es vor Angst. Auf seiner Hose bildete sich ein feuchter Fleck, der sich rasch vergrößerte. »Der Konrad war's ... der Konrad ... genau ... der Konrad ... ich schwör's bei meiner Mutter!«

Der Vermummte blickte sich um. »Soso, der Konrad. Bist du sicher, Klaus?«

»Nein. Aber …«

Ein Schuss krachte. Die Kugel traf den Vermummten in die Brust. Er war sofort tot.

»Seid ihr wahnsinnig?«, brüllte Klemm und rannte zu dem Toten. Er riss ihm das Tuch vom Gesicht. »Das ist ja …«

Staubwasser, der neben ihn getreten war, vollendete den Satz. »Das ist ja der Berner!«

Friedrich Berner lag in seinem Blut, die Augen blicklos geöffnet, den Mund zu einem Schrei verzerrt.

Der Kommissär hatte den Rosshändler gepackt. »Was haben Sie sich dabei gedacht, Herr Staubwasser?«

Der Angesprochene sah an Klemm vorbei auf den am Boden liegenden Mann. »Was hätte ich denn machen sollen? Bevor er mich erschießt, erschieß ich lieber ihn. Das war immer so, Herr Kommissär, wussten Sie das nicht?«

Lutz Fehring hatte Klaus' Fesseln gelöst. Langsam kam er auf die Knie, stand endlich neben den Männern.

»Wir zwei sprechen uns noch!«, zischte Staubwasser und musterte Klaus scharf.

»Ich … hab's … hab's … nicht … so gemeint, Konrad.«

Staubwasser grinste ihn an. »Jetzt stotterst wieder, du Depp. Warum hast denn vorher nicht gestottert, wie es um dein dreckiges Leben ging?«

Klemm mischte sich ein. »Schluss jetzt. Herr Bürgermeister, Sie sorgen dafür, dass die Brände gelöscht werden. Berner kommt in die Aussegnungshalle beim Friedhof. Schaffen Sie das tote Pferd weg. Herr Staubwasser und Herr Rahn, ich erwarte sie morgen früh pünktlich um acht Uhr in meinem Büro beim Stormberger. Sollte Klaus Wagenknecht in der Zwischenzeit etwas zustoßen, nehme ich Sie beide in Haft. Haben Sie mich verstanden?«

Die beiden Männer nickten und trollten sich. Wagenknecht schlich in die andere Richtung.

Der Bürgermeister rannte zum Feuerwehrhaus. Inzwischen waren die Bewohner der betroffenen Häuser mit gefüllten Eimern und Wannen auf die Straße geeilt, um das Feuer zu bekämpfen. Erst jetzt fand der Kommissär Zeit, sich um das tote Mädchen zu kümmern, das Maria noch immer in den Armen hielt. Der Pfarrer stand dabei und der Totengräber.

»Das Kind kommt in der Aussegnungshalle in einen eigenen Raum«, bestimmte Klemm. »Dieser Raum ist abzuschließen. Das Gleiche gilt für Friedrich Berner. Ich werde einen Gerichtsarzt aus Zwiesel anfordern, der die beiden Leichen untersucht.«

Der Totengräber nickte stumm, nahm das Kind und ging davon. Tecklenburg erhob seine Stimme.

»Der Tod ist besser als ein bitteres Leben, und ewige Ruhe besser als stetige Krankheit … Amen!«

Klemm musterte ihn, als wäre er verrückt geworden. »Herr Pfarrer, Sie spinnen!«

Im Büro erwartete ihn Emmi. Sie hatte den Tag über das Zimmer nicht verlassen und kein Auge zugetan. Klemm berichtete in knappen Worten, was sich zugetragen hatte. Emmi hörte schweigend zu, sagte nach einer Pause:

»Wo ist Michael Dorn?«

Klemm nahm die halb volle Flasche Wein, die noch vom Mittagessen herumstand, zog aus der Schachtel zwei Kapseln Pervitin und spülte sie mit einem großen Schluck hinunter. Emmi hatte sich abgewandt; sie mochte nicht mit ansehen, wie er sich ruinierte. Dennoch schwieg sie. Dies war nicht die Zeit für Kritik.

»Gegenfrage: Woher hatte Berner das tote Kind?«, sagte Klemm. Er hockte auf seinem Stuhl und starrte auf die Fotografien, auf die Unterlagen und Dossiers, als wäre darin die Wahrheit versteckt. Emmi setzte sich zu ihm, rückte den Stuhl ganz nahe.

»Er hat Berta gefunden … irgendwo … zufällig …«, sagte sie.

Klemm schüttelte den Kopf. »Das ist mir ein Zufall zu viel, Emmi. Nehmen wir einmal an, Michael Dorn hat sein Kind selbst umgebracht …«

»Das glaube ich nicht«, entfuhr es ihr. »Ein Vater macht so etwas nicht.«

»Unterbrich mich nicht. Also: Dorn tötet seine Tochter. Schneidet ihr die Hand ab. Nagelt die Hand an die eigene Haustür … warum? Um einen Grund zu haben, Schachtenstein niederzubrennen?«

»Dazu braucht er keinen Grund … Aber warum kommt er nicht selber, sondern schickt Berner?«, fragte Emmi.

»Weil …«, sagte Klemm und brach ab. Er wusste nicht mehr weiter. Seine Indizienkette taugte nichts, das spürte er.

»Eben«, sagte Emmi. »Und überhaupt: Wer hat Berner das Pferd gegeben?«

Klemm sprang auf. »Der Rosshändler! Angenommen,

Michael Dorn geht zu Staubwasser, weil er es nicht mehr aushält, dass seine Kinder von unbekannter Hand getötet werden. Weiter angenommen, Staubwasser rät ihm, mit Vergeltung zu drohen, wenn er, Dorn, den Mörder nicht bekommt. Sie gehen davon aus, das Dorf wird schon wissen, wer der Täter ist.«

»Frei nach dem Motto: Was die Leut halt so reden«, ergänzte Emmi.

»Was aber in unserem Fall nicht stimmt«, fuhr Klemm fort. »Das Dorf hat keine Ahnung. Staubwasser weiß das, Rahn weiß es auch. Trotzdem brauchen sie dringend einen Mörder, den sie Dorn präsentieren können. Sonst gibt es keine Ruhe in Schachtenstein. Die Wahl fällt auf Klaus Wagenknecht. Damit schlagen sie zwei Fliegen mit einer Klappe. Klaus wird sterben … Dorn wird von Staubwasser erschossen. Wagenknecht hat Staubwassers Frau geschwängert. Dorn war der Haupttäter am Massaker in Pfanzelts Gasthof. Beide Männer sind endlich beseitigt. Das war der Plan.«

»Du meinst …«, sagte Emmi.

»Ich meine, genau so war es. Die tote Berta war nur noch eine makabre Zugabe. Und dennoch …«

»Ja?«

»Der Plan ist nicht aufgegangen. Er ist deshalb nicht aufgegangen, weil Michael Dorn überlebt hat. Und weil er weiterhin nach dem Mörder seiner Kinder suchen wird. Es wird so lange keine Ruhe in Schachtenstein einkehren, bis entweder Dorn den Täter umgebracht hat oder wir den Kerl oder Dorn gefasst haben. Wer zuerst zuschlägt, der hat gewonnen.«

»Vollkommen verrückt«, sagte Emmi und schmiegte sich an Klemm. Er schob sie sanft zur Seite.

»Geh schlafen, Emmi, bald kommt der Tag. Ich muss telefonieren … dann ruhe ich mich aus …«

Am Telefon meldete sich Hauptkommissar Degenberger. Auch er schlief nicht. Die Nachrichten überschlugen sich. Als Klemm Bericht erstattet hatte, sagte Degenberger: »In Nabburg ist ein Jeep mit vier amerikanischen Soldaten von einer Werwolf-Gruppe massakriert worden. Die Militärregierung hat daraufhin verfügt, dass ab sofort jeder deutsche Polizist wieder Waffen tragen darf.«

Klemm klatschte innerlich in die Hände. »Das ist ja fantastisch, Herr Hauptkommissar.«

Degenberger schnaufte heftig. »Das war die gute Nachricht. Die schlechte ist, dass Sie und Ihre Leute raus sind. Die Amerikaner haben uns den Fall entzogen. Wir seien der Sache nicht gewachsen, heißt es. Man könne keine weiteren Mordfälle dulden. Nicht so nahe an der Grenze. Das bedeutet, ab sofort … ab morgen … ab heute früh … wird Captain Henry Malic sämtliche Ermittlungen übernehmen.«

Klemm schwieg verdutzt. Dann sagte er: »Malic? Wer soll das sein?«

Der Kommissär spürte förmlich, wie Degenberger sich wand. Der Fortgang der Dinge konnte nicht in seinem Sinne sein, aber ihm waren die Hände gebunden.

»Captain Malic ist ein deutschstämmiger Offizier der US-Truppen. Er spricht unsere Sprache und ist für derlei Sonderfälle trainiert … so sagte es mir die Militärbehörde. Widerspruch zwecklos. Zudem besitzt er weitreichende Geheimdienstinformationen, die uns naturgemäß verwehrt sind.«

»Prima«, sagte Klemm leise. Der amerikanische Geheimdienst in Schachtenstein. Da werden sich die Leut aber freuen! Eine Horde uniformierter Farbiger im Dorf, die den Dreck der vergangenen Jahre aufwühlen und als Morgengabe ein paar Mörder kaltmachen – im Vorübergehen. Wäre es nicht so traurig, man könnte brüllen vor Lachen.

Sie waren also offiziell gescheitert. Amtlich. Mit Pauken und Trompeten. Sie durften sich zurückziehen auf ihre Dienststellen. Man benötigte ihre Hilfe, ihre Erfahrung, ihr Wissen nicht mehr. Jetzt hatten die Ami-Boys das Heft in der Hand – die Sieger!

The winner takes it all … Diesen Spruch hörte Klemm zu oft in letzter Zeit. Nun war er Wirklichkeit geworden und mit brutaler Härte in sein Leben eingedrungen. Alle Mühe hatte nichts genützt. All der Fleiß war umsonst gewesen. Die Hoffnung, mit den gelösten Fällen als Referenz eine Stufe in der Gehaltsleiter nach oben zu klettern, zerplatzte wie eine grell schillernde Seifenblase.

Ohne ein Wort des Abschieds legte Klemm den Hörer auf die Gabel. Er hatte genug. Am Morgen würde er Captain Malic in aller Form willkommen heißen, ihm die Unterlagen übergeben und sich verabschieden. Ohne ein böses Wort. Etwas anderes ließ seine Berufsehre nicht zu.

Maria Blaubacher würde zurück nach Passau gehen. Lutz Fehring ebenfalls. Josef Schnaitz würde seinen Posten als Hilfspolizist verlieren und wieder als Knecht beim

Rosshändler arbeiten. Dieser würde Rudolf Zingler als Bürgermeister ablösen. Hans Rahn würde in den Kramerladen investieren, ihn ausbauen und erweitern. In Eugen Pretzlaffs Fremdenzimmer würden im August Sommerfrischler einkehren – vorausgesetzt, Dorn und der Kindermörder waren bis dahin gefasst.

Seufzend schlüpfte Klemm aus den Schuhen und ging hinüber in die Schlafstube, wo Emmi ihm erklärte, sie hätte nun endlich Arbeit bei Pretzlaff in der Küche gefunden.

DIENSTAG,
ZWEIUNDZWANZIGSTER MAI 1945

Die Abteilung für psychologische Kriegsführung der US-amerikanischen Besatzungsmacht veröffentlicht in einer Direktive die Richtlinien für die künftige Medienpolitik der Vereinigten Staaten in Deutschland.

4.30 Uhr.

Captain Malics Jeep bremste vor dem Stormberger, dass die Kiesel aufspritzten. Seine Fahrerin, die schwarze Soldatin Private Breanna Wilson, sprang heraus und öffnete ihrem Vorgesetzten den Wagenschlag. Die Peitschenantenne zitterte bei jeder Bewegung.

Malic stand vor dem Gasthaus und betrachtete die Fassade. Es war noch dunkel. Der starke Strahl der Taschenlampe in seiner Hand tastete über die Fenster und Türen des Gebäudes. Er schnaufte durch, ging einen Schritt, blieb stehen, wandte sich zu Wilson.

»Mein Colt.«

»Yes, Sir«, beeilte sich die junge Soldatin zu sagen und reichte ihm den siebenschüssigen Colt Government, die Ordonnanzwaffe der US-Streitkräfte.

Breanna Wilson hatte ein ebenmäßiges Gesicht, von hellem Braun wie das einer Haselnuss. Das Kraushaar verschwand unter einem Käppi. Man hätte sie als attraktiv bezeichnen können, wäre da nicht der sarkastische Zug um ihren Mund gewesen. Große Augen signalisierten Aufmerksamkeit. Seit der Strafversetzung verrichtete sie, zumeist schweigend, den Dienst beim Captain. Es entsprach ihrem Naturell, Deutsche als Dreck, als Abschaum, als Nazi-Verbrecher zu behandeln. Empathie war ihr fremd. Die Krauts waren Weiße. Wilson war von dunkler Hautfarbe. Obwohl sie es niemals zugeben würde, wäre sie brennend gerne eine Weiße, mit einem weißen Mann, eventuell einem Farmer aus dem Mittelwesten, mit weißen Kindern. Sie würde schöne Kleider tragen, ein Automobil fahren und jeden Sonntag in den Country Club gehen. Sie würde niemals einen weißen Mann abkriegen. Alle Kerle, mit denen sie bisher zusammen war, waren Schwarze gewesen oder *mackmen* … Gauner und Zuhälter.

Breanna Wilson war in Alabama geboren und in New Orleans aufgewachsen. Sie hatte den berühmten Filmschauspieler Fatty Arbuckle angehimmelt und den Trompeter Louis Armstrong in den Kneipen der Stadt spielen hören. Und sie hatte erlebt, wie vor ihr Freunde auf offener Straße wegen Nichtigkeiten erschossen wurden. Das hatte sie hart gemacht – wer zuerst schoss, überlebte.

Dass ihr Deutsch ganz passabel war, verdankte sie einem aus Hessen eingewanderten Weißen, der im Nachbarhaus gewohnt hatte und dessen Tochter Gerlinde oft mit Breanna gespielt hatte.

Wilson trug den Kampfanzug des einfachen Soldaten. Bewaffnet war sie mit einem Dolch, einem Schlagstock sowie Handschellen. Das Tragen einer Faustfeuerwaffe war ihr nicht mehr erlaubt.

In verschiedenen Kampfsportarten hatte Breanna den Meistergrad erreicht. Ihr Aufgabenbereich umfasste deshalb neben Chauffeur- und Botendiensten auch die Tätigkeit der Leibwächterin des Captains – worauf er sich jedoch, eingedenk ihrer Vergangenheit, niemals verlassen würde …

Malic hatte die Taschenlampe abgeschaltet und den Colt in das Holster geschoben. Der Mann wirkte wie ein Bär. Breit und robust stand er vor Pretzlaffs Lokalität. Das Haar kurz geschoren, der Blick grimmig. Der Amerikaner maß knapp unter zwei Meter, mit riesigen Pranken und Füßen, die in derben Kampfstiefeln steckten – eine imposante Erscheinung, die besonders auf Frauen großen Eindruck machte. Kaum sichtbare Pockennarben verunzierten sein Gesicht.

Ein breiter Gürtel aus schwarzem Rindsleder umschloss seine Hüften, woran Handschellen und ein Schlagstock befestigt waren.

Alles an ihm sollte mörderisch wirken. Die braune Uniform des US-Army Air Corps mit der Spange des Captains am Kragenspiegel tat ihr Übriges. Der Stahlhelm lag im Fonds des Jeeps, den benötigte er bei dieser Mission nicht. Mit den Krauts wurde er auch ohne den Knitterfreien fertig.

Ein flüchtiger Beobachter hätte Malic ob seiner Größe vielleicht als unbeweglich bezeichnet, doch der Captain hatte sich durch unendlich viele Trainingseinheiten gequält, hatte kein Gramm Fett am Leib und war auf diese Weise selbst zur tödlichen Waffe geworden.

Jetzt pochte er an die Haustür vom Stormberger. Nichts rührte sich. Malic zog den Colt und feuerte zweimal in die Luft.

Eine Sekunde später stand Pretzlaff in der aufgerissenen Tür, den Karabiner in der Faust. Malic sah es, stürmte los und schlug den Wirt zu Boden. Das Gewehr flog in weitem Bogen ins Gras. Wilson verstaute es zur Beschlagnahme im Jeep.

»Wer bist du?«, raunzte Malic.

»Der Wirt. Und du?«

Malic riss ihn hoch, sah ihm in die Augen.

»Wo ist Klemm?«

Ein Mann war aus dem Haus getreten.

»Leo Klemm ist mein Name. Hier bin ich.«

Der Kommissär kam die Stufen herab, wollte Malic die Hand zum Gruß reichen. Dieser ignorierte die Geste.

»Wir gehen zum Pfarrer.«

»Aber es ist erst kurz vor fünf Uhr, Herr Malic …«

Der Captain packte Klemms Arm. »Hör gut zu. Ich bin Captain der amerikanischen Besatzungsarmee. Ab sofort unterstehst du meinem Befehl. Jede Befehlsverweigerung endet mit dem Tod. Wenn ich sage, leck meine Stiefel, dann leckst du meine Stiefel. Wenn ich sage, erschieß den Bürgermeister, dann erschießt du den Bürgermeister. Wenn ich sage, erschieß den Mond, dann erschießt du den Mond! Du sprichst nur, wenn du gefragt wirst. Du antwortest mit ›Yes, Sir‹ oder mit ›No, Sir‹ und beendest deine Antwort mit ›Sir‹. Du bist Dreck, *you son of a gun!* Und weißt du auch, warum?«

»Nein, Herr … *No, Sir*«, stammelte er.

Malic packte ihn grob am Arm und zwang ihn zum Jeep. Er riss Klemms Kopf herunter, öffnete ein Seitenfach und legte zwei Fotos auf den Sitz. *»Look at it!«*, befahl er.

Klemm beugte sich über die Fotos, nahm das erste zur Hand. Auf einer Wiese lagen Menschen. Sehr viele verstümmelte, ausgemergelte, verhungerte Menschen. Es mussten Hunderte sein.

»Was ist das?«, keuchte Klemm.

»That is Nammering. Dort stoppte am neunzehnten April ein Todeszug der SS vom KZ Buchenwald kommend. Bei Witzmannsberg war eine gepanzerte Lok die Böschung hinabgestürzt. Der Zug musste warten. Die Häftlinge hatten seit zwölf Tagen keine Nahrung bekommen. Die Nazis verscharrten fünfhundertvierundzwanzig Leichen auf der Totenwiese bei Nammering – kaum dreißig Meilen von Zwiesel entfernt!«

Eine Pause entstand. Malic holte Luft.

»Am neunundzwanzigsten April entdeckte Captain Simmons von einer motorisierten US-Einheit diese Schweinerei. Meine Kameraden setzten den verantwortlichen SS-Oberscharführer Merbach sofort fest. Verstehst du jetzt meinen Hass auf die Deutschen, *Policeman* Klemm?«

Leo Klemm wandte sich ab.

Inzwischen waren eine Frau und ein Mann neben ihn getreten. Das mussten Maria Blaubacher und Lutz Fehring sein.

»Wer hat denn da geschossen?«, fragte Klemm erneut, erhielt aber keine Antwort. Malic stieß ihn zur Seite.

Klemm ging voraus, sie klingelten bei Pfarrer Tecklenburg. Angetan mit einem grauen Bademantel kam er vor die Tür.

»Was ist denn los?«

Malic trat dicht an ihn heran. »Wir gehen zur Kirche. Sie läuten die Glocken. Das ist ein Befehl. Ich will die gesamte Bevölkerung sofort in der Kirche sehen. Wer nicht erscheint, wird aufgegriffen und erschossen. Sie bürgen mir für die Vollzähligkeit.«

Als Tecklenburg in den Lauf von Malics Colt blickte, drehte er sich um und verschwand im Haus.

Wenig später betraten sie die Kirche. Der Priester betätigte persönlich die Stricke. Der Klang der Kirchenglocken hallte über Schachtenstein. In den Fenstern gingen die Lichter an, Türen wurden geöffnet, verschlafene Menschen traten heraus.

Es dauerte eine Weile, bis das Gotteshaus gefüllt war. Pfarrer Tecklenburg kontrollierte die Anzahl der Frauen, Männer und Kinder. Wirrer Lärm dröhnte durch den sakralen Raum.

Tecklenburg wies Malic den Weg zur Kanzel, dieser kletterte hinauf, schoss in die Luft, Putz bröckelte von der Decke. Die Menschen rissen die Köpfe hoch und schwiegen entsetzt.

»Hört zu, ihr Nazi-Verbrecher. Ich werde euch eine Lektion erteilen, die ihr so schnell nicht vergesst. Aber zuvor … zuvor werden wir etwas lernen, einen Text werden wir lernen. Einen Text, den der Provinzialkonvent von Virginia im Juni 1776 aufgeschrieben hat. Sprecht mir alle nach: ›Alle Menschen sind von Natur aus gleichermaßen frei und unabhängig …‹«

In den Kirchenbänken erhoben sich die ersten Stimmen, zaghaft erst, dann lauter, dafür undeutlicher; schließlich mündete alles in unverständlichen Singsang.

Malic sprach unbeeindruckt weiter. »›... durch keinerlei Abmachungen wegnehmen oder entziehen können, nämlich das Recht auf Leben und Freiheit!‹ Das gilt gleichermaßen für Juden, für Sinti und für Roma, ihr Nazi-Krauts!«

Malic stockte. Im Kirchenschiff war es ruhig geworden, zu ruhig. Breanna Wilson, die am Portal Wache hielt, zückte den Dolch.

Was ging hier vor? Waren erneut Werwölfe unterwegs, wie kürzlich in Nabburg, wo man vier *US-Boys* ermordet hatte?

Ein trotziges Lied brandete auf. Die Menschen hatten sich bei den Händen gefasst, blickten zum Himmel auf, stampften mit den Stiefeln auf den blanken Steinboden.

»Es zittern die morschen Knochen ... der Welt vor dem roten Krieg ... wir haben die Schrecken gebrochen ... für uns war's ein großer Sieg!«

Malic blickte zu Klemm, der nicht mitsang und Staubwasser vorne am Altar beobachtete. Dieser dirigierte grinsend mit einer unappetitlichen, zutiefst obszönen Geste.

»Stopp! Hört sofort auf!«, brüllte Malic. »Das ist ein Befehl!«

»Wir werden weitermarschieren ... wenn alles in Scherben fällt ... denn heute ...«

Ein Schuss an die Decke bewirkte nichts. Malic winkte den Pfarrer zu sich herauf.

»Beenden Sie diesen Spuk oder ich schieße Ihren Altar in Trümmer«, rief er Tecklenburg zu.

Dieser nickte stumm. Er breitete die Arme aus. Langsam kehrte Ruhe ein. Staubwasser begab sich wieder auf seinen Platz. Die Leute sahen zur Kanzel hinauf und erwarteten den Zuspruch ihres geistlichen Hirten.

»Liebe Gemeindemitglieder …«, begann er, »bitte hört auf, diesen heiligen Ort mit einem derartigen Lied zu entweihen …«

Weiter kam er nicht. Staubwasser war aufgesprungen. »Der Ami soll aufhören zu schießen. In keiner Kirche schießt man!«

Zustimmendes Gemurmel aus der Menge.

Malic ließ sich nicht beeindrucken. Als der Gesang wieder anhob, zielte er auf die ihm zunächst stehende Figur am Nebenaltar. Der heilige Sebastian verlor den Kopf. Die Arme. Ein Bein. Schließlich kippten die Trümmer auf den Kirchenboden.

Die Gemeinde schwieg entsetzt, starrte ungläubig auf den erschossenen Heiligen.

Als Malic auf den Tabernakel am Altar zielte, fiel ihm Tecklenburg in den Arm.

»Ich flehe Sie an, Herr Kapitän … um Himmels willen, hören Sie auf … ich bitte Sie.«

Der Captain ließ die Waffe sinken. »Wir machen weiter mit der *Declaration of Rights«*, rief er. »›Alle Menschen sind von Natur aus gleichermaßen frei und unabhängig …‹«

Nach einer Stunde beendete Malic die Lektion. Er würde die Bürger Schachtensteins täglich in die Kirche zitieren, bis sie jedes Wort im Schlaf aufsagen konnten. Das war seine Art der *Reeducation*.

Aber noch war die Befehlserteilung nicht beendet. Wieder richtete der Captain seine Worte an die erschöpfte Kirchengemeinde.

»Die gesamte Einwohnerschaft hat sich heute um neunzehn Uhr im Gasthaus Stormberger einzufinden, damit Fingerabdrücke genommen werden können. Der Bürgermeister bürgt mir für die Vollzähligkeit. Wer nicht erscheint, wird vorgeführt.«

Die Ansprache war beendet. Der Captain stieg von der Kanzel und begab sich an den schweigenden Menschen vorbei zum Ausgang der Kirche. Den Colt hielt er weiterhin schussbereit in der Hand. Man wusste nie, wozu die *Huns* fähig waren.

Neben dem Kirchenportal stand Bürgermeister Zingerl. Malic nahm ihn zur Seite.

»Kommen Sie in einer Viertelstunde in Klemms Büro. Ich habe Ihnen etwas mitzuteilen.«

Er ging weiter und ließ Zingerl stehen. Den Kerl am Altar, der das SS-Lied dirigiert hatte, würde er sich später vorknöpfen. Zunächst galt es, mit dem *german policeman* zu sprechen. Klemm würde ihn auf den neuesten Stand der Ermittlungen bringen. Erst dann war zu entscheiden, ob man den deutschen Polizisten entlassen würde oder ob er wertvoll genug war, weiter an den Mordfällen zu arbeiten.

Malic war sich durchaus im Klaren, dass er zunächst auf die Hilfe des Kommissärs und seiner Kollegen angewiesen war. Er war nicht so dumm, diese Quellen zu unterschätzen. Klemm kannte die Bevölkerung inzwischen gut genug, um Hinweise geben zu können. Umso schlimmer war es, dass er nicht vorankam. Aber nun war er da.

Am morgigen Tag musste nach etwaigen Tatwaffen gefahndet werden. Der oder die Mörder würden nicht entkommen. Ging alles glatt, war Malic bald wieder in seiner Geburtsstadt.

Heinrich Malick war 1901 als einziges Kind jüdischer Eltern in München zur Welt gekommen. Bis zur Flucht in die Staaten hatte er als Flugzeugmechaniker auf dem Oberwiesenfeld gearbeitet. Bei der Ankunft in Fort Ellis im Jahre 1938, der *isle of tears*, nahm ihn ein Mitarbeiter der US-Einwanderungsbehörde zur Seite. Man führte ihn in einen abgetrennten Raum. Dort saß ihm ein Offizier gegenüber. Auf seinem Brustschild stand »Captain Georg C. Gallagher«.

»Herr Malick, Sie sind deutscher Jude?«

»Ja.«

Die Befragung dauerte eine knappe Stunde. Dann waren sich die beiden Männer einig.

»Man muss Hitler aufhalten«, sagte Malick düster.

Der Captain schob ihm ein Formular über den Tisch. »Wenn Sie diesen Vertrag unterschreiben, sind Sie dabei.«

Malick zog das Blatt zu sich herüber. Während der Captain eine frische Packung aufriss und sich einen Glimmstängel zwischen die Lippen schob, unterschrieb Heinrich Malick mit seinem deutschen Namen den Vertrag, der ihn zu einem der Ritchie Boys machte.

Zwei Tage später fand sich Henry Malic in Maryland ein und begann unverzüglich mit der Ausbildung.

Als Hitler am ersten September 1939 Polen überfiel, wurde Henry Malic zum Warrant Officer ernannt und erhielt zugleich die amerikanische Staatsbürgerschaft.

Zum ersten Januar 1942 verlegte man ihn nach Fort Detrick, ebenfalls in Maryland. Dort erprobte er in den geheimen Labors den Umgang mit biologischen Kampfmitteln. Henry Malic lernte Anthrax kennen, den Variola-Virus, Pest und Milzbrand sowie die abscheuliche Rotz-Krankheit.

Am fünften September 1944 wollte man den inzwischen zum Captain beförderten Henry Malic mit einem Schiff nach Europa bringen, doch er hatte sich eine lebensgefährliche Infektion mit weißen Pocken zugezogen. Die nächsten vier Monate verbrachte er im Lazarett – wo er mithilfe einer hübschen Krankenschwester seine Englischkenntnisse vervollkommnete.

Am achtundzwanzigsten Februar 1945 gelangte er endlich nach Deutschland, und zwar zunächst nach Augsburg. Dort verrichtete er als Experte für undurchsichtige Mordfälle seinen Dienst. Zugleich hörte er sich in der Bevölkerung um. Biologische Kampfstoffe kamen nicht mehr zum Einsatz. Der Krieg lag in den letzten Zügen.

Während sie den Weg zum Stormberger nahmen, fiel sein Blick auf Breanna Wilson. Malic seufzte. Die Soldatin entstammte einem Nest in Alabama und war als Schützin im Range eines Sergeanten im Februar 1945 nach

Deutschland gekommen, um bei der 12th Armorded Division *Hellcats* an Kampfhandlungen teilzunehmen. Malic wusste aus ihrer Militärakte, dass sie an den Vorfällen in Lippach beteiligt gewesen war.

In dem kleinen Ort waren deutsche SS-Soldaten von den *Hellcats* ermordet worden. Man hatte sie mit Gewehrkolben erschlagen oder mit Genickschüssen hingerichtet. Es waren unerfahrene Kämpfer gewesen, kaum älter als sechzehn Jahre. Wilson hatte sich in besonderer Weise hervorgetan, indem sie einen Jungen gezwungen hatte, vor ihr zu onanieren, bevor sie ihn abgeknallt hatte. In einem Schnellverfahren hatte man Breanna Wilson vom Sergeant zum einfachen GI degradiert, nach München versetzt und dem Captain unterstellt, mit der klaren Auflage, ein strenges Auge auf sie zu haben.

Malic wusste um ihre Unberechenbarkeit. Mehr als einmal hatte er sie daran gehindert, Gefangene grundlos zu malträtieren. Dann wieder musste er mit ansehen, wie Bree mit einem jungen Deutschen ins Heu hüpfte. Zugleich klaute sie wie eine Elster, verhökerte das Diebesgut, um den schmalen Sold aufzubessern.

Malic hatte sich einen besonderen Vogel eingefangen. Die Nazis reichten anscheinend nicht, er musste es auch noch mit Breanna Wilson zu tun bekommen.

Im Büro versammelten sie sich. Malic okkupierte den Stuhl am Schreibtisch. Er sah in die Runde. Vor ihm stand Kommissär Klemm, der Einarmige. Rechts Maria Blaubacher. Links Lutz Fehring. Im Hintergrund Josef Schnaitz mit der weißen Armbinde des Hilfspolizisten. An der Tür wachte Bree.

»*Schedule for today* ... also Dienstplan für heute ...«, begann Malic, entnahm seiner Ledertasche ein umfangreiches Dossier und schlug es auf. »Erstens. Sie erstatten mir ausführlich Bericht, Herr Klemm. Unter vier Augen. Anschließend spreche ich mit Miss Blaubacher. Ebenfalls allein. Dann ist Lutz Fehring an der Reihe. Den Hilfspolizisten Schnatz ... Schnaitz hebe ich mir für später auf. Er ist als Tatbeteiligter an dem Massaker in der Spelunke von Pfanzelt ein Sonderfall.«

»Mit Verlaub, *Sir*«, begann Klemm, »Pfanzelts Gasthaus war keine Spelunke.«

»*Shut up, man!*«, entfuhr es Malic. »Jedenfalls ist die ... das Lokal abgebrannt – Spelunke hin oder her. Wir haben allein dort vier Tote. Der Mörder ist ein gewisser Michael Dorn. Wo ist Dorn im Augenblick, Herr Klemm?«

Der Kommissär wand sich. Er blickte zu Boden, hob hilflos die Hand.

»Michael Dorn ist flüchtig, Herr Captain ... *Sir!*«

Malic nickte grimmig. »Sie haben versagt, Klemm. Sie alle hier haben versagt. In Schachtenstein gibt es inzwischen acht ermordete Menschen. Das ist Maximilian Pfanzelt, sein Sohn Bernhard und dessen Ehefrau Elise Pfanzelt. Das ist Adolf, Florian und Berta Dorn. Das ist, *by the way*, Friedrich Berner, Mittäter an dem Massaker in der Spelunke. So weit okay, Klemm?«

Klemm nickte ergeben. »Yes, Sir!«

Bürgermeister Zingerl betrat, ohne anzuklopfen, den Raum, stellte sich an die Tür und wartete stumm auf neue Befehle. Die Viertelstunde war vorüber.

Malic richtete das Wort an ihn. »Herr Bürgermeister! Es ergeht folgender Befehl: An jedem Haus sind die Flaggen der vier Siegermächte anzubringen. Eine Flagge der USA, eine Flagge der UdSSR, eine der englischen Krone sowie eine der französischen Republik. Die Hoheitszeichen sind in ausreichender Größe, vollständig und gut sichtbar mithilfe eines Fahnenmastes an jedem Gebäude zu befestigten. Den Stoff hat der Besitzer beizubringen. Sie haben zwei Tage Zeit, diesen Befehl auszuführen. Zuwiderhandlungen werden mit der öffentlichen Exekution auf dem Marktplatz bestraft. Haben Sie das verstanden, Bürgermeister?«

Zingerl nickte stumm, grüßte und verschwand.

Malic wandte sich wieder an den Kommissär und dessen Kollegen. »Gut. Bevor ich Sie nun entlasse, sagen Sie mir noch ein Wort zur sogenannten *white widow* … dieser weißen Witwe … nicht Sie, Klemm, sondern Miss Blaubacher.«

Maria blickte Malic unerschrocken in die Augen. »Hinter der weißen Witwe versteckt sich angeblich die ermordete Elise Pfanzelt, *Sir*.«

Malic sah auf. »Angeblich? Erklären Sie mir das, *Mary*.«

Die Frau gefiel ihm. Vielleicht würde er sie behalten.

»Die Leute sagen, Elise ist nicht gestorben. Sie hat sich befreien können und geht in ihrem weißen Gewand als Untote umher und rächt sich. Sie hat die Kinder erstochen. Wahrscheinlich mit einem Schraubenzieher, Sir.«

Malic notierte sich das Gesagte. »Ist dieser Schraubenzieher identifiziert worden?«, fragte er.

»Nein, *Sir*«, sagte Maria.

Der Captain erhob sich.

»Dann los, Mary. Nehmen Sie Fehring und suchen Sie nach dem Schraubenzieher. Und Sie, Herr Schnatz … Schnaitz, halten sich zu meiner Verfügung. *Go!*«

Als sie allein waren, steckte sich Malic eine Lucky Strike zwischen die Lippen und spähte hinüber zu Kommissär Klemm, der ihm gegenüber Platz genommen hatte.

»Wenn Sie erlauben, möchte ich eine Erklärung abgeben, *Sir*«, begann Klemm.

Malic blätterte in seinem Dossier. »Stimmt es, dass Sie bei der Sicherheitspolizei waren, Klemm? Und stimmt es, dass Sie beim Einsatz in einer Bewährungseinheit den Arm verloren haben?«

»Yes, Sir … aber ich möchte Sie etwas fragen, Sir.«

»Bitte.«

»Wozu Fingerabdrücke, wenn die Tatwaffe noch nicht gefunden ist?«

»Wir nehmen das, was wir haben, Klemm. Wir haben die Menschen. Wir nehmen ihre Fingerabdrücke … vorsorglich. Wird dann die Tatwaffe gefunden, geht auch der Abgleich schneller. Verstehen Sie das?«

Klemm schien sich ein ums andere Mal zu winden. »Ich … wie Sie befehlen, Sir. Aber ich stelle anheim …«

Der Captain unterbrach ihn ungeduldig. »Berichten Sie schon.«

*

Auch im Pfarrhaus saßen zwei Männer. Der eine, die Zigarre im Mund, sagte soeben: »Um den Gaul ist es schade.«

Der andere, im Talar des Priesters, winkte ab. »An den toten Fritz Berner denkst du nicht, Konrad?«

Der Rosshändler schnippte mit den Fingern. »Warum denn, August? Der Mann war ein Verbrecher. Mich interessiert vielmehr, wo Michi Dorn geblieben ist. Wenn wir ihn beseitigen, ist auch die Sache mit der Familie Pfanzelt erledigt. Dann gibt es niemanden mehr.«

Tecklenburg schüttelte den Kopf. »Das stimmt nicht ganz. Josef Schnaitz hat alles gesehen. Solange Michael Dorn am Leben ist, wird er hinter Schnaitz her sein, um auch noch den letzten Zeugen seiner Mordtat zu beseitigen. Erst wenn einer der beiden oder alle zwei tot sind, ist diese Geschichte ausgestanden. Ich hätte mich niemals darauf einlassen dürfen, Konrad … niemals!«

Staubwasser schwieg eine Weile. Er sagte nachdenklich: »Man müsste Michi auf Josef hetzen und …«

»Der Michi? Du weißt, wo er ist?«

Der Rosshändler schaute versonnen auf seine glimmende Zigarre. »Beim Hirmon …«

»Am Mühlhölzl?«

»Nein … das ist der Vater.«

Tecklenburg hatte abgewunken.

»Schweig … ich will es nicht wissen … bitte geh jetzt, Konrad … bitte!«

Mit beschwingten Schritten verließ Staubwasser das alte Pfarrhaus.

*

Als der Kommissär seinen Bericht beendet hatte, sah Malic von seinen Notizen auf. Er zündete sich eine Lucky an und blies den Rauch in die Luft.

»Wo ist Karola Dorn in diesem Augenblick?«

Klemm zuckte mit der Schulter. »Sie befindet sich in ihrem Haus.«

»Allein?«

Klemm nickte. »Yes, Sir, allein.«

Der Captain warf ihm einen vernichtenden Blick zu. »Was ist, wenn der Mörder der drei Kinder auch sie töten will … als … wie nennt ihr Nazis das … als Sippenhaft? Haben Sie daran gedacht, *nazi-man*?«

Erbost schlug der Kommissär mit der Faust auf den Tisch.

»Nennen Sie mich nicht Nazi, *Mister*. Ich war Soldat, ja, das war ich. Hab Fehler gemacht, dazu stehe ich. Hab mit meinem Arm gebüßt, das sehen Sie, Captain, *Sir*. Aber ich bin nie ein Nazi gewesen.«

Malic sah ihm ungerührt zu. »Seltsam, seltsam. Nirgends, wohin ich bisher gekommen bin, gibt es Nazis. Nirgends. Ist doch seltsam, nicht wahr, Kommissär?«

Klemm stand bereits an der Tür. »Ich hole Karola Dorn, bevor die auch noch stirbt.«

Er wollte hinaus, da betrat Pfarrer Tecklenburg das Büro. Klemm schob sich an ihm vorbei und verschwand.

»Ich möchte eine Beschwerde vorbringen, Herr Kapitän!«, sagte der Priester und setzte sich auf den frei gewordenen Stuhl.

Malic wartete. Die falsche Anrede, »Kapitän«, überhörte er zunächst. Der Mann im Talar würde ihm gleich erklären, worum es ging.

»Mit Ihrer sogenannten Lektion haben Sie meine Kirche entweiht, Herr Kapitän. Das ist ein ungeheuerlicher Vorgang und einmalig in der Geschichte des Dorfes. Ich verbiete Ihnen …«

»Ich bin Captain … kein Kapitän. Erstens. Zweitens: In Ihrer Kirche wurde ein verbotenes Lied angestimmt: ›Es zittern die morschen Knochen‹. Ich frage Sie, Mann Gottes … welches Ereignis hat Ihre Kirche entweiht? Meine Verlesung der *Declaration of Rights* oder dieser elende Gassenhauer der SS?«

Tecklenburg schwieg erschrocken. Er war es nicht gewohnt, auf diese Art und Weise angesprochen zu werden. Als er sich endlich zu einer Antwort aufraffte, klang sie hohl und kraftlos.

»Gott wird Sie für Ihren Frevel bestrafen, *Captain*!«

Malic entzündete die fünfte Lucky Strike des Morgens.

»Welchen Gott meinen Sie, Herr Pfarrer? Meinen Sie den Gott, der Ausschwitz, Birkenau und Dachau zugelassen hat? Meinen Sie den Gott, der zusah, wie russische Frauen und Kinder in ihren Kirchen bei verriegelten Türen verbrannten? Oder meinen Sie den Gott, der Hunderttausende Soldaten beim Kampf um Stalingrad oder bei den Gemetzeln auf Kreta verrecken ließ? Welchen Gott meinen Sie? Machen Sie mir ein Angebot und wir reden drüber …«

»Der Mensch ist ein ambivalentes Wesen. Das wissen Sie so gut wie ich.«

Malic wischte den Einwand zur Seite. »Gilt das auch in Bezug auf die Religion?«

Tecklenburg nickte. Das Gespräch nahm zwar eine Wende, die ihm nicht zu gefallen schien, aber er war wohl zu stolz, es zuzugeben.

»Die Religion dient den Menschen dazu, dass es ihnen besser geht. Sie wollen nicht sterblich sein … sie wollen, dass ihr Leben nach dem Tod weitergeht. Man kann sich zwar nicht über den Tod freuen – ich zum Beispiel lebe gern –, aber weil ich weiß, dass das Leben endlich ist, gibt es für mich nur den Weg, dieses Schicksal demütig anzunehmen und an eine Belohnung im Paradies zu glauben.«

»So ein Quatsch!«, fuhr Malic auf. »Ihr Weg ist nicht der meine, Hochwürden. Ich lebe jetzt. Ich statte mein Leben mit Regeln aus, mit einer Moral, die vielleicht mächtiger ist als Ihre absurde Religion. Jedes Lebewesen hat ein Anrecht auf Leben.«

Der Priester musterte ihn lauernd. »Dann gibt es für Sie also keinen Sinn im Leben?«

Malic verneinte. »Den gibt es nicht, nein. Wir sind durch Zufall hier, weil Moleküle den Weg von Bakterien zum Menschen eingeschlagen haben … das ist zwar höchst erstaunlich, aber es steckt kein Sinn dahinter.«

Der Pfarrer hob den Zeigefinger, als wollte er einem ungehorsamen Schüler im Unterricht eine Lektion erteilen. »Sie sagen, es gibt keinen Sinn. Gut. Aber der Mensch hat die Wahl. Unser Leben war bisher darauf ausgerichtet, Kriege zu führen … große Kriege mit vielen Toten. Doch wir können uns auch entscheiden, anders zu leben.«

Malic lachte hässlich. »In der Bibel wird ziemlich viel getötet. Wie wörtlich sind denn nun diese Geschichten von einem grausamen Gott und wie passt die viel gepriesene Nächstenliebe dazu? Wo bleibt da unsere Wahl?«

Tecklenburg klang resigniert, als er nun antwortete. »Wir sind Menschen des zwanzigsten Jahrhunderts, Captain. Man kann die Genesis nicht mehr wie einen Tatsachenbericht zur Erschaffung der Welt lesen. Das muss uns klar sein.«

»Das verstehe ich nicht«, widersprach Malic. »Die Bibel ist das Buch, nach dem Sie sich als gläubige Christen zu richten haben. Entweder folgen Sie dem Inhalt oder Sie folgen ihm nicht. Aber dieses Werk in jeder Epoche anders auszulegen, halte ich für die reine Willkür und außerdem für gefährlich.«

Tecklenburg konterte. »Ich lese die Bibel als literarischen und … ja, auch als existenziellen Text, der eine symbolische Wahrheit in sich trägt. Die Genesis sagt: Das Leben entstand als Ordnung, es wurde unterschieden zwischen Tag und Nacht … Dunkelheit und Licht … Wasser und Erde. In eben dieser Ambivalenz leben wir: Tag und Nacht, Gut und Böse. Wir haben die Würde in uns und das Bestialische. Die Bilder und Geschichten aus der Bibel geben somit nach meinem festen Glauben eine tiefe Wahrheit wieder.«

Malic sagte mit ernster Stimme: »Mag sein, Herr Tecklenburg. Sie klammern sich an Ihren Glauben … das ist okay. Aber warum halten Sie sich damit auf, etwas zu *glauben*? Warum setzen Sie nicht Ihre ganze Energie ein, etwas zu *wissen*?«

Sie starrten sich an. Das Gespräch war in eine Sackgasse geraten. Einem plötzlichen Impuls folgend sagte Tecklenburg: »Geben Sie mir einen Zettel.«

Malic reichte ihm ein Stück Papier.

»Wollen Sie mir die göttliche Weltordnung aufzeichnen?«

Tecklenburg schüttelte stumm den Kopf. Er kritzelte ein Wort auf das Blatt und schob es zurück. Der Captain las es.

»Hirmon … was ist Hirmon? Etwa der Schlüssel zum Heiligen Gral?«

Der Pfarrer stand auf. »Finden Sie es heraus, Herr Malic … Grüß Gott!«

Der Captain hatte sich ebenfalls erhoben. Er wollte das Gespräch nicht auf diese Weise enden lassen. Unter Umständen war er auf die Mithilfe des Pfarrers bei der Aufklärung der Morde angewiesen. »Geben Sie mir eine Chance, Sie zu verstehen!« Doch Tecklenburg hatte die Tür bereits hinter sich zugeschlagen.

Der Captain lehnte sich erschöpft zurück. Lieber verhörte er zehn Kriegsverbrecher, als sich einem einzigen Streitgespräch mit einem Theologen auszusetzen. Zumal er sich seines eigenen Standpunktes nicht mehr so sicher war. Vielleicht gab es ja doch einen Gott. Vielleicht gab es auch Jesus, den Sohn … dazu den Heiligen Geist und all die anderen Typen in Himmel und Hölle. Wer wusste das schon?

Aber … waren die Kerle auf Urlaub? Pennten sie … alle? Hatten die Götter nicht mitbekommen, was gerade auf Erden geschah? Dass die Welt in Flammen stand? Wo steckte er, der alte Herr mit dem Rauschebart? Wo trieb sich der Sprössling herum? Und wo, *goddamn*, war der Heilige Geist abgeblieben?

In Gedanken versunken nahm Malic den von Tecklenburg beschriebenen Zettel und buchstabierte den Begriff »Hirmon«. Wer oder was war Hirmon? Der Zugang zu den großen, den ewigen Geheimnissen dieser Welt?

Einmal mehr wunderte sich der amerikanische Offizier über die *Krauts*, seine ehemaligen Landsleute. Der Zettel verschwand in der Hosentasche.

Die Tür wurde aufgerissen. Kommissär Klemm schob Karola Dorn herein. Die Frau war nur noch ein Schatten ihrer selbst, konnte sich kaum auf den Beinen halten, sank sofort auf das Kanapee an der Wand, so betrunken war sie. Der Geruch von billigem Fusel drang aus allen Körperöffnungen, hing in ihrem Kleid, verpestete die Luft im Raum.

Malic sprang auf, öffnete die Fenster. Er stellte sich vor die Frau und musterte sie. »Mein Name ist Captain Malic …«

»Leck mich am Arsch!«, greinte sie.

»Ich bin Offizier der amerikanischen …«

»Leck mich am Arsch!«, wiederholte die Frau. Sie drehte sich zur Seite und weinte. Ein Gespräch war unter diesen Umständen nicht möglich.

Malic sah zu Klemm. »Hat sie Ihnen etwas erzählt, Kommissär?«

»Sie fühlt sich nicht mehr sicher in ihrem Haus. Sie wird verrückt vor Angst, dass Elise Pfanzelt sie umbringen wird wie ihre Kinder. Dass dann keiner mehr übrig ist, um den Michi zu begrüßen, wenn er endlich aus dem Krieg heimkommt. Sie ist aufgrund der Vorfälle inzwischen geistig vollkommen verwirrt, Sir.«

Malic setzte sich. »Michi ist Michael Dorn, ihr Ehemann?«

»Ja. Aber der ist längst wieder irgendwo in den Wäldern um Schachtenstein … oder auf der Flucht.«

Der Captain hatte das Telefon aufgenommen und wählte eine Nummer. »Hier Malic. Schickt uns eine Ambulanz. Die Lady hier muss ins Hospital … die Adresse ist Schachtenstein, Gasthaus Stormberger. Und noch etwas: Nehmt die Waffen für die Polizei mit … *over!*«

*

In der Küche weinte sich Emmi die Augen aus. Sie hockte vor einem Berg Zwiebeln, schälte und schälte und heulte wie ein Schlosshund an einer zu kurzen Kette. Um sich das Martyrium zu erleichtern, das noch den ganzen Vormittag andauern würde, denn der Zwiebelberg war riesig, begann sie ein Liedchen zu trällern. Es entstammte dem Spielfilm »Die große Liebe« mit Zarah Leander, den Emmi in einem Berliner Lichtspieltheater gesehen hatte.

»*Wenn mal mein Herz unglücklich liebt, ist es vor Kummer unsagbar betrübt* … Ach Klemm, was soll nur aus uns werden? … *dann denk ich immer* … Du bist so entsetzlich abhängig von diesen Tabletten … *alles ist aus* … Ich liebe dich trotzdem … *Wo ist ein Mensch, der mich versteht* … Verstehst du mich, Klemm? Verstehst du mich? Ich wünsch es mir so sehr … *Davon geht die Welt nicht unter. Sieht man sie manchmal auch grau …*«

Es summte neben der Spüle, an der Pretzlaff soeben Gurken säuberte. Emmi sah auf. Es war der Telefonapparat. Der Wirt hob ab, lauschte. Sanft legte er den Hörer auf die Gabel, nahm ihn wieder auf und wählte eine Nummer.

»Sie kriegen Waffen …«, flüsterte er und beendete das kurze Gespräch.

Emmi legte das Messer weg und schnäuzte sich. »Wer hat denn angerufen?«, fragte sie.

»Das geht dich einen Dreck an!« Pretzlaff warf ihr einen bösen Blick zu und ging hinaus, um nach den Gästen zu sehen.

Wieder summte es. Emmi stand auf, nahm den Hörer ab und lauschte. Sie hörte die amerikanische Sprache des Besatzungssoldaten. Erschrocken legte sie auf.

War es möglich, dass man in der Küche die Gespräche mithören konnte, die von Klemms Büro aus geführt wurden? War Pretzlaff auf diese Weise über jeden Schritt der Polizei informiert? Mit wem hatte der Wirt anschließend telefoniert? Wem hatte er das Gehörte zukommen lassen? Konrad Staubwasser? Michael Dorn? In welcher Weise war Eugen Pretzlaff mit ihnen verbandelt?

Die Zwiebeln mussten warten. Emmi legte die Küchenschürze ab und stieg hinauf zu Klemms Büro. Ohne anzuklopfen, trat sie ein. Ihr Blick fiel auf Karola Dorn auf dem Kanapee, sie sah den fremden Soldaten am Schreibtisch und bemerkte Leo Klemm, der aus dem Fenster spähte.

Malic sah auf. »Was fällt Ihnen ein, hier einfach so hereinzuplatzen?«

Klemm hatte sich umgedreht. »Das ist Emmi, meine … meine … ja … meine Verlobte, Sir.«

Emmi stockte. Was hatte Klemm gesagt? »Meine Verlobte«? Konnte das sein? Oder hatte sie sich verhört? Stand Klemm jetzt vollkommen unter dem Einfluss der Panzerschokolade? Konnte er nicht mehr klar denken? Was geschah hier?

»Hübsches Ding«, sagte Malic kühl. »Was will sie?«

Umständlich richtete Emmi ihr Kleid. Dieser fremde Mann … die raue Stimme … es fuhr ihr heiß und kalt den Rücken hinunter. Unwillkürlich stellte sie sich vor, in seinen Armen zu liegen. Ihr Blick fiel auf Klemm. Sofort bekam sie ein schlechtes Gewissen. Klemm war ihr Verlobter – nicht dieser Amerikaner. Leo Klemm wirkte schmal und verletzlich, sensibel neben diesem Brocken von einem Kerl, der vermutlich ganz allein eine Kompanie deutscher Soldaten ausschalten konnte. Leo Klemm hingegen, *ihr* Klemm – einarmig, nachdenklich … schien trotz all der Kriegsgräuel menschlich geblieben. Emmi schüttelte sich.

»Ich habe eine Meldung zu machen, Herr General.«

Malic lachte. Es war das erste Mal, dass Klemm ihn lachen sah. Der gewaltige Körper wackelte vergnügt unter dem dröhnenden Gelächter. Da hockte ein Bär, der gemütlich vor sich hin brummelte – und lachte. Es war nicht zu fassen.

»Ich bin Captain, Frau … Captain Henry Malic. Ein General werde ich nicht mehr. Aber danke für die schnelle

Beförderung. Nehmen Sie doch Platz. Was haben Sie auf dem Herzen?«

Emmi fuhr sich kokett durchs Haar und setzte sich. Sie schlug die Beine übereinander, streng darauf achtend, dass der Rock nicht über die Knie rutschte. Die ewigen Waffen der Frauen wirkten auch hier.

»Das Telefon in der Küche …« Sie stockte, es war ungeheuerlich. »Von dem Telefonapparat in der Küche kann man jedes Gespräch, das hier oben im Büro geführt wird, mithören.«

Malic sprang auf. »*Goddamn!*«

Klemm nahm ihre Hand. »Wie kommst du darauf?«

»Ich war in der Küche, als der Apparat summte. Herr Pretzlaff nahm den Hörer ab und lauschte. Dann legte er auf, nahm wieder ab, wählte eine Nummer und sagte etwas von Waffen.«

»Ist das alles?«, fragte Malic. Sein Lachen war verflogen. Er sprang auf, prüfte den Colt im Holster und ging zur Tür. »Klemm, Sie bleiben hier und warten auf die Ambulanz. Ich knöpfe mir den Wirt vor!«

Als sich die Tür geschlossen hatte, wandte sich Klemm an Emmi.

»Warum hast du geweint? Wegen mir?«

Emmi antwortete nicht gleich. Er sollte ruhig zappeln, selbst wenn ihm aufgefallen war, dass sie geweint hatte.

»Was habe ich falsch gemacht? Bitte sag es mir, Emmi.«

»Wenn du es selber nicht weißt …«

»Dann, Emmi, was dann?«

Sie zog ihn an sich. »Wann feiern wir Verlobung, du Kindskopf?«

Sie küssten sich. Lange Zeit herrschte Schweigen. Dann sagte er: »Das Pervitin? Ist es das?«

Sie nahm ihn in die Arme und drehte sich im Walzertakt. »Davon geht die Welt nicht unter … sieht man sie manchmal auch grau …«

*

Breanna Wilson hatte den Hilfspolizisten ausgesaugt bis auf den letzten Tropfen. Es war nicht besonders schwer gewesen. Die verdammten *Krauts* waren nach dem langen Krieg ausgehungert und eine leichte Beute. Dreimal war sie über ihn hergefallen wie ein Hurrikan. Hatte ihm mit den Brüsten den Atem geraubt, hatte seine Lenden zum Beben gebracht, hatte ihn in Grund und Boden geliebt.

Josef lag völlig erschöpft in den Kissen. Noch immer konnte er sich nicht sattsehen an ihr. Trotzdem würden sie bis zur nächsten Nacht warten müssen.

»Wo kommst du eigentlich her?«, fragte er träge, um die Zeit zu überbrücken.

»New Orleans«, sagte sie. »New Orleans liegt am Mississippi und ist meine Heimatstadt. Ich hatte Freunde dort, Freunde wie Nootsy oder Kokain-Buddy oder Little Head oder Pop Lucas, den sie mit seinen dreiundzwanzig Jahren auf der Main Street nachts um drei in den Bauch geschossen haben. Bei seiner Beerdigung spielte King Olivers Brass Band einen traurigen Marsch. Kaum aber hatte der Reverend seinen Spruch *Ashes to Ashes, Dust to Dust* … Asche zu Asche, Staub zu Staub aufgesagt, begann die Band das alte Stück *Storyville Blues* zu spielen, und die Trauergesellschaft geriet beim Rückmarsch zum Leichenschmaus aus allen Fugen. So ist das bei uns in New Orleans.«

Schnaitz sah sie verwundert an. »Bei uns ist es anders …«

Sie grinste breit. »Deswegen habt ihr ja auch den Krieg verloren!« Breanna betrachtete seine Männlichkeit, fuhr sanft darüber, doch er entzog sich ihr für den Moment. Josef war zwar erst dreißig Jahre alt, aber auch er brauchte im Augenblick etwas Ruhe.

*

Der braune Kastenwagen mit dem Roten Kreuz an den Seiten stoppte vor dem Stormberger. Zwei schwarze Hünen in der Uniform der US-Streitkräfte sprangen heraus und öffneten die hinteren Türen. Eine Trage kam zum Vorschein. Die beiden Männer nahmen sie auf und eilten damit zu Klemms Büro. Karola Dorn wurde darauf festgezurrt.

Captain Malic kam aus der Küche und sah zu. Eugen Pretzlaff war nicht in der Nähe. Klemm nahm sich vor, den Captain zu fragen, wie die Vernehmung des Wirts verlaufen war.

Als Karola Dorn im Krankenwagen war, geschah ein Wunder. Aus dem Ambulanzwagen rollte eine Horex T5; ein Motorrad, das der Kommissär kannte. Unmittelbar vor Kriegsbeginn hatte er den Motorradführerschein erworben, und zwar auf einer Horex T5. Das Gefährt mit dem wuchtigen Scheinwerfer und dem markanten weißen Tank brachte stramme fünfhundert Kubikzentimeter auf die Straße und ging ab wie eine Rakete. Klemm war sprachlos. Kaum nahm er wahr, wie auch Pistolen und Gewehre samt Munition ausgeladen wurden. Der Wagen musste einen riesigen Stauraum besitzen. Dann fiel ihm etwas ein.

»Wie soll man ohne Benzin fahren?«, sagte er zu sich. Malic hatte es gehört. Er gab den beiden Soldaten einen Wink. Einen Augenblick später standen zwei gefüllte Kanister neben der Maschine – reine Magie!

Als die Ambulanz abfuhr, nahm ihn der Captain zur Seite, bot ihm eine Lucky an, was Klemm ablehnte. »Hören Sie zu, Kommissär. Wir sind Feinde. Sie haben den Krieg verloren, wir haben ihn gewonnen. Es gibt die Order, dass wir mit den Deutschen nicht fraternisieren dürfen. Aber ich frage Sie allen Ernstes – wie soll ich diese verdammten Mordfälle aufklären, ohne Ihre Hilfe?«

Klemm sah ihn mit großen Augen an. »Heute früh sagten Sie noch, wir haben auf der ganzen Linie versagt … und jetzt erbitten Sie meine Hilfe … *Sir?*«

Malic stieß blauen Rauch aus. »Bitten wäre zu viel gesagt. Aber es ist okay. Ich habe heute gelernt, dass ich mit diesen Dickschädeln … so heißt das doch? … mit diesen bayerischen Dickschädeln niemals alleine klarkommen werde. Erst der Pfarrer, der mich in eine endlose Diskussion um den Rauschebart verwickelt, und jetzt der störrische Wirt. Der Kerl hat sich nicht einschüchtern lassen, als ich ihn auf den manipulierten Telefonapparat ansprach. Er hat gegrinst und geschwiegen. Eine ganze halbe Stunde lang … geschwiegen und gegrinst. Um ein Haar hätte ich ihn erschossen. Was soll ich mit solchen Menschen machen? Da hilft keine *Reeducation*, also keine noch so gut gemeinte Umerziehung. Da hilft … nichts.«

Klemm schmunzelte innerlich. Warum sollte es dem Captain anders ergehen als ihm selbst? »Was haben Sie mit Pretzlaff gemacht, *Sir*?«

Malic steckte sich die nächste Kippe an. »Lassen Sie das *Sir*, Klemm. Was ich mit ihm gemacht hab? Aus der Küche hab ich ihn gejagt, die Telefonschnur gekappt und den Apparat *erschossen* … das hab ich gemacht.«

Der Captain reichte Klemm die Hand. »Mein Name ist Henry …«

Der Kommissär schlug ein. Heute war der große Wundertag, es konnte nicht anders sein … es grenzte an Hexerei. Klemm stand noch immer vor der Horex, als wäre sie das Ergebnis dieser Hexerei oder zumindest eine übernatürliche Erscheinung, die sich in wenigen Augenblicken in Nichts auflösen würde.

Malic sah es. »Los!«, sagte er. »Tanken – fahren. Schaffst du das, *german policeman*?«

»Und ob, Henry!«, rief Klemm. Minuten später verließ er den Platz vor dem Stormberger, mit wildem Geknatter und einer Rauchfahne im Rücken.

Pretzlaff, der sein Reich inzwischen wieder in Besitz genommen hatte, sah ihm aus dem Küchenfenster nach.

»Das wird euch auch nix helfen …«, knurrte er und stapfte hinaus in die Schenke, um sich einen doppelten

Blutwurz zu gönnen. Anschließend eilte er zurück in die Küche, um mit Konrad Staubwasser zu telefonieren.

»Himmelherrgottsakrament!«, brüllte er, als er den zerstörten Apparat entdeckte. In seiner Wut schmiss er eine gusseiserne Pfanne gegen die Wand, dass der Putz abfiel.

Emmi, die die Arbeit an den Zwiebeln wiederaufnehmen wollte, zog sich erschrocken zurück. In diesem verrückten Haus war man seines Lebens nicht mehr sicher. Sie würde zurück nach Berlin gehen, so viel stand fest.

*

Es war bereits nach fünf Uhr, als Josef Breanna hinauskomplimentierte. Sie verließ den Anbau hinter Staubwassers Rossstall und warf Josef zum Abschied eine Kusshand zu. Er sah ihr nach, bis sie um die Ecke verschwand. Josef wusch sich, kleidete sich an und trat ins Freie. Er sah zum Himmel. Es würde Regen geben. Er ging zurück und nahm den Schraubenzieher aus seinem Versteck unter der Bettstatt. Es wartete noch eine letzte Aufgabe für das treue Werkzeug. Erst dann war seine Arbeit vollendet. Erst dann würde sein wundes Herz zur Ruhe kommen. Und erst dann war der Mord an Elise gesühnt.

Er packte das Werkzeug ein und ging los. Der Weg führte ihn zu Michael Dorns Haus, wo er Karola vermutete. Auf das weiße Kleid verzichtete er, da es noch taghell war.

Karola Dorn sollte sein letztes Opfer werden. Über kurz oder lang würden die Gendarmen Michi Dorn fangen, daran hegte der Hilfspolizist keinen Zweifel. Sie würden ihn an den Galgen bringen oder lebenslang ins Zuchthaus sperren. Damit war die Familie ausgelöscht.

Dann endlich hatte Josef Schnaitz den Mord an seiner Elise gerächt. Dann konnte er auch das weiße Kleid, das er bei den Dornkindern getragen hatte, verbrennen. Den Schraubenzieher würde er im Wald vergraben. Es würde keine Spuren geben, die auf ihn verwiesen. Er war klüger als die Gendarmen und auch klüger als der amerikanische Captain.

Er näherte sich dem Anwesen von der Rückseite. Alles war ruhig. Niemand war zu sehen. Am Birnenspalier kletterte er hinauf in den ersten Stock, den Weg kannte er. Das Fenster zum Schlafzimmer stand offen, man hatte vergessen, es zu reparieren. Fast wehmütig betrachtete er die Spuren seines Werkzeuges am Holz des Fensterrahmens. All das würde bald der Vergangenheit angehören. Vielleicht würde er sich zum Schreiner ausbilden lassen, zum Zimmerer, zu einem Maurer und nach Brasilien auswandern, oder nach Kanada, oder in Europa bleiben. Es gab unendlich viele Möglichkeiten. Als jungem, ledigem, unbescholtenem Mann lag ihm, nachdem die Furie Krieg endlich verreckt war, die ganze Welt zu Füßen. London, Paris, Amsterdam, Berlin … alles war möglich.

Josef stand vor Karolas Bett. Es war leer. Wo war die Frau? In der Küche? Oder auf dem Abort? Hatte er sie im Garten übersehen? Weit konnte sie jedenfalls nicht sein. Behutsam stieg er die Treppe hinunter, nachdem er einen kurzen Blick in die anderen Räume im Obergeschoss geworfen hatte.

Unten hörte er Stimmen. Hatte sie Besuch? Eine Frauenstimme, vielleicht Karola, und eine Männerstimme. Der Pfarrer? Staubwasser?

Josef musste es wissen.

Eine Stiege knarzte. Die Stimmen schwiegen. Josefs Herz schlug bis zum Hals. Was sollte er tun, wenn es sich bei dem männlichen Besucher um den Amerikaner handelte, der bewaffnet war? Josef besaß nur den Schraubenzieher. Gegen einen Colt konnte er nichts ausrichten. Vielleicht war es besser, bis nach der Aktion mit den Fingerabdrücken zu warten. Dann würde es Nacht sein und Karola Dorn wieder allein im Haus.

Josef trat den Rückzug an. Wieder knarzte die Treppe. Unten wurde eine Tür aufgerissen. Josef rannte durchs Schlafzimmer zum Fenster, stolperte, fiel hin, erreichte das Fenster, kletterte hinaus, das Birnenspalier hinunter in den Garten.

Josef Schnaitz rannte um sein Leben. Er bemerkte nicht, wie ihm Michael Dorn nachsah, der hinter dem Hauseck stand.

*

Breanna Wilson hatte alle Hände voll zu tun, die Vorbereitungen für die Abnahme der Fingerabdrücke zu treffen. Zuerst legte sie den Stapel der Zehnfingerabdruckbögen mit den Feldern für die einzelnen Finger bereit. Oben befanden sich die Spalten für Name, Geburtstag,

Beruf sowie die derzeitige Adresse. Diese Angaben, die der Delinquent selbst einzutragen hatte, musste Wilson anhand der Kennkarte überprüfen. Anschließend waren die Bögen alphabetisch zu sortieren und bis zum Abgleich mit der Tatwaffe aufzubewahren. Fanden sie keine Tatwaffe, war die Aktion umsonst gewesen.

Sie stellte drei Stempelkissen getränkt mit schwarzer Spezialfarbe auf einen separaten Tisch. Dazu einen Tiegel mit frischem Wasser und zwei Handtücher.

Die Arbeit ging der jungen Soldatin leicht von der Hand. Es war nicht die erste Maßnahme dieser Art, die sie durchzuführen hatte. Sie freute sich geradezu darauf, die Krauts zu schikanieren und sie lächerlich zu machen.

Eine Stunde später gesellte sich Josef Schnaitz zu ihr. Er war frisch gekämmt und gewaschen und trug saubere Kleidung. Er stellte sich, angetan mit der weißen Armbinde des Hilfspolizisten, hinter die Tische mit den Bögen und den Stempelkissen und erwartete die Bewohner des Dorfes. Seines Wissens nach waren es dreihundertelf Personen.

Kurz nach sieben erschien zunächst der Bürgermeister. Der alte Mann mit dem gewaltigen Kropf übte eine eigenartige Faszination auf Breanna aus. In dem Kaff in Alabama, in dem sie groß geworden war, hatte es solche Menschen nicht gegeben, obwohl dort vor allem die ehemaligen Sklaven mit allen nur erdenklichen Behinderungen geschlagen waren.

Dem Bürgermeister folgte der Pfarrer, anschließend stand der Kramer, Hans Rahn, vor ihr. Er schenkte Breanna ein anzügliches Lächeln und musterte sie von oben bis unten. Es juckte sie, nach dem Dolch zu greifen und dem Lüstling damit zwischen die Beine zu fahren.

Mit einigen Unterbrechungen waren sie kurz vor Mitternacht fertig. Jeder Bürger war vorgetreten, hatte seine Kennkarte auf den Tisch gelegt, den Bogen ausgefüllt und sich die Fingerabdrücke nehmen lassen. Das alles geschah unter den strengen Augen von Bürgermeister Zingler, Kommissär Klemm, dem Hilfspolizisten Josef Schnaitz und ihr.

Es gab nur einen Zwischenfall: Die Schusterseppl Zenz, die am Ortsrand lebte, weigerte sich, ihre Finger in das Stempelkissen zu drücken. Befragt warum, sagte sie, dass sie im Januar 1940 von der Gestapo wegen eines geringfügigen Diebstahlsdeliktes vernommen worden war. Dabei hatte man ihr den kleinen Finger der linken Hand gebrochen. Das wollte sie auf keinen Fall erneut durchmachen. Es dauerte eine Weile, bis Bürgermeister Zingler sie davon überzeugte, dass hier keine Nazi-Schergen mehr am Werk waren, sondern dass die Maßnahme von den Amerikanern ausging. Dennoch musste ihr Zingler die Hand führen, so sehr zitterte die Frau.

Derweil studierte Breanna Wilson ihre Kennkarte. Der Name stimmte nicht, die Alte hieß weder Schuster noch Seppl noch war sie eine Schusterin. Die Frau schrieb sich Cäcilia Mannhardt. Nichts passte zusammen. Sofort witterte Breanna Wilson ein Verbrechen. Sie alarmierte den Captain, der sich etwas abseits mit Kommissär Klemm über dessen Erfahrungen auf der Horex unterhielt.

»Wie ist Ihr Name, Frau?«, fragte er und musterte die Schusterseppin. Seit Urzeiten nannte sich ihr Häuschen

»Beim Schusterseppl«, weil der Urgroßvater Josef, der Großvater Josef, der Vater Sepp und schließlich auch ihr inzwischen verstorbener Mann Seppl sein Geld mit der Reparatur von Schuhen verdient hatten. Wieder half der Bürgermeister. In Schachtenstein sei es seit urdenklichen Zeiten der Brauch, Höfe und Anwesen mit Hausnamen zu belegen. Es handelte sich beim Schusterseppl um den Haus- und nicht um den Familiennamen. Was sogleich die nächste Frage des Captains provozierte.

»Ist das nun ein Einzelfall oder gibt es noch mehr davon, Herr Bürgermeister?«

Zingler begann zu dozieren. Im Dorf, in der näheren und der weiteren Umgebung trügen viele Anwesen einen eigenen Hausnamen. »Wenn zum Beispiel ein Weber im Unterdorf war, so war der Hausname ›Beim Unterweber‹. Wenn es einen Bader gegeben hat, wo Andreas geheißen hat, so war der Hausname ›Beim Baderanderl‹. Wenn der Stubenböck …«

Malic winkte ab. Er hatte verstanden. Auf seine Frage, in welchem Verzeichnis diese Hausnamen vermerkt seien, schwieg Zingler. Bisher hatte es niemand für notwendig erachtet, die allseits bekannten Bezeichnungen aufzuschreiben. Der Hausname blieb gültig, auch wenn ein Bursche in die Familie einheiratete und seinen Namen an das angetraute Eheweib weitergab. Dass die Kinder aus dieser Verbindung den neuen Namen annahmen, war ein Ding der Selbstverständlichkeit.

Malic schwieg. Er schien sich keinen Reim darauf machen zu können. Sie würden zur Schusterseppin gehen und Cäcilia Mannhardt sehen. Sie würden nach dem Mörder der Dornkinder fahnden und … hier bahnte sich eine mittlere Katastrophe an. Auch den verdammten Kennkarten war nicht zu trauen. Dort war ebenfalls der Geburtsname verzeichnet und nicht der Hausname – wenn die Dokumente nicht gefälscht waren. Auch das gab es zur Genüge.

Ein elendes Durcheinander!

Malic warf einen hilflosen Blick zu Klemm. Dieser hob bedauernd die Schulter, als wollte er sagen: Das ist halt so bei uns … da kann man nix machen, Henry. Da helfen keine Panzer, keine Kanonen und keine Bomben. Das ist Bayern in seiner ureigensten Ausprägung. Da bringt auch deine *Reeducation* nichts. Seit Hunderten von Jahren lebt Schachtenstein auf diese Weise. Ein Dorf, das seine Probleme immer selber löst und so auch die Wirren des Krieges überstanden hat. Es wird seine Geheimnisse nicht oder nur in Bruchstücken preisgeben – allein schon aus Bosheit den neuen Herren gegenüber. Dem Großteil der Einwohner gilt das Kriegsende nach wie vor als Niederlage und nicht als Befreiung von der braunen Tyrannei. Die Wunden sind zu frisch. Das Misstrauen gegenüber den Besatzern ist zu groß. Das Leben muss sich erst wieder seine Bahn brechen. Wie ein Bach, der nach einem schweren Unwetter ein neues Bett sucht.

Als Letzter traf der Mann ein, den Wilson beim Dirigieren in der Kirche beobachtet hatte. Sie sah zu, wie Conrad Starasser den Bogen mit Namen, Geburtsdatum und Anschrift versah. Als Beruf gab er Schmied in Schachtenstein an. Er zeigte eine gültige Kennkarte. Ihm folgte seine Gattin Sonja Starasser, die sich ebenfalls durch eine geradezu makellose Kennkarte ausweisen konnte.

»Drücken Sie jetzt nacheinander alle Fingerkuppen in das Stempelkissen und dann in die jeweils dafür vorgesehenen Felder auf dem Bogen«, leierte Wilson herunter. Diesen deutschen, für sie schwierigen Satz hatte sie auswendig gelernt, wie so manch anderen auch, der zu ihrer Tätigkeit gehörte.

Breanna hatte gelernt, dass sich die sogenannten Papillarleisten eines Menschen ab dem vierten Embryonalmonat ausbildeten und bis weit nach dem Tod erhalten blieben. Malic hatte ihr erzählt, dass diese Linien bei jedem Menschen auf der Erde individuell ausgeprägt waren.

»Eine Frage, Herr Bürgermeister«, sagte Malic, »laut meinen Unterlagen gibt es hier einen NS-Ortsgruppenleiter. Sein Name lautet Konrad Staubwasser. War er bereits hier oder müssen wir ihn holen?«

Zingler deutete hinaus. »Ist grade fort.«

»Sie lügen, Bürgermeister!«, mischte sich Wilson ein, einen Zehnfingerabdruckbogen in der Hand. »Hier steht Conrad Starasser. Ich habe die Kennkarte geprüft, Sir.«

Malic wandte sich an Zingler. »Wer lügt hier? Sie oder Starasser?«

Zengler wusste darauf keine Antwort. Sollte er sagen, dass der heimatvertriebene Gottschling ein Grafiker und ein Meister seines Faches war, dass er dem Konrad Staubwasser und seinem Weib eine perfekt gefälschte Kennkarte gebastelt hatte? Mit einem geeigneten Foto sowie den passenden Stempeln, hergestellt aus Kartoffeln? Sollte er dem Amerikaner erzählen, dass der Rosshändler auf Knien zum ihm gerutscht war, damit ihn Zingler nicht an die Besatzer verriet? So gerne er das auch getan hätte – er brachte es nicht übers Herz. Dazu hatte Rudolf Zingler zu viel gesehen. Rächten die Amerikaner nur einen Bruchteil der Gräueltaten an den Deutschen, die diese allein in den Konzentrationslagern verübt hatten, so wäre Erhängen die gnädigste Bestrafung für Ortsgruppenleiter Staubwasser.

Zingler hatte in Dachau erlebt, wie noch kurz vor der Auflösung des Lagers und dem Einmarsch der Alliierten Häftlinge erschlagen worden waren. Der Schreiner Georg Elser, der Hitler im Alleingang hatte umbringen wollen, war kaum zehn Meter von Zingler entfernt erschossen worden. Staubwasser hatte Zingler in die Hand hineinversprochen, Schachtenstein auf der Stelle zu verlassen, wenn die Ausweise erst einmal fertig waren. Hoch und heilig hatte er geschworen, dass die Gottschlings das Gestüt übernehmen könnten, wenn sie nur wollten – ohne auch nur eine Mark Entschädigung zu bezahlen. Sogar die Pferde durften sie behalten. Lediglich drei Rösser würde man zur Flucht benötigen, das war alles.

Dass ihnen Captain Malic nun in die Quere kommen würde, damit hatte kein Mensch gerechnet.

Als Zinglers Antwort ausblieb, befahl der Captain mit einem Wink Breanna Wilson zu sich. Er gab ihr einen leisen Befehl. Sie eilte davon. Zu Klemm sagte er: »Ist Staubwasser der wirkliche Name des flüchtigen Nazis?«

»Ja, Konrad Staubwasser. Seine Frau heißt Sofia Staubwasser.«

Malic nickte. »Okay. Konrad Staubwasser alias Conrad Starasser. Sofia Staubwasser alias Sonja Starasser. Nicht übel.« Er zog den Colt. »Komm mit, Klemm. Wir schnappen sie uns. Weit können sie noch nicht sein. Anschließend ist Michael Dorn an der Reihe … und die weiße Witwe.«

Auch Klemm hatte neuen Mut gefasst, ohne genau zu wissen, warum. Vor der Tür wartete Breanna Wilson. Sie hatte Malics Befehl ausgeführt und übergab dem Kommissär einen Ledergurt samt Holster sowie eine Walther PP im Kaliber neun Millimeter. Klemm kannte die schlichte Waffe. Für einen einarmigen Mann war sie genau richtig.

»Magazin gefüllt!«, sagte Wilson und drückte sie Klemm in die Hand.

Sie stürmten hinaus in die Nacht. Malic voraus, hinter ihm Klemm, daneben Wilson.

*

Sie erwischten sie beim Rossstall, wo gerade das dritte Pferd beladen werden sollte. Die beiden anderen Gäule standen gesattelt zur Flucht bereit. Soeben trat Sofia aus dem Haus, eine große Reisetasche in der Hand. Als sie Malic entdeckte, blieb sie stehen.

»Was wollen Sie denn noch von uns?«

Der Captain zückte den Colt. »Frau Sofia Staubwasser?«

Die Reisetasche fiel zu Boden.

»Mein Name ist Sonja Starasser«, kreischte sie.

Aus den Augenwinkeln bemerkte Klemm, wie sich ein Fenster im ersten Stock des Haupthauses öffnete. Ein Gewehrlauf kam zum Vorschein. Bevor sich der Schuss löste, stieß der Kommissär den Captain zu Boden. Die Kugel zerfetzte Klemms Jacke und zog eine siedend heiße Blutspur über seine Brust.

Breanna Wilson warf ihren Dolch. Die Klinge blieb zitternd im Fensterrahmen stecken. Das Gewehr war verschwunden. Stattdessen hielt Sofia Staubwasser plötzlich ein FG 42 in den Händen. Es war bekannt für leichte Handhabung und große Treffsicherheit.

Malic wusste, wenn er jetzt, in dieser Sekunde, nicht sofort handelte, waren sie alle tot. Wilson durfte keine Faustfeuerwaffe mehr tragen. Klemm lag benommen am Boden. Der Captain sprang seitlich hoch. Sein Colt feuerte in schneller Folge. Sofia Staubwasser wurde wie von einer Riesenfaust nach hinten gedrückt. Blut quoll aus ihrem Mund. Sie war sofort tot. Die Pferde stiegen hoch und wieherten entsetzt. In wilder Panik galoppierten sie los, ohne zu wissen, wohin.

Breanna war in Staubwassers Haus gestürmt. In jedem Zimmer suchte sie nach dem Rosshändler. Als sie im Erdgeschoss niemand antraf, polterte sie die Treppen hinauf. Wütend riss sie im Schlafzimmer die Matratzen aus den Betten und warf die Nachtkästen um. Aus einer Schublade fiel ein englischer Enfield Revolver. Sie wog die ungewohnte Waffe in der Hand, prüfte kurz die gefüllte Trommel und eilte weiter bis unters Dach. Dort fand sie den Rosshändler, der gerade dabei war, sich einen Flammenwerfer auf die Schultern zu schnallen. Wilson hatte seit den

Vorfällen in Lippach keinen Revolver mehr in der Hand gehalten. Außerdem kannte sie das englische Fabrikat nicht.

Sie wusste, sie hatte nur einen einzigen Schuss. Breanna feuerte auf den Mann, erwischte aber stattdessen einen der beiden Tanks. Die Kugel traf den Behälter mit dem Flammenöl. Die nun folgende Explosion ließ eine Feuerzunge auffahren, in der Konrad Staubwasser verglühte. Breanna selbst wurde durch die Druckwelle nach hinten zur Treppe hinuntergeschleudert – was ihr das Leben rettete, denn sofort stand der Dachstuhl in Flammen. Dem ehemaligen NS-Ortsgruppenleiter war nicht mehr zu helfen. Seine Frau war tot; der Kampf war vorbei.

Im Hof kniete Malic bei Klemm, der sich vorsichtig erhob.

»Mir fehlt nichts«, krächzte er und klaubte die Überreste seiner Jacke zusammen.

»Du zitterst ja wie Espenlaub, Klemm … lass dir helfen.« Der Captain streifte seine Jacke ab und bedeckte damit dessen blutende Brust.

Klemm grinste erschöpft. Leo Klemm, der ehemalige Minensucher. Leo Klemm, *german policeman*. Leo Klemm, der erfolglos nach der weißen Witwe suchte, Leo Klemm lebte. Sie hatten diese Schlacht überlebt … und gewonnen! Sein Blick sprang nach oben zu dem brennenden Dachstuhl. Was war von dem stolzen Rosshändler und seinem gebieterischen Weib geblieben? Am Ende nur ein Häuflein Asche.

*

Die Uhr auf dem Kirchturm schlug zu einer späten Stunde, als sie zum Stormberger zurückkamen. Dort erwartete sie eine Überraschung.

Nachdem sich Maria Blaubacher und Lutz Fehring davon überzeugt hatten, dass es dem Kommissär einigermaßen gut ging und er versorgt war, präsentierte Maria mit strahlender Miene und spitzen Fingern einen Schraubenzieher.

Sie bemerkte Malics fragenden Blick.

»Wir waren in Karolas Haus, als es oben rumpelte. Ich renne hinauf, aber der Eindringling ist schon fort. In seiner Hast hat er diesen Schraubenzieher verloren. Ich gehe davon aus, dass es sich dabei um das Werkzeug handelt, mit dem Adolf, Florian und Berta Dorn erstochen worden sind. Die Blutspuren sind unübersehbar!«

Der Kommissär umarmte Maria vor Freude. Endlich hatten sie etwas Konkretes in der Hand. Endlich kamen die Ermittlungen in Gang. Endlich gab es eine konkrete Spur. Die Feststellung der Fingerabdrücke würde sie zum Täter führen.

Der Captain hob die Hand. »Gute Arbeit, Blaubacher. Und jetzt geben Sie das Ding her, damit wir nichts verwischen. Ich mache mich sofort an die Arbeit. Wilson, Sie gehen in die Küche und ordern *coffee … pretty much coffee*!«

Klemm konnte nichts tun, als auf dem Bett zu liegen und sich von Emmi umsorgen zu lassen. Die Wunden auf seiner Brust würden heilen – wie so vieles andere auch. Bald war alles nur noch eine düstere Geschichte, die man seinen Enkeln erzählte.

Dies war die Nacht der Entscheidung. Sobald die Fingerabdrücke zugeordnet waren, konnte der Mörder verhaftet werden.

Blieb nur noch Michael Dorn. Auch er würde über kurz oder lang gefasst werden. Dann war auch die weiße Witwe nur noch ein Windhauch der Geschichte. So schrecklich dieser Tag begonnen hatte, so vielversprechend endete er.

MITTWOCH,
DREIUNDZWANZIGSTER MAI 1945

Der ehemalige Reichsführer SS Heinrich Himmler, der in der Uniform eines Feldwebels der deutschen Wehrmacht bei Lüneburg von britischen Truppen gefangen genommen wurde, begeht nach seiner Identifikation Selbstmord.

Der Morgen war grau, nass und für die Jahreszeit zu kühl. Düstere Wolken hingen über Schachtenstein, die auch der böige Wind nicht vertreiben konnte.

Im Gastzimmer vom Stormberger lag Captain Malic auf der Ofenbank und schnarchte. Breanna Wilson, die ihm die Nacht über bei der Arbeit geholfen hatte, stand am Fenster und sah hinaus. Sie hatte eine Lucky zwischen den Lippen. Zwei Kaffeekannen standen auf dem Tisch. Beide waren leer. Leer wie ihr Kopf. Sie konnte nicht schlafen, so wütend war sie. Ihr Blick fiel auf Malic. War ihr Empathie sonst auch fremd, empfand sie doch im Augenblick Mitgefühl für ihn. Zusammen hatten sie stundenlang Fingerabdrücke verglichen, hatten sich Notizen über vermeintliche Treffer gemacht. Hatten versucht, mit der Lupe, dem feldmäßig einfachen Werkzeug dieser Tage, einen Verdächtigen unter den Dorfbewohnern zu finden. Malic hatte geflucht, geschrien, gezetert und Unmengen von Kaffee in sich hineingeschüttet. Der Aschenbecher quoll über. Essensreste stapelten sich auf den Tellern. Die Uniformjacke lag auf der Bank, die Stiefel davor am Boden – selbst die Socken hatte Malic ausgezogen und war barfuß herumgetigert.

Kein Fingerabdruck passte.

Die Arbeit war umsonst gewesen. Sie waren gescheitert.

Breanna Wilson drückte die Zigarette aus und verzog sich unter einen Tisch in ihren Schlafsack. Man musste das nicht verstehen. Man konnte sagen, sie hatten alles getan. Aber man musste auch sagen, dass sie irgendetwas, eine winzige Kleinigkeit, einen Federstrich, übersehen hatten.

Die Frage war nur, was.

*

Josef Schnaitz hatte ausgezeichnet geschlafen. Er dachte an Breanna und bekam eine heftige Erektion. Später hockte er am Tisch und trank ein Glas kalte Milch. Dazu aß er ein Stück Brot mit Butterersatz und Stachelbeermarmelade. Heute würde er sich wieder zum Dienst melden, wie all die Tage vorher. Nichts hatte sich geändert. Alles war gut.

Ein Geräusch ließ ihn aufhorchen. Draußen war jemand. Schnaitz nahm die alte Astra 600 aus der Tischschublade und prüfte das Magazin. Er steckte die Pistole in den Hosenbund. Auf Zehenspitzen schlich er zur

Tür. Wer mochte der frühe Besucher sein? War es Breanna, die Spielchen trieb? Er lugte aus der Tür, sah einen Schatten und trat hinaus.

»Servus Josef!«, rief eine Stimme, die ihm Gänsehaut über den Rücken jagte. Er hatte sie zuletzt beim Pfanzelt gehört, bevor das Haus in Flammen aufgegangen war.

Michael Dorn trat hinter einem Hauseck hervor, einen Revolver in der Faust.

Schnaitz feuerte sofort. Dorn zuckte zurück, sprang vor, schoss, verschwand wieder. Schnaitz wartete.

Als nichts geschah, wagte er sich aus der Deckung, jederzeit bereit zu schießen. Die Sache musste ein Ende haben. Solange Dorn lebte, war Schnaitz in Gefahr.

Hufgetrappel. Dorn ritt in hohem Tempo vom Hof, hinein ins Dorf. Schnaitz rannte zum Stall, sprang auf das nächstbeste Pferd und nahm die Verfolgung auf.

*

Klemm sah aus dem Fenster seines Büros auf die Straße hinunter. Er hatte sich gewaschen und saubere Kleidung angezogen. Zuvor hatte ihm Emmi einen frischen Verband angelegt. Jetzt hielt er zwei Kapseln Pervitin in der Hand. Er wusste, es gab Magenschmerzen, wenn er sie nüchtern hinunterschluckte. Außerdem hatte er Emmi versprochen, sie abzusetzen. Doch die Gewohnheit war stärker.

An den Häusern wehten die ersten Flaggen der Siegermächte. Manche waren klein und unvollständig. An manchen Fassaden hingen nur zwei oder drei. Aber der gute Wille, vielleicht auch die Angst vor Repressionen, war erkennbar.

In diesem Augenblick bemerkte er Michael Dorn, der wie ein Verrückter durch den Ort galoppierte.

Klemm schluckte die Kapseln und stürmte los. Es dauerte zwar eine Weile, bis die Horex startklar war, aber dann jagte er ihm hinterher.

Sie verließen den Ort. Dorn musste irgendwann abgebogen sein, denn plötzlich lag die Straße verlassen vor Klemm. Er wendete und entdeckte die Hufspuren, die in den Klosterwald führten. Er folgte ihnen auf einem kaum sichtbaren Pfad. Es ging an dem Flüsschen Flanitz vorbei bis hinauf zum Großen Sauruck. Laut Karte lag der Hügel auf gut achthundert Metern Höhe. Hier gab es keine Wege, keine Pfade und auch keine Markierungen mehr. Wer sich nicht auskannte, irrte stundenlang durch den undurchdringlichen Klosterwald.

Die Hufspuren halfen.

Sie führten Klemm zurück über die Flanitzschwelle zum Rachelsteig und schließlich hinauf zum Rachel. An einer Wegkehre stellte Klemm den Motor ab und lauschte. Nichts war zu hören. Die wilde Jagd war zum Stillstand gekommen.

Der Kommissär versteckte die Horex notdürftig im Unterholz und ging zu Fuß weiter. Der Gipfel des Rachel lag vor ihm, zwischen den Wolken spitzte die Sonne heraus. Von fern hörte er den Glockenschlag der Schachtensteiner Kirche – zehn Uhr.

Vorsichtig näherte sich Klemm dem Gipfelkreuz. Plötzlich ein Schusswechsel. Er versuchte, die Richtung zu lokalisieren. Langsam ging er weiter, immer darauf bedacht, keine Kugel einzufangen. Wer war der zweite Mann? Mit wem duellierte sich Dorn?

Klemm vernahm einen Schrei. Da brüllte einer wie ein Jochgeier. Es fielen keine Schüsse mehr. Klemm schlich weiter, erreichte das alte Gipfelkreuz. An dessen Sockel hockte Dorn. Er hielt sich die Hand vor den Leib. Zwischen den Fingern sprudelte Blut hervor. Ein Bauchschuss.

Klemm kniete nieder und sah Dorn in die Augen.

»Wer?«, fragte Klemm. »Wer hat geschossen?«

Dorn wollte etwas sagen, brachte aber kein Wort heraus. Der Kommissär packte ihn an der Schulter.

»Wer hat auf dich geschossen, Dorn? Sag es mir!«

Die Sonne wanderte über Michael Dorns Gesicht. Er lächelte. Sein Mund öffnete sich. Dann sackte sein Kopf zur Seite. Der Mörder der Familie Pfanzelt war tot.

*

Malic und Klemm zogen beim Mittagessen ein erstes Fazit. Sie hatten keine identischen Fingerabdrücke gefunden. Sie hatten weder den Mörder von Michael Dorn noch den der Dornkinder. Im Zwieseler Krankenhaus war in der vergangenen Nacht Karola Dorn verstorben.

»Die Sippschaft ist hinüber!«, sagte Josef Schnaitz vergnügt. Er trank einen großen Schluck des süffigen dunklen Bieres aus dem Steinkrug und gönnte sich noch ein Stück Wurst. Seine Kollegen musterten ihn irritiert. Sie konnten seine gute Laune nicht nachvollziehen.

Schnaitz bemerkte es. »Jetzt fehlt uns bloß noch die weiße Witwe.«

»Stimmt«, sagte der Kommissär. Nach seiner Rückkehr vom Rachel hatte er den Captain informiert. Dieser hatte veranlasst, dass Dorns Leiche vom Berg geholt und sein Pferd eingefangen wurde. Von dem zweiten Reiter fehlte jede Spur. Allerdings hatte Klemm auch nicht weiter danach suchen können. Beinahe hätte er seine Horex im Unterholz nicht mehr gefunden.

Nun saßen sie alle da und schwiegen.

Der Captain stand auf und nahm die Ledertasche an sich. »Wir müssen zurück«, sagte er. »In Freyung hat es eine Auseinandersetzung zwischen Schmugglern und Gendarmen gegeben …« Er reichte Klemm die Hand.

»Ihr habt den Befehl, zurück zu euren Dienststellen zu gehen. Auch Sie, Mary, und Sie, Herr Fehring. Ich danke Ihnen für die geleistete Arbeit. Bitte vergessen Sie nicht, die Unterlagen mitzunehmen. Auch die Fingerabdrücke. Vielleicht … *goddamn shit*!« Malic verließ den Raum. Sie sahen ihm nach. Aus dem stolzen Captain war ein ganz normaler Mensch geworden. Ein Mensch, dem man die Enttäuschung über den ungelösten Fall deutlich ansah. Und der eine ganze Menge über Gott, Jesus Christus und den Heiligen Geist nachzudenken hatte.

Breanna Wilson folgte ihm schweigend. Schnaitz sah sie an, doch sie mied seinen Blick. Die Tür schloss sich hinter ihnen.

»Das geht doch nicht«, sagte Maria Blaubacher nach einer Pause.

Lutz Fehring war aufgestanden. »Ich hau ab«, sagte er

und verschwand nach oben, um zu packen. Josef Schnaitz folgte ihm.

Emmi wartete an der Türschwelle auf Klemm, der sich nun ebenfalls erhob. Er sah seine junge Kollegin an. »Du hast es gehört, Maria. Wir müssen zurück. Es ist vorbei. Besser, du gehst auch.«

Maria blieb sitzen. »Und die weiße Witwe … was ist mit der?«

Der Kommissär schüttelte den Kopf. »Das Dorf will seine Geheimnisse für sich behalten. Verstehst du das?«

»Nein!«

»Warum denn nicht?«

Maria Blaubacher gab sich noch nicht geschlagen. »Hast du vergessen, warum wir hergekommen sind? Der Mord an den Dornkindern ist nicht aufgeklärt. Und die weiße Witwe …«

»Vielleicht gehört die weiße Witwe bald auch zu den Sagen und Legenden im Bayerischen Wald, wie der Mühlhiasl oder die Prophezeiungen des alten Rabensteiner Aschenbrenners Stormberger. Die Schachtensteiner müssen allein damit fertigwerden … komm jetzt, Maria. Wir müssen.«

In seinem Kopf drehte sich ein Karussell. Erst langsam und gemächlich, dann immer schneller. Dazu erklang eine uralte Melodie, die er vor langer Zeit vergessen glaubte. Ein Lied, das ihm die Mutter vorgesungen hatte, wenn er krank in seinem Bettchen lag.

Schlaf, Kindlein, schlaf … die Mutter hüt't die Schaf … der Vater ist im Pommerland … doch Pommerland ist abgebrannt … schlaf, Kindlein, schlaf.

MITTWOCH, FÜNFZEHNTER AUGUST 1945

Der japanische Kaiser Hirohito befiehlt in einer Rundfunkansprache allen Streitkräften seines Landes die sofortige Feuereinstellung.

Kommissär Klemm stand am offenen Fenster seines Zimmers im Krankenhaus der Barmherzigen Schwestern in München. Auf dem Bett lagen neben seiner Kleidung die Entlassungspapiere.

Heute begann sein neues Leben. Seine Vorgesetzten hatten ihm eine Auszeit bis zum Ende des Jahres gewährt. Am ersten Januar 1946 sollte er in den Innendienst der Polizeibehörde in der Ettstraße eintreten. Bis dahin galt es, tapfer zu bleiben.

Er machte sieben Kniebeugen, ging sieben Schritte … sieben Schritte in die Unabhängigkeit. Pervitin war kein Thema mehr für ihn, auch auf Alkohol wollte er weitgehend verzichten. Ebenso hatte er dem Rauchtabak abgeschworen, der ihm in der schwierigen Zeit im Krankenstand als Ersatz für die Panzerschokolade geholfen hatte.

Er war frei. Frei wie der Vogel im Wind. Frei wie nur je ein Mensch frei sein konnte.

Klemm nahm die warme Luft dieses Augustabends wie ein Geschenk in sich auf. Die Vergangenheit war gestorben. Die Vergangenheit …

In den letzten Monaten hatte er viel Zeit gehabt, das Erlebte Revue passieren zu lassen, Lehren daraus zu ziehen, sich mit den Geschehnissen in Schachtenstein zu befassen.

Unwillig schüttelte er den Kopf. Sieben Kniebeugen, sieben Schritte.

Nach seinem plötzlichen Zusammenbruch hatte Emmi Captain Malic informiert. Daraufhin hatte man ihn nach München zu einem Militärarzt gebracht. Die Diagnose von Dr. Graham war eindeutig. Akute Erschöpfung und – aufgrund des jahrelangen Pervitinmissbrauches – erhöhtes Infarktrisiko. Würde der Patient nicht umgehend den Konsum der Tabletten einstellen, so könnte er einen Herztod erleiden.

Zwei Tage später lag Klemm in einem hellen Krankenzimmer bei den Barmherzigen Schwestern am Englischen Garten.

Dr. Ingrid Schwenninger, eine Ärztin von knapp sechzig Jahren, die Klemm seit seiner Einlieferung betreute, hatte viele Gespräche mit ihm geführt. Immer wieder war es um seine Tablettensucht gegangen. Immer wieder war die Tätigkeit bei der Sicherheitspolizei ein Thema gewesen. Auch die Minensuche, bei der er den Arm verloren hatte, war zur Sprache gekommen. Nur über die Vorfälle in Schachtenstein mochte Klemm nicht sprechen. Die Scham saß zu tief. Sie hatten den Mörder der Familie Dorn nicht erwischt. Sie hatten versagt.

Dr. Schwenninger blieb hartnäckig.

»Wir müssen darüber reden, was damals passiert ist, Herr Kommissär. Sonst besteht die Gefahr, dass Sie rückfällig werden.«

»Glauben Sie das wirklich, Frau Doktor?«, hatte Klemm müde geantwortet.

Immer wieder fing die Ärztin davon an. Sie hatte seine Hand in die ihre genommen und ihm fest in die Augen geschaut. »Daran glaube ich ganz fest, Herr Kommissär!«

Plötzlich war der Raum in grelles Licht getaucht. Ein Gedanke, eine Erinnerung formte sich.

Daran glaube ich ganz fest, Herr Kommissär!

Waren das nicht die Worte des Hilfspolizisten Josef Schnaitz bei der Einvernahme am Tag nach den Morden an der Familie Pfanzelt gewesen … dem vierzehnten Mai 1945, einem Montag? *Daran glaube ich ganz fest, Herr Kommissär!*

Klemm war zusammengebrochen. Man hatte ihn ins Bett gepackt. Dr. Schwenninger verabreichte ihm Beruhigungspillen und verlor kein Wort mehr über das Schachtensteiner Massaker. Vielleicht war es wirklich noch zu früh, sich darüber zu unterhalten.

Als Klemm nun sein Hemd zuknöpfte, fiel ihm der Satz wieder ein.

Daran glaube ich ganz fest, Herr Kommissär!

In seinem Hirnkasten rumpelte es vernehmlich. Etwas hatte sich verschoben. Ein Hindernis war zur Seite gerückt worden und gab nun plötzlich die Sicht frei auf die Geschehnisse in Schachtenstein. Auf Konrad Staubwasser, auf Pfarrer Tecklenburg, den Rahner-

Kramer … Captain Malic und seine Soldatin … und auf Josef Schnaitz … *Daran glaube ich ganz fest, Herr Kommissär!*

Die Tür öffnete sich. Emmi trat ein. Sie trug ein bezauberndes Sommerkleid aus Fallschirmseide, das ihre Figur betonte. Der kecke Strohhut tat sein Übriges.

Emmi Unruh war Klemm nach München gefolgt, hatte eine winzige Wohnung über einer Bäckerei bezogen und dort Arbeit gefunden. Der Arbeitsplatz war mit Bedacht gewählt, denn hungern würden die Verkäuferinnen dort sicher nicht.

Jetzt flog sie in seine Arme und küsste ihn heftig. Dann begann sie zu lachen.

»Was ist denn?«, fragte er irritiert.

»Wie hast du denn dein Hemd zugeknöpft?«, sagte sie.

»Ja … weil … mir ist da was eingefallen … Schachtenstein …«

Schnell legte sie den Finger auf seine Lippen. »Du bist doch doof wie Stulle, Klemm! Nix da mit Schachtenstein! Nix da mit Arbeit! Schlag dir das ausm Kopp! Du bleibst in meiner Obhut, bis du wieder auf die Höhe bist!«, befahl sie mit strenger Stimme und schob ihn hinaus.

Durch die zerbombte Stadt wanderten sie zu ihrer Unterkunft in der Ohlmüllerstraße. Dort angekommen, drückte sie ihn aufs Bett.

»Hier wohnen wir«, sagte sie und küsste ihn zärtlich. »Nur die Vorhänge fehlen noch …«

Klemm schlief ein … er konnte schlafen … schlafen … endlich schlafen!

Ein köstlicher Geruch weckte ihn. Frisch gebrühter Bohnenkaffee stand auf dem Tisch. Semmeln in einem Korb daneben. Marmelade dazu. Nur die Butter fehlte – noch. Dies musste der Geruch des Friedens und der Hoffnung sein. Daran gab es keinen Zweifel mehr.

»Setz dich zu mir, du Langschläfer«, sagte Emmi vergnügt.

Klemm wollte aufstehen, doch wieder blendete ihn der grelle Gedanke … Schachtenstein … er sank zurück.

Emmi war sofort bei ihm. »Was ist?«

Klemm schüttelte energisch den Kopf. »Nichts, Emmi, nichts … nur …«

Emmi hatte sich abgewandt. »Schachtenstein … stimmt's?«, sagte sie mit bitterer Stimme. »Du kannst es nicht lassen, Klemm, nicht wahr? Du bist ein sturer, uneinsichtiger, kranker Bulle, der aus seiner Polizistenhaut nicht herauskommt. Klemm, was bist du bloß fürn sturer Idiot!« Sie hockte am Tisch und weinte leise.

»Ist dir denn das alles hier nichts wert?«, fragte sie später. »Die Wohnung, der Kaffee … ich?«

»Das schon …« Er schwieg ertappt.

Nach einer Weile beruhigte sie sich.

»Was wirst du jetzt tun?«, fragte sie.

»Ich muss zurück.«

»Nach Schachtenstein?«

»Ja. Nach Schachtenstein.«

Ihre Stimme klang kalt. »Hau ab. So was wie dich schmeißen sie einem überall nach!«

FREITAG, SIEBZEHNTER AUGUST 1945

In Hessen finden Offiziere des US-Nachrichtendienstes in einer Scheune Personalakten der SS. Alle zusammen wiegen zweitausend Kilogramm.

Nach einer kleinen Odyssee erreichte Kommissär Klemm das Dorf. Zunächst war er mit einem klapprigen Bus gefahren. Er hatte in einer Scheune übernachtet, von einem Bauern einen Ranken Brot und zwei Eier geschenkt bekommen. Ein Jeep der Besatzer hatte ihn am anderen Morgen bis in den Ort gebracht. Der junge GI am Lenkrad wollte ihm eine Packung Pall Mall schenken, aber Klemm hatte abgelehnt. Die Zeiten von Pervitin und Rauchtabak waren endgültig vorbei.

Jetzt stand er vor dem Stormberger. Nichts hatte sich verändert in den vergangenen Monaten. Die Haustür stand einladend offen. Es war nach zehn Uhr an diesem Vormittag und Klemm, der heute noch nichts zu sich genommen hatte, verspürte leichten Hunger. Außerdem hatte er Durst. Ein gutes Zeichen. Er zückte seine Börse und zählte das Geld – für ein Frühstück würde es reichen.

Als er an dem Tisch saß, an dem sie gespeist und beratschlagt hatten, wo Befehle erteilt und Worte hin und her geflogen waren, stellte sich eine junge Frau zu ihm.

»Was darf's denn sein, der Herr?«, fragte sie mit schmalem Lächeln. Ihr Haar war kurz geschoren, die ganze Erscheinung war spindig. Die Frau, kaum älter als zwanzig Jahre, schien eine harte Zeit hinter sich zu haben. Klemm vermied es, sie anzusehen.

»Ist Herr Pretzlaff zu sprechen?«, fragte er, als Kaffee und Semmeln auf dem Tisch standen.

Sie sah ihn an. »Herr Pretzlaff ist fort. Zurück nach Wien. Es hat ihm nicht mehr gefallen in Schachtenstein. Es müssen schlimme Dinge passiert sein im Dorf. Aber davon weiß ich nichts, Herr.«

Klemm nahm einen Schluck Kaffee. Er war heiß und stark. »Wer führt denn jetzt den Stormberger?«

Die junge Frau setzte sich. »Ich.« Sie reichte ihm die Hand. »Ich bin die Marianne. Seit Anfang Juni bin ich wieder da. War lange in Dachau.«

Klemm sah auf. »In Dachau?«

Sie nickte. »Ja. Ich war Dienstmagd bei Herrn Staubwasser. Hab geputzt und gewaschen … hab alles gemacht, was er oder sie wollten … bis auf eines … das hab ich nicht gemacht. Da hat er mich hingehängt bei der Gestapo. So bin ich nach Dachau gelangt, Herr …«

Klemm hatte aufmerksam zugehört. »Warum sind Sie zurückgekommen, wo es Ihnen doch hier so schlecht ergangen ist?«

Marianne lächelte wieder. Ihr Gesicht wirkte klein und zerbrechlich, die Augen lagen tief in den Höhlen. Doch ihr Blick war klar.

»Ich wollte Herrn Staubwasser fragen, mit welcher Lüge er mich ins KZ gebracht hat. Ihn und die Hexe. Leider sind sie nicht mehr da.«

»Verbrannt …«, sagte Klemm.

Marianne musterte ihn neugierig. »Sie wissen mehr darüber?«

Der Kommissär erhob sich. Er reichte Marianne, die ebenfalls aufgestanden war, die Hand. »Mein Name ist Leo Klemm. Ich war der Ermittler in Sachen Mordfälle Dorn und Pfanzelt.«

»Und?«, fragte Marianne, als sie sich wieder hingesetzt hatten. »Haben Sie den Mörder erwischt?« Inzwischen hatte auch sie sich Kaffee eingeschenkt. Es waren keine anderen Gäste im Haus.

Klemm schüttelte den Kopf. »Michael Dorn, der Mörder der Familie Pfanzelt, erhielt seine Strafe … allerdings anders, als ich es mir gewünscht hätte.«

»Und bei den toten Kindern von Michael Dorn?«

Wieder schüttelte Klemm sein Haupt. »Noch nicht … noch immer nicht …«

Marianne nickte stumm.

»Ich richte Ihnen ein Zimmer her«, sagte sie wenig später und erhob sich. »Es kostet Sie nichts, Herr Klemm.«

»Warum denn das?«

Marianne stand an der Tür und streckte sich. »Weil Sie das Schwein von Rosshändler zur Strecke gebracht haben … darum!«

Er sah, wie sie die Gaststube verließ. »Danke …«, sagte er leise.

Die Arbeit konnte beginnen.

Zunächst stieg er hinauf in sein ehemaliges Büro. Der Riegel war entfernt worden, doch in den Zimmern herrschte große Unordnung. Auf dem Schreibtisch lagen allerhand Zettel und Bleistifte verstreut, dazu ein Stempelkissen und ein leerer Notizblock.

Klemm begann aufzuräumen. Dabei fiel ihm der Zettel mit dem Wort »Hirmon« in die Hand. Klemm erkannte Tecklenburgs Schrift. Was hatte der Pfarrer damit gemeint? Er musste … er würde … Josef Schnaitz kam ihm ins Gedächtnis, der Hilfspolizist, der sich in Schachtenstein und in der Bibel wie in seiner Westentasche auskannte. Schnaitz würde wissen, was es mit »Hirmon« auf sich hatte.

Wieder das grelle Licht: *Daran glaube ich ganz fest, Herr Kommissär*. Schnaitz hatte diesen Satz verwendet, immer wieder … immer wieder Schnaitz, der Hilfspolizist.

Der Kommissär machte sich auf den Weg, hinüber zum Anwesen des verstorbenen Rosshändlers. Vielleicht wohnte Schnaitz noch immer in dem Anbau hinter dem Pferdestall. Auch nach all den Monaten hing leichter Brandgeruch in der rauchgeschwärzten Ruine des Gebäudes.

Der Rossstall war unversehrt geblieben. Klemm klopfte an die Tür. Keine Antwort. Er hämmerte mit der Faust dagegen. Das kleine Fenster wurde geöffnet, ein verschlafenes Gesicht zeigte sich.

»Ja?«

»Grüß Gott, Josef. Ich bin's, der Klemm.«

»Der Klemm … soso … der Klemm. Was wollen Sie?«

»Mach auf, ich erklär's dir drinnen.«

Schnaitz räumte Wäsche und Geschirr zur Seite, damit der Kommissär auf einem wackligen Stuhl Platz fand.

Der Tisch war übersät mit Brandlöchern, die wohl von Zigaretten stammten. Es stank nach Bier und alten Socken. Neben dem Kanapee stand eine halb volle Flasche Schnaps, aus der Schnaitz einen Schluck zur Stärkung nahm. Der Mann wirkte angetrunken. Was hatte ihn aus der Bahn geworfen?

Seit Tagen war nicht mehr gelüftet worden. Klemm nahm sich vor, die Befragung kurz zu halten.

Es kam anders.

»Ich weiß nix, Herr Kommissär«, begann Schnaitz ungefragt. Seine Hände zitterten. Er nahm eine Salem aus der grünen Packung und zündete sie an.

»Sagt dir Hirmon etwas, Josef?«

»Nein … nein … ich weiß nix.« Die Zigarette brannte ab, Schnaitz konnte sie nicht zum Mund führen, seine Hände zitterten wie Espenlaub.

»Könnte es ein Ort sein, ein Hausname?«

»Ich … Herr Kommissär … ich weiß nix … Bitte gehen Sie!« Die Finger des ehemaligen Hilfspolizisten trommelten wie wild auf der Tischplatte herum. Klemm sah es … Finger…abdrücke. Fingerabdrücke!

»Du weißt also nichts von Hirmon. Gut. Nur noch eine Frage, Josef, dann bist du mich los. Wir haben damals von allen Schachtensteiner Bürgern die Fingerabdrücke genommen, stimmt's?«

»Ja … freilich.«

Klemm war aufgestanden und zu Schnaitz auf das alte Kanapee gewechselt. »Von allen … nur nicht von dir, stimmt's?«

»Bitte gehen Sie …«, jammerte Schnaitz.

Klemm hörte nicht hin. »Auf der Mordwaffe, dem Schraubenzieher, gibt es Fingerspuren von dem Täter. Das haben wir festgestellt. Dennoch fand sich in keinem der Zehnfingerbögen eine Übereinstimmung. Wie kann das sein?«

»Oh ... ich ... Herr Kommissär ...« Klemms Stimme hatte einen harten Klang bekommen.

»Wie kann das sein, Herr Schnaitz?«

Der Hilfspolizist klammerte sich an die Schnapsflasche, saugte sie förmlich aus.

»Wir müssen deine Fingerabdrücke nehmen«, sagte Klemm.

Schnaitz war aufgesprungen. Wankend stand er im Raum. »Nein!«

»Warum nicht? Sag du es mir.«

Schnaitz war in sich zusammengesunken. Weinend kauerte er auf dem dreckigen Fußboden. Seine Stimme war zu einem Röcheln geworden. »Ich ... ich ...«

Der Kommissär ging in die Hocke und hob mit dem Zeigefinger Josefs Gesicht. Die Augen irrlichterten, die Nase rann vor Rotz und Wasser. »Ich will es dir sagen, Josef. Du hast Dorns Kinder erstochen. Adolf. Florian. Berta. Du hast Bertas Hand an die Tür von Dorns Haus genagelt und damit Karola Dorn in den Wahnsinn getrieben. Wahrscheinlich hast du auch Michael Dorn auf dem Gewissen.«

»Ich hab's tun müssen, Herr Kommissär.«

»Warum, Josef? Warum?«

Wieder wollte Schnaitz trinken, doch Klemm entwand ihm die Flasche und schleuderte sie in die Ecke. Der Mörder der Familie Dorn sollte bei seinem Geständnis einigermaßen nüchtern sein. Klemm wartete. Schnaitz kroch zurück auf das Kanapee. Stockend begann er zu sprechen.

»Die Elise hat den Bernhard gehasst, vom ersten Tag an. Das hat sie mir erzählt. Immer wieder hat sie mir gesagt, wie gern sie mich mag. Wenn der Bernhard erst einmal weg ist, würde sie mit mir nach Passau gehen. Heiraten hat sie mich wollen. Die Elise war bloß für mich auf der Welt. Daran glaube ich ganz fest, Herr Kommissär.«

»Hast du nicht gewusst, dass deine Elise von allen … benutzt worden ist? Dass sie immer wieder zur Waldhauserin hinaus ist wegen der Sachen, die der Staubwasser, der Pfarrer und der Rahner mit ihr gemacht haben?«

Schnaitz hielt sich die Ohren zu. »Die lügen, die so was sagen … die lügen alle!«, greinte er.

Klemm packte ihn am Arm. »Dann war Elise plötzlich tot – erschossen von Michael Dorn. Wo ist ihre Leiche? Der Sarg war leer. Wo ist das weiße Kleid, das sie zu Lebzeiten getragen hat? Wo, Josef? Sag es mir!«

»Vergraben hab ich sie … meine Elise … vergraben … damit sie keiner mehr haben kann … keiner nicht, Herr Kommissär … Sie gehört mir … daran glaub ich ganz fest!«

»Ihr Kleid hast du angezogen. Bist als weiße Witwe durch Schachtenstein gegeistert, hast die Menschen in Angst und Schrecken versetzt und hast dich als unbescholtenen Hilfspolizisten an unserer Arbeit beteiligt. Das ist schon allerhand!«

»Weil es hat so sein müssen.«

»Gibst du zu, dass du Michael Dorn erschossen hast?«

»Weil es hat sein müssen«, wiederholte Schnaitz.

»Wo ist die Waffe?«

Schnaitz langte unter das Kanapee, zog die Astra 600 heraus und legte sie auf den Tisch. Das Magazin fehlte. Klemm nahm ein Taschentuch und wickelte die Waffe ein. Sie würde im Prozess eine wichtige Rolle spielen.

»Josef Schnaitz, ich verhafte Sie hiermit wegen vierfachen Mordes an Adolf, Florian, Berta und Michael Dorn. Als Motiv gebe ich an: Rache.«

»Weil er meine Elise erschossen hat. Das hat er nicht dürfen … meine Elise umbringen. Ich hab doch jetzt niemand mehr, Herr Kommissär … niemand!« Schnaitz war auf den Boden gerutscht und weinte haltlos.

Klemm riss ihn hoch. Es war vorbei.

*

Der Mörder der Familie Dorn wurde in einem sicheren Raum im Keller des Rathauses festgesetzt. Bürgermeister Zingler war im Juni gestorben und hatte Willi Fuchsgruber Platz gemacht. Fuchsgruber war der Sohn eines Landwirtes von einem Hof an der Flanitz, er war soeben aus amerikanischer Gefangenschaft freigekommen und begierig darauf, frischen Wind und neue Ideen in das Dorf zu bringen. Er versprach dem Kommissär, den Häftling Schnaitz bestimmungsgemäß an die Behörden zu übergeben.

Klemm sollte es recht sein.

Auf dem Rückweg zum Stormberger trat ihm Pfarrer Tecklenburg in den Weg. Er hatte die Verhaftung von Josef Schnaitz aus seinem Büro heraus beobachtet. Klemm zog die Notiz aus der Tasche und drückte sie dem Priester in die Hand.

»Können Sie damit etwas anfangen, Herr Pfarrer … das ist doch Ihre Schrift, oder?«

Tecklenburg nickte. »Kommen Sie, Herr Kommissär, ich will Ihnen etwas erzählen«, sagte er und geleitete Klemm ins Pfarrhaus.

Bald saßen sie in Tecklenburgs Wohnstube.

»Eigentlich ist es eine Beichte«, begann der Mann im Talar. »Aber zuvor zu Hirmon. Hirmon ist nichts anderes als der Name des Kleinhäuslers Hermann, der seine Hütte droben beim Teufelstisch hat. Konrad Staubwasser hat bei einem Gespräch erwähnt, dass Michi Dorn vielleicht beim Hermann untergeschlüpft sein könnte. Das ist alles.«

»Ist das wirklich alles?«, fragte Klemm und wartete.

Der Priester fuhr sich mit der Zunge über die Lippen. »Nicht ganz, Herr Kommissär … nicht ganz. Ich möchte vor Ihnen, dem Vertreter des Gesetzes, meine Beichte ablegen und erwarte demütig Ihre Strafe. ›Wo Hochmut ist, da ist auch Schande; aber Weisheit ist bei den Demütigen‹, sagt die Bibel.«

»Ersparen Sie mir Ihre Sprüche!«

»Nun denn … Es war die Zeit, als Elise Pfanzelt, die damals noch anders hieß, zu einer hübschen jungen Frau heranreifte. Es war nicht zu übersehen, zumal sie ihre Reize offen zur Schau stellte. Der Konrad hat sie eingeladen, bei ihm ein Glas Wein zu trinken. Elise kam wider Erwarten an jenem Abend und trank eine ganze Flasche aus. Daraufhin schickte Staubwasser nach mir. Und ich holte Hans Rahn.«

»Den Kramer?«

»Ja. Denn auch er hatte längst ein Auge auf die junge Frau geworfen. Konrad hat sie ausgezogen … alles … und dann …«

»Mehr will ich gar nicht wissen, Herr Pfarrer. Floss Geld?«

»Ja. Elise verlangte immer höhere Summen. Sie wollte fort aus Schachtenstein, zusammen mit dem armen Josef Schnaitz. Aber so weit kam es nicht. Obwohl ihr die Waldhauserin immer wieder bei der Beseitigung der Spuren half, gab es bald keinen Zweifel mehr. Elise war schwanger.«

»Und jetzt trat Michael Dorn auf den Plan?«

»Ja. Der Michi war frisch von der Front zurück, arm wie eine Kirchenmaus. Der Konrad hat lange mit ihm geredet in jener Nacht. Wir haben Geld zusammengelegt und es Dorn gegeben. Er sollte Elise … beseitigen … ja … beseitigen, aber so, dass niemand auf die Idee kam, dass nur sie gemeint war.«

Klemm machte sich eifrig Notizen. Der Stift flog nur so über das Papier.

»Damit wurde die komplette Familie Pfanzelt ausgelöscht und das Gasthaus abgebrannt. Stimmt das, Herr Pfarrer?«

Tecklenburg nickte müde. »Das stimmt, Herr Kommissär. Aber ich schwöre, dass das Ausmaß dieser … dieser Aktion so nicht beabsichtigt war. Ich weiß, ich habe unendliche Schuld auf mich geladen. Es gibt keine Entschuldigung für mein Tun. Ach … ich bekenne meine Schuld … ›Ich bin bekümmert ob meiner Sünde‹, heißt es im Psalm achtunddreißig.«

Klemm winkte ab. Die scheinheiligen Bibelsprüche nervten ihn gewaltig. »Was ist eigentlich mit dem Rahner? Wie geht er damit um?«.

Die Stimme des Priester war sehr leise, als er antwortete: »Hans Rahn hat sich am dreißigsten Mai erhängt.«

»Dann sind Sie also der letzte Überlebende, Herr Pfarrer?«

»Ja. Und ich trage schwer an dieser Last, das dürfen Sie mir glauben.«

Der Kommissär war aufgestanden. Für ihn war der Fall erledigt. Der Pfarrer konnte vielleicht nicht nach dem Gesetz belangt werden – er würde vermutlich jede Mithilfe zur Anstiftung der Morde bestreiten –, dennoch musste er mit der moralischen Schuld zurechtkommen. Diese Bürde wog bei einem Mann Gottes schwerer als die Schuld vor einem weltlichen Richter.

Am späten Nachmittag war Klemm zurück beim Stormberger. Eigentlich hätte er abreisen können. Doch zuvor hatte er sich eine zünftige Brotzeit verdient. Marianne trug Brot auf, Wurst und Käse. Statt einer Maß Bier verlangte er nach einem Glas Milch.

Am Stammtisch wurde inzwischen gefachsimpelt.

»Ich sag's euch«, sagte der Drull Kaspar und steckte sich eine Virginer zwischen die Lippen, »ich sag's euch … die weiße Witwe wird uns bleiben … das sag ich euch!«

»Du spinnst ja!«, sagte der Bartl, der sich inzwischen durch eine rote Nase als robuster Trinker auszeichnete.

»Vielleicht«, sagte der Kaspar, »vielleicht machen wir eine … so eine … Attrappe draus … wer weiß?«

Er meinte wohl eine Attraktion, aber das merkten sie nicht. Sogleich dachte man an große Dinge, an ein Kulturzentrum oder ein Museum oder daran, den Gasthof Pfanzelt wiederaufzubauen und daraus eine gruselige Gedächtnisstätte zu machen mit den Bildern der Schießerei und Fotos der Verstorbenen.

»In Amerika gibt es so was schon lange«, sagte der Totengräber und bestellte sich bei Marianne einen Blutwurz zum dunklen Bier.

»Was weißt denn du von Amerika?«, fragte der Drull Kaspar. Sie lachten und stießen an, auf ihre neue Attraktion, die Schachtenstein ganz gewiss in den Reigen der historisch bedeutsamen Orte des Zwieseler Winkels erheben würde. Schließlich begannen gerade die ersten Sommerfrischler aus Regensburg, Passau und sogar aus München anzurollen. Hinzu kamen die US-Boys. Sie fühlten sich zunehmend wohl im Bayerischen Wald, vor allem bei den hiesigen *Fräuleins*. Für das nächste Wochenende war im Saal eine *Welcome-Party* mit einer Jazz-Combo aus amerikanischen Soldaten geplant. Man würde *In the mood* von Glenn Miller oder *Take the A-Train* von Benny Goodman hören und auf diese Weise die neue Zeit begrüßen.

»Ich kauf mir eine neue Lederhose!«, rief der Drull Kaspar.

»Mit was denn? Mit Hosenknöpf?«

Der Kaspar hörte nicht zu, so begeistert war er.

»Dann hab ich bei den Weibern mehr Chancen!«

Es ging noch hoch her an diesem Abend. Die Morde waren vergessen, die Vergangenheit ruhte endlich und Klemm, müde geworden vom Essen, vom Lachen und von der Aufregung um Pfarrer Tecklenburg und Josef Schnaitz, stieg in sein Zimmer hinauf, wo ihn ein frisch bezogenes Bett erwartete. Er zog sich aus und stellte sich ans Fenster.

Sieben Kniebeugen, sieben Schritte …

MITTWOCH, ZWEIUNDZWANZIGSTER AUGUST 1945

Seit Mitte Juli sendet das amerikanische Radio American Forces Network (AFN) aus der Münchner Kaulbachstraße flotte Musik und schräge Sprüche.

Leo Klemm stand vor dem Haus in der Ohlmüllerstraße. An diesem Sonntagmittag war die Bäckerei geschlossen. Klemms Blick ging hinauf in den ersten Stock, zu Emmis Wohnung. Weiße Gardinen hingen an den Fenstern. War Emmi ausgezogen oder hatte sie den Stoff auf dem Schwarzmarkt ergattert?

Wie lange war er fort gewesen? Kaum eine Woche. Es schien ihm wie eine Ewigkeit. Zuerst hatte er den Häftling Schnaitz auf Wunsch der Besatzer nach Passau eskortiert. Bei der Rückkunft in Schachtenstein war er mit dem Freitod des Hochwürdigen Herrn Pfarrers Tecklenburg konfrontiert worden. Schließlich hatte ihn Bürgermeister Fuchsgruber dazu überredet, an der Beisetzung des Priesters teilzunehmen.

Als ihm Marianne bei einem Glas Milch im Stormberger erzählte, die Leut würden drüber reden, der Kommissär habe den beliebten Pfarrer mit seinen Ermittlungen in den Tod getrieben, packte Klemm die Wut. Er hatte den Koffer gepackt und war abgereist. Sollten sie reden, was sie wollten. Sollten sie sich die Köpfe über seine Ermittlungsmethoden zerbrechen. Sollten sie es doch besser machen!

Ihn betraf das nicht mehr. Er hatte seine Arbeit getan und die Fälle endlich abgeschlossen. Alles andere war Sache der Justiz.

Das fast völlig zerstörte Münchner Bahnhofsgebäude im Rücken, wanderte er über die Schützenstraße zum Karlsplatz. Im Hintergrund erkannte er den Justizpalast, ansonsten war alles voll Schutt und Ruinen. Am Eck zum Karlstor hatte ein junger Mann Blumensträußchen zum Kauf ausgelegt. Die vorbeihastenden Menschen beachteten ihn kaum. Klemm kaufte ihm alle Blumen ab. Der Bursche zog sich erfreut in die nächste Bierhalle zurück.

Daneben gab es einen behelfsmäßigen, aus Ziegelsteinen errichteten Zeitungskiosk mit einer Wehrmachtsplane als Regenschutz. Der Verkäufer, ein abgerissener Mann im dreckigen Regenmantel, hielt ein Exemplar der Aachener Zeitung hoch. *DER KRIEG IST AUS – Bedingungslose Kapitulation!*, schrie die Schlagzeile. Dazu gab es Fotos von Hitler, Mussolini und Churchill. Dass die Ausgabe nur vier Seiten umfasste, störte niemanden.

Am Marienplatz betrachtete er das Schild *DONISL – wieder geöffnet ab 5 Uhr Früh*, das vor dem Behelfsbau der Münchner Traditionsgaststätte hing.

Er wanderte weiter über den Viktualienmarkt mit seinem kargen Angebot an Früchten und Gemüse; vorbei an der zerbombten Heiliggeistkirche, durch das Tal bis zum ebenfalls beschädigten Isartor.

Wenig später erwischte er sogar eine der unregelmäßig verkehrenden Straßenbahnen. Sie brachte ihn über die Isar. Zögernd überquerte Klemm die Straße. Sollte er die Treppe hinaufsteigen und an Emmis Tür läuten? Oder sollte er warten, bis sie das Haus verließ und er ihr – zufällig – über den Weg lief?

Hatte sie ihn tatsächlich aus der Wohnung geworfen?

So was wie dich schmeißen sie einem überall nach!

So ähnlich hatte sie es gesagt. Ein Rauswurf ohne Wiederkehr? Hatte sie das wirklich ernst gemeint? Seine Emmi …?

Klemm gab sich einen Ruck. War er ein Mann oder war er ein Feigling? Er war ein Mann. Ein Mann stellte sich der Herausforderung. Was konnte schon passieren? Dass sie ausgezogen war und die Wohnung leer? Dass sie einen Kerl kennengelernt hatte, der ihr mehr bieten konnte als er? Der jetzt bräsig bei ihr auf dem Kanapee lag und sich mit Kaffee und frischen Semmeln aus der Bäckerei verwöhnen ließ?

In Klemm stieg die Wut hoch. Er würde ihn aus der Wohnung werfen. Er würde ihn aus dem Fenster auf die Straße stoßen, wenn es sein musste. Auch wenn er dafür ins Gefängnis ging. Was er nicht alles tun würde, um Emmi wieder für sich zu gewinnen.

Er stand vor der Wohnungstür. Drinnen hörte er Musik aus dem Radio. Tanzmusik amerikanischer Prägung.

Leo Klemm fasste sich ein Herz und drehte die Klingel an der Tür. Einmal. Zweimal. Dreimal, zuletzt mit dem Mut der Verzweiflung.

Die Tür wurde aufgerissen. Eine Frau stand vor ihm. Sie hatte langes schwarzes Haar und trug eine Kittelschürze. Zwischen ihren Lippen brannte eine filterlose Zigarette.

»Mir kaffa nix!«, sagte sie im herben Münchner Dialekt.

Die Tür flog zu. Klemm ging zur Treppe und setzte den Fuß auf die erste Stufe. Die Phantomschmerzen in seinem Arm meldeten sich.

Emmi war ausgezogen, hatte sich eine neue Bleibe gesucht. Wollte nichts mehr mit ihm zu tun haben. War unauffindbar abgetaucht in der großen Stadt oder bereits auf dem Weg zurück nach Berlin. Was wollte sie noch hier?

Klemm brauchte dringend einen Schnaps und eine Maß Bier. Oder zwei. Er würde sich ertränken im Alkohol, ersaufen im Selbstmitleid.

Das hast du dir selbst zuzuschreiben, fuhr es ihm durch den Kopf. Hättest bei ihr bleiben sollen. Aber du Idiot musstest ja unbedingt zurückfahren in dieses verwunschene Dorf im Wald. Musstest deine Arbeit machen. Kein Mensch hat dir den Befehl gegeben, Kommissär, kein Mensch! Befehle waren nicht mehr gefragt.

Er durchsuchte die Jackentasche, die Hosentasche, die Hemdtasche nach Panzerschokolade – vergebens.

Wie betäubt hockte er da. Die Treppenstufe knarrte. Es roch nach Kraut und Bohnerwachs. Nach Verzweiflung und Untergang und überhaupt war die ganze Welt so was von beschi…

Er hörte nicht, wie die Tür hinter ihm aufging. Er hörte nicht, wie die beiden Frauen kicherten.

»Schau ihn dir an, Irene«, sagte Emmi laut. »Schau ihn dir an, meinen Kommissär. Da hockt er, wie bestellt und nicht abgeholt.«

»Lass ihn nicht zu lange zappeln, Emmi. Männer sind rar.«

Irene verschwand in ihrer Wohnung gegenüber. Emmi hatte sich lautlos neben Klemm niedergelassen und ihren Kopf an seine Schulter gelehnt. Zärtlich sagte sie: »Die Liebe is een Feuerzeuch, dit Herz, dit is der Zunder und fällt een kleenet Fünkchen rein, denn brennt der janze Plunder.«

Damit zog sie ihn in die Wohnung und drehte den Schlüssel zweimal um.

ENDE

DIE NEUEN Lieblings-plätze

ISBN 978-3-8392-2628-5

ISBN 978-3-8392-2615-5

ISBN 978-3-8392-2620-9

ISBN 978-3-8392-2635-3

ISBN 978-3-8392-2618-6

ISBN 978-3-8392-2623-0

ISBN 978-3-8392-2630-8

ISBN 978-3-8392-2631-5

ISBN 978-3-8392-2632-2

ISBN 978-3-8392-2405-2

ISBN 978-3-8392-2622-3

ISBN 978-3-8392-2545-5

ISBN 978-3-8392-2629-2

ISBN 978-3-8392-2634-6

GMEINER KULTUR

WWW.GMEINER-VERLAG.D

Mensch, Kultur, Regio